묵향 27
묵향의 귀환

교토삼굴

묵향 27
묵향의 귀환

초판 1쇄 발행일 · 2011년 01월 30일
초판 4쇄 발행일 · 2011년 12월 30일

지은이 · 전동조
펴낸이 · 유용열
기　획 · 김병준
편　집 · 김민태, 서지숙
펴낸곳 · 도서출판 스카이미디어

주소 · 서울시 동대문구 용두동 234-35번지 대명빌딩 201호
전화 · (02)922-7466
팩스 · (02)924-4633
E-mail · skymedia62@hanmail.net
출판등록 · 제6-711호

Copyright ⓒ 전동조 2011

값 9,000원

ISBN · 978-89-6122-198-6　04810
ISBN · 978-89-92133-00-5　(세트)

※ 온라인상의 불법 복제물의 유포나 공유는 저작자의 재산권을 침해하는
　중대한 범죄 행위로 관련법에 의거해 처벌 대상이 됩니다.
※ 작가와의 협의에 의하여 인지는 생략합니다.
※ 잘못된 책은 본사나 구입하신 서점에서 교환해 드립니다.

DARK STORY SERIES Ⅲ

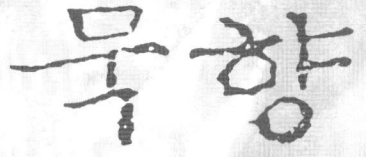

묵향의 귀환

전동조 장편 판타지 소설

27

교
토
삼
굴

차례
교토삼굴

- 춘릉성 전투의 종결 ······································ 7
- 칼을 반대로 겨누다 ······································ 29
- 묵향의 또 다른 모습 ···································· 45
- 초류빈이 남긴 유산 ···································· 63
- 연공공의 고뇌 ··· 91
- 재정비하는 마교 ·· 105

차례
교토삼굴

태극검황의 하야 ················· 129

묵향의 결혼식 ················· 155

또 다른 총단의 위치 ················· 175

마교와 무림맹의 거래 ················· 191

무영문의 위기 ················· 211

여우의 굴은 여러 개 ················· 235

매영인 포로가 되다 ················· 267

춘릉성 전투의 종결

27

교토살굴

"으드득!"

전투를 지켜보던 옥화무제는 예상 외로 상황이 흘러가자 이를 갈며 분해했다. 압도적인 병력을 지니고 있는 장인걸이 이토록 허망하게 깨질 줄은 전혀 예상하지 못했다.

더군다나 최소한 양패구상이라도 해줄 줄 알았던 공공대사는 비무 후, 갑자기 깨달음을 얻었다며 왜 공력을 전패한 뒤 떠난단 말인가. 그리고 무엇보다 허망했던 건 마교에 최후의 일격을 가할 천금과도 같은 기회를 그냥 날려 버린 무림맹의 행태였다.

"이런 병신 같은 놈들. 마교를 깨부술 평생에 한 번 있을까 말까 한 기회를……."

더 이상 이곳에서 지켜보고 있을 필요가 없다고 생각한 옥화무제는 짜증스런 표정으로 자리에서 일어나려다 뭘 봤는지 일순 두 눈이 찢어질 듯 부릅떴다.

"저, 저놈은 진팔?"

진팔의 갑작스런 등장에 옥화무제는 화들짝 놀라지 않을 수 없었다. 왜 진팔이 여기서 튀어나온단 말인가. 자신이 잘못 봤나 싶어 안력을 돋워 다시 봤지만 감찰부주 뒤에 끌려나와 있는 사람은 분명 진팔이었다.

진팔을 인질로 감찰부주가 교주를 위협하다니, 그녀가 가지고 있던 지식으로는 지금의 상황을 도저히 이해할 수가 없었다.

옥화무제는 어이가 없다는 표정으로 비영단주에게 다급히 물었다.

"분명 쥐약은 둥지에 넣어 뒀다고 하지 않았나요?"

비영단주는 잠시 궁리하더니 곧 대답했다.

"쥐약에 다른 인질들까지 포함될 이유는 없지 않습니까. 교주를 제어할 수 있는 인질은 소연이라는 여아(女兒) 하나뿐이었으니까요."

"아니에요. 진팔이 저기에 있다는 말은 다른 인질들도 둥지를 벗어났을 가능성이 크다는 말이에요. 만약 흑살마왕이 선물로 맹주에게 넘겨준 게 아니라면, 자력으로 탈출했을 수도 있다고 봐야겠죠. 그렇다면 소연이 역시 둥지를 탈출했을 가능성도 무시할 수가 없어요. 아, 이럴 때가 아니죠."

옥화무제는 자리에서 벌떡 일어서서 쏜살같이 산을 내려가기 시작했다. 그런 옥화무제의 뒤를 비영단주가 따라가며 물었다.

"어디를 가십니까? 태상문주님."

"소연이가 살아 있을 가능성이 있는 만큼, 반드시 우리가 먼저 나머지 인질들을 찾아내야 해요. 안 그래도 소중한 인질들을 그렇듯 허망하게 소모해 버렸다는 게 내심 수상쩍다는 생각이 들기는 했건만……."

다급한 옥화무제의 말에 비영단주도 곧 깨달았다. 이제 무영문이 살아남을 수 있는 방법은 소연이를 확보할 수 있느냐 없느냐에 달려있다는 것을 말이다.

감찰부주가 슬쩍 손짓을 하자, 감찰부원들이 어떤 사내를 질질 끌고 앞으로 나왔다.

사내의 행색은 말이 아니었다. 얼마나 심한 고초를 겪었는지 옷 여기저기에는 검붉은 선혈들이 묻어 있었고, 몇 군데는 찢어져 있기까지 했다. 그야말로 불쌍하기 짝이 없는 모습이다.

사내의 얼굴을 보는 순간, 묵향은 뭔가에 머리를 두들겨 맞기라도 한 듯 멍하니 굳어 버렸다. 그 사내는 바로 진팔이었다.

장인걸은 분명히 소연이를 연공관에 가둬 뒀었다고 대답했던 만큼, 진팔이가 살아 있다는 게 그리 의외의 상황은 아니었다.

하지만 장인걸의 진영에 잡혀 있어야 할 진팔이 맹주의 손아귀에 있다는 것은 전혀 의외였다. 그리고 그 순간 묵향의 뇌리에는 희뿌연 희망이 싹트기 시작했다. 혹, 소연이도 아직 살아 있을지 모른다는…….

"그 아이를 장인걸에게서 구출해 낸 것인가?"

묵향의 표정이 삽시간에 딱딱하게 굳어 버리는 것을 보며, 감찰부주는 회심의 미소를 지었다.

〈물론이오.〉

감찰부주의 전음과는 달리 진팔은 아니라는 듯 열심히 고개를 가로저으며 뭔가 얘기를 하려고 했다. 하지만 혈도를 제압당했는지 목소리는 새어나오지 않았다.

"저 아이 말고 다른 아이들도 있었을 텐데……. 만통 형님의 제자 설취라든지……."

〈다른 사람들은 걱정할 필요 없소이다. 모두 안전한 곳에서 쉬고 있으니 말이오.〉

감찰부주는 그 말을 하지 말았어야 했다. 이제 묵향으로서는 꼭 진팔을 살려야만 할 필요성이 없어진 셈이었으니까.
 묵향의 얼굴에 싸늘한 미소가 피어오르기 시작했지만, 그런 그의 속셈을 알 리 없는 감찰부주는 야비한 미소를 지으며 전음을 다시 날렸다.
 〈혈족의 목숨이 아깝다고 생각한다면, 이쯤에서 전투를 종료하고 헤어지는 것이 어떻겠소이까?〉
 감찰부주가 조심스럽게 전음으로 의사를 타진한 것은 자신의 말을 이곳에 모여 있는 군웅들이 들어 봐야 좋을 게 하나도 없었기 때문이다.
 뭔가 지시를 받았는지 갑자기 감찰부원들이 꽁꽁 묶여 있는 진팔을 거칠게 땅에 꿇어앉게 만든 후, 검을 뽑아 목덜미에 가져다 댔다. 마치 금방이라도 목을 날려 버리려는 듯 말이다.
 묵향을 압박하기 위한 행동이었겠지만, 그게 오히려 역효과를 불러일으켰다. 눈살을 찌푸린 묵향이 갑자기 주위의 군웅들이 모두 다 들으라는 듯 아주 큰 소리로 소리쳤기 때문이다.
 "양양성에 있을 때 내가 잘 대해 준 아이이긴 하지만, 그 아이의 목숨을 담보로 잡는다고 본좌를 굴복시킬 수 있을 줄 알았더냐? 그래, 죽일 테면 죽여라!"
 감찰부주의 얼굴이 일순 새하얗게 질려 버렸다. 설마 묵향이 이렇게 고자세로 나올 거라고는 꿈에도 생각해 보지 못했기 때문이다.
 하나밖에 없는 혈육인 진팔을 위해 그토록 엄청난 손해를 감수했던 교주가 아니었던가. 그렇다면 진팔을 위협해 무릎을 꿇리기는 힘들지 몰라도, 최소한 협상의 주도권은 가져올 수 있을 거라 생각했었다.

그런데 일말의 주저함도 없이 자신의 혈육을 죽이라고 하다니. 그동안 무림에 알려진 대로 교주는 피도 눈물도 없는 사악하기 그지없는 인물이었다는 말인가?

감찰부주가 어이없다는 표정을 짓고 있든 말든 묵향의 말은 계속 이어졌다.

"진팔아, 네 목숨을 구해 줄 수는 없지만 복수는 확실하게 해 줄 테니 편히 눈을 감도록 하거라."

갑작스런 묵향의 말에 진팔의 두 눈이 황당함으로 휘둥그레졌다. 묵향의 얼굴에 살짝 비웃음까지 어려 있는 걸 보고 있는 그의 머릿속에 지금 무슨 생각이 떠오르겠는가.

"야, 이 가증스런 새끼야! 그게 지금 나한테 할 말이냐?"

마음 같아서는 이렇게 쏴주고 싶었지만, 진팔은 지금 아혈이 제압당한 상태라 아무런 말도 할 수 없었다. 이리로 끌려오기 전, 감찰부원이 그의 아혈을 미리 제압해 놓은 상태였기 때문이다.

비록 작지만 천지문은 무림맹 소속이다. 진팔을 인질로 해서 마교 교주를 위협하는 걸 다른 무림동도들이 알아봐야 좋을 것이 없었다. 아혈을 제압해 진실을 최대한 감추는 것이 당연했다.

하지만 그런 상황을 묵향은 보기 좋게 역이용한 것이다. 감찰부주가 뭐라 대꾸를 하기도 전에 묵향은 분노한 표정으로 뒤를 돌아보며 수하들에게 외쳤다.

"저 인면수심의 쓰레기들을 아예 중원에서 말살해 버려라. 모두 돌격하라!"

몇몇은 인질로 잡힌 채 꿇어앉아 있는 사내가 진팔이라는 것을 알아봤지만, 대부분의 부하들은 그가 누군지 알지 못했다. 하지만 꽤나 고강한 무공을 지닌 듯 보이는 도사가 사내의 목숨을 위협하며 교주를 윽박지르려 하고 있다는 것쯤은 금방 눈치 챌 수 있었다.

정파라고 거들먹거리던 놈들이 감히 교주님을 상대로 저런 비열한 짓거리를 벌이고 있다니……. 모두들 속이 부글부글 끓어오르고 있던 중이었다. 그런데 때마침 교주가 돌격명령을 내리니, 부하들은 용기백배하여 앞으로 돌진해 나갔다.

"교주님께서 명령하셨다. 모두들 돌격!"

"수라마참대는 나를 따르라!"

"천랑대는 나를 따르라!"

"호법원은 교주님을 호위하라!"

"우와아아아!"

넘쳐흐르는 살기와 함께 괴성을 질러대며 돌진해 들어오는 마교도들을 바라보는 감찰부주의 안색은 썩은 돼지의 그것마냥 순식간에 푸르딩딩해졌다.

"어, 어떻게 이럴 수가……. 이, 이러면 안 되는 것인데……."

싸움이 시작되자마자 묵향은 현경의 고수라는 칭호에 걸맞게 무시무시한 속도로 달려 들어왔다.

하지만 묵향보다 먼저 날아온 게 있었다. 묵향이 쏘아 보낸 10개의 자그마한 원구들. 공공대사와의 접전에서 이게 얼마나 막강한 위력을 지닌 압축된 강기 덩어리라는 것을 이미 견식한 상태였다.

원구들은 빠르게 맹주와 그의 주변에 서 있던 핵심고수들을 향해 날아왔다. 감찰부주 역시 그 대상에서 예외는 아니었다.

"히익!"

맹주와 주변에 서 있던 고수들은 즉각 자신을 향해 날아오는 원구에 공격을 퍼부었다. 가까이 접근한 다음에는 늦는다. 공공대사가 그렇게 했듯, 원구가 가까이 접근해 오기 전에 파괴해 버리는 것만이 살 길이었다.

예상 외의 상황 전개에 침통한 표정으로 서 있던 맹주는 급히 마음을 다잡고, 허리에 차고 있던 빙백수룡검(氷白水龍劍)을 뽑아들었다. 빙백수룡검은 뽑히자마자 찬란한 빛을 뿜으며 하늘로 날아올랐다.

무림 십대기병의 서열 5위를 차지하고 있는 보검답게, 이기어검술에 의해 허공을 가르며 날아가는 빙백수룡검의 모습은 마치 찬란한 빛을 뿜으며 날아가는 한 마리 빙룡처럼 아름다웠다.

찬란한 빛무리를 뿜어내는 빙백수룡검과 묵향이 쏘아 보낸 원구가 맞부딪치는 순간, 무시무시한 대폭발이 사위를 진동시켰다.

콰콰쾅!

맹주는 10개의 원구를 모두 다 파괴하려 했지만, 그건 역부족이었다. 예상보다 각각의 원구가 지닌 파괴력이 훨씬 강했던 것이다. 강기를 저토록 작은 공간에 압축할 수 있다는 사실 하나만으로도 놀라운 일이었는데, 그 위력은 맹주를 더욱 놀라게 만들었다.

맹주 외에 다른 고수들 또한 원구를 향해 자신이 할 수 있는 최강의 공격을 날렸다. 공공대사가 싸울 때를 미루어 봤을 때, 피한다고 해서 피할 수 있는 성질의 공격이 아니라는 것을 그들도 눈치챘던 것이다.

하지만 공공대사가 강기를 뿜어 잘도 파괴시켰던 원구 덩어리들이, 자신들이 쏘아낸 공격을 꿰뚫고 계속 날아들어 오는 모습에는 모두들 혼비백산해야 했다.

그 중 어기동검술(御氣動劍術)로 검을 날린 자들만이 원구를 겨우 막아 냈을 뿐이다. 아니, 원구와 함께 검이 폭발해 버려 검이 조각조각 쇳조각으로 변해 땅으로 떨어지는 것을 허망한 표정으로 바라봐야 했다.

이때, 운 나쁘게도 원구 공격에 노출된 3명 중 한 명이 바로 감찰부주였다. 그는 검술의 명가 무당파의 전대고수답게 어기동검술의 달인이었지만, 진팔의 목숨을 붙들고 교주를 위협하느라 검을 사용할 수가 없었다.

순식간에 코앞에 다다른 원구에 사색이 된 감찰부주는 급한 마음에 진팔을 들어 올려 원구에 들이댔다. 설마 자신의 혈육을 죽이겠냐 싶었던 것이다.

그의 예상은 제대로 먹혀들어갔다. 원구는 곡선을 그리며 반원을 그리더니 감찰부주의 뒤편으로 날아왔다. 그러자 감찰부주는 이번에도 진팔을 붙잡아 뒤쪽에서 날아오는 원구를 막았다.

다급했던 감찰부주로서는 그게 최선의 선택이었지만, 앞쪽으로 놓여 있던 진팔의 얼굴이 뒤쪽에 서 있던 군웅들을 향해 훤히 드러나게 되어 버린 것은 그의 치명적인 실수였다.

진팔은 나름 꽤나 유명한 사내였다. 그의 얼굴을 모른다면, 양양성에 가 본 적이 없는 인물이라고 단정 지을 수 있을 정도로 말이다. 금나라와의 방어전에서 상당한 실력을 과시했을 뿐만 아니라, 마교 교주와 대놓고 비무까지 벌인 유일한 사내가 아닌가. 정파이면서도 마교 교주의 총애를 흠뻑 받고 있다는 소문까지 퍼져 있는 상황이라, 각 문파에서 그를 예의 주시하지 않았을 리가 없었다.

"아니, 저건 진팔이 아냐?"

그를 알아본 누군가가 외쳤고, 곧이어 그에 찬동하는 목소리들이 여기저기서 터져 나왔다.

"맞아, 진팔이다."

진팔의 얼굴을 알아보는 순간, 그들은 사태의 전말을 대충이나마 유추해 낼 수 있었다. 이곳에 올 정도의 고수들이라면 다들 흉험한 무림에서 산전수전 다 겪어 본 사람들이었다.

척 보니 감찰부주가 진팔을 붙잡고 교주를 협박했고, 교주는 이에 굴하지 않았다는 것을 알 수 있었다. 더군다나 지금은 진팔을 붙잡아서는 방패막이로까지 쓰고 있지 않은가.

그런 모습을 보게 된 무림맹 고수들의 얼굴이 왈칵 일그러졌다. 속사정이야 어떻든 대의명분으로 살아가는 집단이 바로 정파였다. 아무리 교주를 상대하기 위함이라고 해도 무림맹 감찰부주씩이나 되는 사람이 인질을 잡고 협박을 하다니.

더군다나 지금은 인간방패로 쓰는 치졸함까지 연출하고 있다. 게다가 그가 뒷덜미를 잡고 있는 인간방패는 마교도도 아니고, 정파인이지 않은가.

그제서야 중인들은 소림이나 곤륜파가 왜 떠나 버린 것인지 이해할 수 있었다. 그것은 맹주에 대한 실망이리라. 과거에는 마교와의 싸움이라는 대의명분이 있었지만, 이번에는 그럴듯한 명분은커녕 악취가 풀풀 풍길 정도였다.

이 중 몇몇 문파의 수장들이 도저히 참지 못하겠다는 듯 침을 뱉으며 휘하 문도들에게 외쳤다.

"에잇, 퉤퉤! 이런 추잡한 짓을 벌이다니. 철수한다!"

처음 한두 문파가 철수를 결정하자, 삽시간에 대열이 붕괴되기 시작했다.

이런 갑작스런 사태에 가장 앞쪽에서 마교와 싸우고 있던 무림맹 직속의 정예무사들은 당황하지 않을 수 없었다. 자신들이 마교도들과 싸우고 있을 때, 정파 무사들이 그 뒤를 받쳐줄 줄 알았는데 모두들 떠나 버리는 상황이었다.

그들은 곧 동요하기 시작했고, 몇몇은 눈치를 보다 슬그머니 도망치기까지 했다.

결국에는 맹주 이하 무림맹의 핵심고수들 역시 교주와 치열한 접전을 벌이다가 도저히 안 되겠다고 느꼈는지 모두 다 뿔뿔이 흩어져 도망쳐 버렸다.

진팔을 붙잡고 있던 감찰부주는 교주가 다른 사람은 쳐다보지도 않고 자신만을 쫓아오자 진팔을 내던지고 줄행랑을 쳤다. 그것도 교묘하게 진팔을 있는 힘껏 커다란 바위 쪽으로 내던짐으로써, 교주가 그를 받으러 달려갈 수밖에 없는 상황을 만들었다. 그런 다음 그 반대편을 향해 꽁지가 빠져라 도망쳐 버렸던 것이다.

진팔은 바윗덩이를 향해 자신이 내동댕이쳐지자 눈을 질끈 감아 버렸다. 자신을 향해 급속도로 거리를 좁혀 오는 바윗덩이를 바라볼 담량이 없었던 것이다. 아마 곧이어 머리통이 박살나며 이승을 하직하게 되리라.

감찰부주가 자신을 바위 쪽으로 던진 이유야 뻔했지만, 교주가 구해 주려 올 리가 없지 않은가. 그가 알고 있는 교주라면 자신의 죽음에 눈길조차 주지 않고, 감찰부주를 쫓아갈 게 분명했으니 말이다.

'이런 떠그랄! 하고 많은 죽음 중에서 바위에 대가리를 처박는 꼴사나운 죽임을 당하게 될 줄이야. 사저, 사랑했습니다. 다음에 태어나면 꼭 사저와……'

하지만 그의 생각은 더 이상 연결되지 않았다. 엄청난 힘이 자신을 붙잡는 걸 느꼈기 때문이다. 깜짝 놀란 진팔이 눈을 떴을 때, 그의 눈앞에는 놀랍게도 교주가 서 있었다.

'서, 설마 감찰부주를 놔주고, 나를 살리기 위해 달려왔다는 건가?'

묵향은 씨익 미소 지으며 말했다.

"여어, 그동안 수고했다. 지금만큼 네 녀석을 살려둔 보람을 느낀 적도 없는 것 같구나. 그래, 소연이는 어떻게 됐느냐?"

어느새 아혈을 풀어 줬는지는 모르지만 그런 사실조차 모른 채 진팔은 묵향의 질문에 곧바로 대답했다. 예전에 하도 많이 두들겨 맞다 보니 자동적으로 몸이 반응한 것이다.

"사저께서는 저쪽 산 뒤편에 있는 천막에 감금되어 있습니다. 다른 사람들과 함께요. 저만 이쪽으로 끌려나온 겁니다."

진팔의 대답에 묵향의 마음은 기쁨으로 인해 날아갈 것만 같았다. 혹시나 하는 마음이 없었던 것은 아니지만, 설마 그게 사실이 될 줄이야. 소연이는 죽지 않고 살아 있었던 것이다.

"이런 개새끼! 감히 본좌를 속여?"

묵향의 갑작스런 외침에 진팔은 사색이 되어 외쳤다. 묵향의 얼굴 가득 피어오르고 있는 환희의 미소를 보지 못했던 것이다.

"정말이라니까요. 거기 가 보시면 금방 아실 건데, 제가 어찌 감히 교주님을 속이겠습니……."

하지만 진팔은 더 이상 아무런 말도 할 수가 없었다. 순간 주위의 풍경들이 무시무시한 속도로 자신의 옆을 스쳐 지나가기 시작했던 것이다. 다급한 마음에 대답을 채 듣지도 않은 묵향이 진팔을 안은 채 전속력으로 경공술을 전개했기 때문이다.

진팔은 세차게 밀어닥치는 풍압으로 인해 눈조차 제대로 뜨기 힘들었다. 그도 나름 경공에 있어서는 남들보다 그리 뒤쳐지지 않는다고 생각하고 있었는데, 지금 보니 그게 얼마나 터무니없는 과신이었는지 깨달을 수 있었다.

순식간에 산을 넘어온 묵향이 소리쳤다.

"천막이 어디에 있느냐?"

그 말에 재빨리 사방을 두리번거리던 진팔은 한쪽을 손가락으로 가리키며 말했다.

"저깁니다. 저쪽으로 조금만 더 가시면 보일 겁니다."

이때, 소연을 찾기 위해 산을 이리저리 뒤지고 다니던 옥화무제와 비영단주는 묵향의 갑작스런 등장에 기절초풍하지 않을 수 없었다.

조금의 시간적 여유만 있다면 소연을 찾을 수 있을지도 모르지만, 묵향이 이미 이곳에 모습을 드러낸 이상 더 이상 모험을 할 수는 없었다.

그들은 묵향의 모습을 보자마자 뒤도 돌아보지 않고 죽을힘을 다해 경공을 전개해 도망쳐 버렸다.

감찰부주는 인질들이 행여 다른 사람들의 눈에 띌까 두려워 숲

속 으슥한 곳에다 감금해 두었다. 예정에 없던 일이었던지라 후방으로 빼돌리지는 못하고 감금해 놓은 천막 주위를 나무로 위장하는 정도로 조치를 끝냈다.
 하지만 그것만으로도 마음이 급한 옥화무제는 그들을 쉽사리 찾아낼 수가 없었던 것이다.

 숲 안으로 들어가 보니 감찰부의 정예무사들이 천막을 경비하며 서 있었다. 그들은 갑작스런 침입자의 출현에 당황한 듯 그의 앞을 급히 가로막았지만, 묵향은 애기를 나눌 시간조차도 아깝다는 듯 곧바로 손을 썼다.
 "크아아악!"
 묵향의 손이 휘둘러지는 순간, 빛이 번쩍 하더니 순식간에 경비무사 몇 명의 목이 날아갔다. 그 모습을 본 다른 경비무사들의 안색이 창백하게 일그러졌다. 도저히 자신들이 어떻게 해 볼 상대가 아닌 것이다.
 이때, 진팔이 다급히 외쳤다.
 "모두 싸우지 말고 도망치시오! 맹주를 비롯한 맹의 수뇌부도 도망친 지 오래요. 여기서 쓸데없이 목숨을 잃을 필요가……."
 진팔이 갑자기 입을 다문 이유는 더 이상 자신의 말을 들을 무사가 단 한 명도 남아 있지 않았기 때문이다. 그 짧은 순간에 묵향이 그들을 다 죽여 버린 것이다. 그것도 한 손으로는 진팔을 안고 있는 상태로 말이다.
 자신을 던지듯 내려놓고 천막을 향해 다가가는 교주를 향해 진팔이 악을 쓰듯 외쳤다.

"모두 죽일 필요까지는 없었지 않습니까!"

묵향은 대답하지 않았다. 아니, 그는 진팔의 이 주제넘은 참견 자체를 듣지 못한 듯했다. 그는 지금 천막 안에 과연 소연이 있을 것인지에만 온 정신이 팔려 있었다.

천막 안으로 들어섰을 때, 묵향은 그곳에서 그리운 얼굴들을 볼 수 있었다. 소연이와 설취, 그리고 서량까지. 모두들 혈도를 제압당한 상태로 드러누워 있었다.

초췌해진 소연의 얼굴을 확인하는 순간, 묵향의 눈에는 물기가 차올랐다. 다시는 못 볼 줄 알았는데, 더군다나 악에 바친 장인걸의 말마따나 소연이가 죽게 된 이유는 자신의 탓이라는 자책감에 사로잡혀 있었던 묵향이다. 놈과의 대결이 시작된 이상, 소연이의 보호에 만전을 기울였어야 했는데, 그걸 등한시한 잘못은 자신에게 있었으니까.

"살아 있었구나. 살아 있었어······."

묵향은 격동에 부들부들 떨리는 손길로 소연의 막힌 혈도를 풀어 줬다.

"아버지, 와 주셨군요. 아버지······."

소연은 눈물을 흘리며 묵향을 꽉 껴안았다. 엉망진창이 되어 있는 묵향의 몰골만 봐도 자신을 살리기 위해 아버지가 얼마나 험난한 길을 뚫고 온 것인지 그녀는 느낄 수 있었다.

그런데도 묵향은 그 모든 것을 잊고 자신이 살아 있다는 것 하나만으로도 이렇게 기뻐하고 있는 것이다. 이런 묵향의 지극한 사랑에 소연은 너무나도 큰 감동을 받았다.

뒤따라 들어와 부녀간의 감동스런 상봉 장면을 지켜보던 진팔은 가슴이 시큰해짐을 느꼈다.

그때 진팔의 눈에 다른 사람들의 얼굴이 들어왔다. 설취와 서량은 아직까지도 혈도를 제압당한 채 누워 있었다. 그들 역시 묵향과 소연이 서로 껴안고 해후의 기쁨을 누리는 것을 지켜보며, 자신들의 혈도를 풀어 주기만을 기다리고 있는 중이었다. 진팔은 서둘러서 그 둘의 혈도를 풀어 줬다.

잠시 후, 묵향은 소연을 데리고 천막 밖으로 나왔다. 산 중턱에서 아래를 바라보니, 여기저기에서 격전이 벌어지고 있는 중이었다. 무림맹 직속의 고수들도 있었지만, 그중 상당수는 제때 이곳을 탈출하지 못해 싸움에 휘말려 버린 자들이었다.

묵향은 손을 번쩍 들며 외쳤다.

"전투 중지!"

내공이 실린 그의 목소리는 멀리멀리 퍼져 나갔다. 그의 부하들이 상대편과 거리를 벌리는 모습이 여기저기에서 목격되었다.

묵향은 어리둥절한 표정으로 자신 쪽을 바라보고 있는 정파의 무림인들에게 외쳤다.

"오늘은 본교의 우환을 제거한 기쁜 날이다. 귀하들이 왜 본교에 싸움을 걸어온 것인지는 묻지 않겠다. 지금이라도 늦지 않았다. 우리들이 휴식을 취할 수 있도록 자리를 비켜 달라. 만약 본좌의 부탁을 무시한다면, 이 이후에 벌어지는 일에 대해서는 책임지지 않겠다."

묵향은 정파 무림인들의 자존심을 건드리지 않기 위해 자리를 비켜달라는 표현을 썼다. 전투를 두려워 하는 것은 아니지만 상대의 심기를 건드리면, 쓸데없는 피를 흘려야 할 가능성이 컸다. 그리고 그건 또 다른 분란의 시작을 의미하는 것이다.

마교 교주의 부탁 아닌 부탁에 정파의 고수들은 모두들 자신들이 소속된 문파를 찾아 뿔뿔이 길을 나섰다. 지금 여기에 남아서 싸우고 있던 사람들은 자신의 동료들이 철수할 수 있는 시간을 벌어 주기 위해 일부러 남는 길을 택한 인물들이 대부분이었다. 그만큼 문파의 충성심이 강한 쓸 만한 자들이라는 얘기였다. 모두의 사랑과 존경을 받고 있는 자들을 죽여 봐야 뒤끝이 좋지 못할 것은 뻔한 사실이다.

이때, 마화가 산 밑에서 맹렬한 속도로 달려 올라오는 게 보였다. 그녀를 뒤따르는 호법원 고수들의 모습도 보였다.

마화를 지근거리에서 호위하고 있는 것은 좌호법 초진걸(楚眞杰)이었다. 마교 서열 15위의 초강자가 그녀를 직접 호위하고 있는 것만 봐도, 지금 그녀가 마교에서 어떤 위치를 차지하고 있는지를 쉽게 가늠할 수 있었다.

마화는 소연을 보자마자 달려가 그녀의 양손을 꼭 잡으며 감격스러운 어조로 말했다.

"살아 있었구나. 교주님께서 네 걱정을 얼마나 하셨는지……."

"덕분에 무사했어요. 감사드려요."

마화는 묵향에게 시선을 돌리며 물었다.

"어디 다치지는 않으셨어요?"

"괜찮아. 본좌와 겨룰 수 있는 자가 누가 있다고……."

하지만 묵향의 말은 더 이상 이어지지 않았다. 이번에는 마화가 갑자기 자신을 꼭 껴안았기 때문이다.

사실, 그녀는 수많은 정파 무림인들이 몰려들었을 때 이제 끝장이라는 생각까지 했었다. 그리고 그 후에 벌어진 생각지도 않았던 반전들. 그녀는 아직까지도 자신과 묵향이 무사하다는 것이 믿어지지 않을 정도였다.

"험험…, 그것 참. 부하들도 보는 앞에서……. 다친 곳이 없으니 괜찮대도 그러네."

그제서야 마화는 자신의 추태를 깨닫고는 얼굴을 붉히며 묵향의 품에서 떨어졌다.

"자, 이제 본교로 돌아가는 일만 남았군."

묵향은 좌호법에게 명령했다.

"부교주와 장로들에게 기별을 보내라. 본교로 돌아간다."

"존명!"

"그리고 관지 장로에게는 흑풍대원들 중 몇 명을 차출해서 유광세 상장군을 도우라고 해라."

"그렇게 전하도록 하겠습니다, 교주님."

멋쩍은 얼굴로 연이어 지시를 내리는 묵향을 유심히 바라보던 소연은 살며시 마화에게 다가가 그녀의 손을 꼭 잡았다.

"축하 드려요, 어머니."

어머니라는 말에 마화의 얼굴이 기쁨으로 발갛게 달아올랐다.

이때, 철영 부교주와 2명의 장로가 허겁지겁 달려오는 게 보였다. 격전을 거친 후라 그런지 모두들 몰골이 말이 아니다.

"교주님!"

"무슨 일인가?"

"철수한다는 게 사실입니까?"

"그래, 본좌가 그렇게 명령을 내렸지."

"그 명령을 거둬 주십시오. 맹을 상대로 승기를 잡았지 않습니까?"

표정들을 보니 철영과 함께 온 장로들의 생각도 같은 모양이었다. 하지만 그들은 묵향의 눈치만을 살피고 있을 뿐, 철영처럼 대놓고 따지지는 못했다.

묵향은 짜증스럽다는 표정으로 주위를 손가락으로 가리키며 말했다.

"좌우를 둘러보게. 이 상태로 전투가 지속 가능한지 말이야."

"물론 지금 당장 싸우자는 것은 아닙니다. 속하의 생각으로는 굳이 십만대산으로 철수할 필요까지 있느냐는 겁니다. 일단 춘릉성으로 돌아가 한 며칠 푹 쉬면서 기력을 회복한 다음, 곧바로 중원 정벌을……."

하지만 철영의 말은 묵향의 손짓에 의해 막혔다. 묵향은 심히 불쾌하다는 듯 대꾸했다.

"자네는 지금 본좌의 결정을 거부하겠다는 건가?"

흠칫 한 철영은 황급히 대답했다.

"아, 아닙니다. 교주님."

"더 이상의 싸움은 의미가 없다. 자네는 교도들을 이끌고 십만대산으로 돌아가라. 알겠나?"

"존명!"

묵향의 확고한 명령에 철영은 더 이상 토를 달지 못했다. 뭔가를 결심하기 전이라면 교주는 수하들의 의견을 폭넓게 수용했다. 하지만 일단 자신이 결정을 내린 사안에 대해서는 수하들이 뭐라고 해도 전혀 먹혀들지 않는다는 것을 철영은 잘 알고 있었다. 아마 교주는 철수에 대해 그전부터 고심했었으리라.

"그런데…, 함께 가시지 않으실 겁니까? 교주님."
"본좌는 양양성에 볼일이 있다. 일을 마치고 돌아가겠다."
"옛."
"그리고 군사는 지금 어디에 있나? 한 가지 부탁할 게 있는데 말이야."
"즉시 찾아서 이리로 데리고 오라고 수하들에게 명하겠습니다.

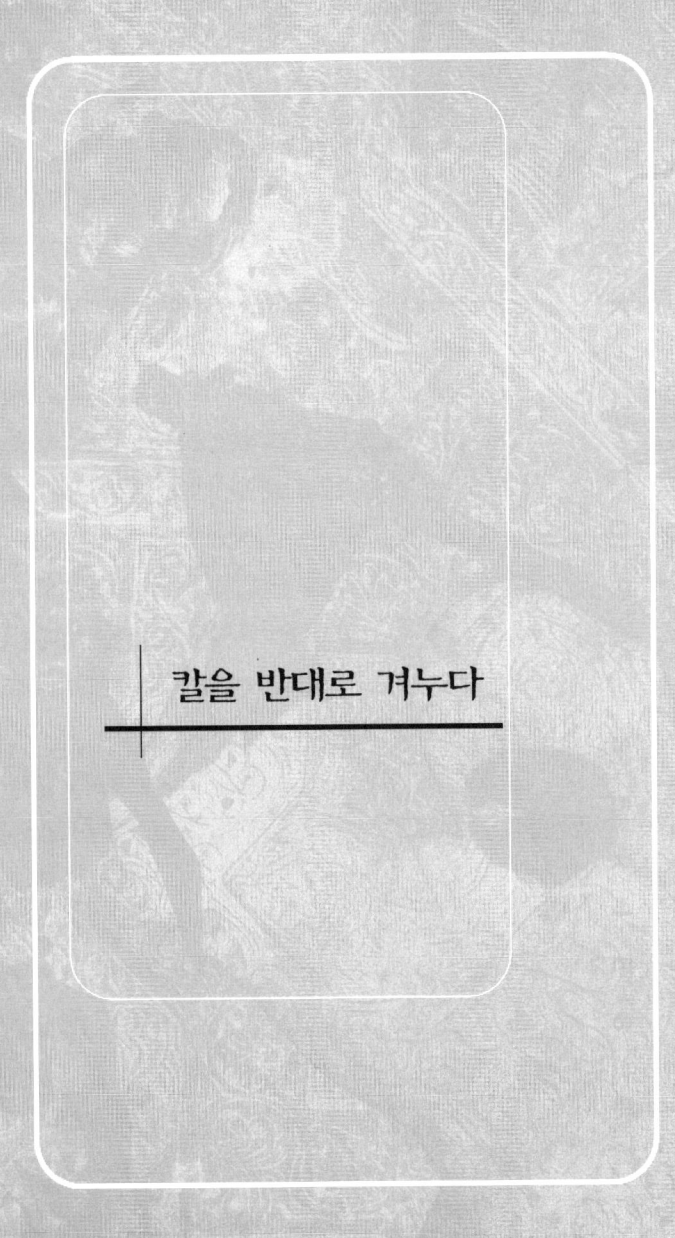

칼을 반대로 겨누다

27

교토삼굴

추밀사 섭평은 여문덕 상장군 등이 병사들을 거느리고 황성을 향해 진격을 시작한 바로 그날, 연공공을 만났다.
 가벼운 대화를 하며 틈을 엿보던 섭평은 연공공의 눈치를 살피며 자신이 이곳에 온 용건을 밝혔다.
 "오늘 유광세 상장군과 여문덕 상장군이 거병할 겁니다."
 갑작스런 그의 말에 연공공은 의아함을 금치 못했다. 거병(擧兵)이라 함은 병사를 일으킨다는 말인데, 상당히 애매모호한 표현이었다.
 "금나라로 쳐들어간다는 말이오?"
 봄이 되면 금나라와 건곤일척의 승부수를 띄우겠다는 것은 악비 대장군의 작전이었다. 물론 그러다가 목이 날아가 버렸지만 말이다. 그가 죽자, 자연히 그가 세웠던 작전 또한 폐기되었다.
 섭평은 씨익 미소 지으며 찻잔을 들어서는 차향을 음미했다. 그가 차를 한 모금 마신 다음, 찻잔을 내려놓을 때까지 실내에는 적막감만이 감돌았다.
 "목표는 황성입니다."
 그 순간 연공공은 자신도 모르게 자리에서 벌떡 일어섰다.
 "그, 그게 무슨 말씀이시오? 추밀사."

"자자, 진정하십시오, 공공. 며칠 후면 소식이 들어올 겁니다. 아니, 황성사와 연결되어 계시니 그 전에 먼저 아시게 되겠군요."

슬며시 자리에 앉는 연공공. 물론 상대의 기선에 제압당한 건 아니었다. 오히려 그의 표정은 흉흉하기 짝이 없었다.

사실, 그가 마음만 먹는다면 섭평은 내일 떠오르는 해를 볼 수 없을 것이다. 하지만 연공공이 곧장 손을 쓰지 않았던 것은, 섭평이 뭘 믿고 여기 와서 그딴 소리를 하는지 그게 궁금했기 때문이다.

연공공이 황성사의 수장들 중 한 명이라는 것은 극비 중의 극비였다. 하지만 그의 정체를 섭평이 알게 된 것은 교주와 얽힌 직후였다. 형부에 수감되어 있던 독두개를 황성사에서 나온 인물들이 상대하는 그 순간, 연공공이 지닌 또 하나의 신분이 드러나게 되었던 것이다. 물론 그것은 복수심에 눈이 멀어 저지른 연공공의 실수였지만 말이다.

섭평이 자신의 또 하나의 신분을 어찌 알았건 그건 관심이 없는 연공공이다. 그는 평소에는 잘 짓지 않던 냉혹하기 짝이 없는 표정으로 물었다.

"내가 하는 일이 뭔지 잘 알고 있는 그대가 굳이 호랑이 아가리 앞에 머리를 들이미는 이유가 뭐요?"

황성사가 하는 일이 바로 황실에 거역하는 자들에 대한 발본색원(拔本塞源) 아니던가.

"공공의 도움을 바라기 때문입니다."

연공공은 별 웃기는 소리를 다 듣겠다는 듯 헛웃음을 뿌렸다.

"하핫! 농이 심하시구려."

"무식하기 짝이 없는 무부(武夫)들의 세상이 되는 걸 바라시는 겁니까? 머릿속에 든 것은 없지만, 모두들 전쟁만큼은 기가 막히게 잘하는 자들이지요. 더군다나 그들의 휘하에는 40만이나 되는 대병력까지 있습니다. 설혹, 진압에 성공한다고 해도, 제국의 기반마저 뒤틀릴 정도로 커다란 피해를 입게 될 것은 자명한 사실이 아니겠습니까."

그 말에는 연공공도 토를 달지 못했다. 그건 사실이었으니까.

"크흠……."

"만약 연공공께서 도와주시기만 한다면 반군의 수뇌부를 제어할 수 있습니다. 이 기회에 우리들의 세상을 한번 만들어 보실 생각은 없으신지요. 공공과 저의 세상 말입니다."

우리들의 세상이라는 말에 연공공의 눈이 번쩍 빛났다. 천하를 쥘 수 있다는 말에 욕심이 나지 않을 사람이 누가 있겠는가. 하지만 곧이어 연공공은 의심 어린 표정으로 질문했다.

"반란에 성공하는 순간, 그들에게는 무소불위의 권력이 쥐어지게 되겠지요. 그런 그들을 무슨 수로 제어할 셈이시오?"

"주모자들 중 한 명인 여문덕 상장군과 제가 가깝습니다. 솔직히 말씀드린다면, 저를 주군으로 모시겠다는 맹세까지 받았지요. 그를 이용하면 됩니다."

섭평이 쥐고 있는 패가 뭔지가 드러나는 순간이다. 아마, 오늘 거병하겠다는 것도 그를 통해 알아냈을 것이다.

"흐음…, 여문덕이라……."

아무런 말이 없던 연공공은 한참 후에야 느릿한 목소리로 입을 열었다.

"잠시 시간을 주실 수 있겠소?"

"물론입니다, 공공. 하지만 빨리 결심해 주시면 감사하겠습니다."

섭평이 돌아가고 난 후, 오랜 시간이 지나도록 연공공은 자리에서 일어서지 못했다. 그가 깊은 생각에 빠져 있는 동안, 그의 시중을 드는 궁인들은 감히 발걸음 소리도 내지 못하고 조심조심 움직였다.

"차를 가져 오너라."

연공공의 명령에 환관은 따뜻한 차를 가져왔다. 그런 다음 연공공의 옆에 다소곳한 자세로 자리 잡았다.

"너는 어떻게 생각하느냐?"

툭 내던진 연공공의 물음에 환관은 살짝 고개를 조아리며 간드러지는 듯한 목소리로 대답했다.

"위험 부담이 너무 크다 사료되옵니다, 공공."

"흠…, 그건 그렇지."

연공공은 찻잔을 들어 향긋한 차향을 음미한 다음, 조금 마셨다. 그는 찻잔을 내려놓으며 다시 말했다.

"문제는 지금 추밀사를 없앤다 해도 너무 늦었다는 거야. 그렇다고 반란을 일으킨 장수들을 몽땅 다 한꺼번에 없앤다는 것도 거의 불가능한 일일 테고."

"모두는 힘들겠지만 주동자 두셋 정도라면 충분히 암살할 수 있을 것이옵니다."

"그 정도는 본관도 알고 있느니!"

연공공의 말에 환관은 깊숙이 고개를 조아렸다.

주동자 몇 명을 암살한다고 해서 무마될 단계는 이미 지나 버렸다. 일단 병력을 일으킨 후에는 끝까지 가는 수밖에 없다는 것을 장수들도 잘 알고 있다. 도중에 그만둔다고 해도 살아남을 수 없다는 것을 잘 알기 때문이다.

더군다나 반군이 병력면에서 압도적인 우세를 점하고 있지 않은가. 그런 상황에서 주동자 몇 명 죽는다고 해서 그들이 그만둘 리가 없었다. 오히려 그들이 없어짐으로 인해 장수들을 통제하기만 더욱 힘들어질 뿐이다.

'일단은 그냥 지켜보는 수밖에 없는가……?'
고심하던 연공공은 환관에게 명령했다.
"추밀사에게 호위를 몇 명 붙여 놔라."
"그리 하겠사옵니다."
뾰족한 수가 없는 이상, 일단은 몸을 웅크리며 기회를 노리는 수밖에 없었다.

며칠 후, 장수들이 반란을 일으켰다는 소식이 전해지자 황성은 발칵 뒤집혔다. 반란군의 규모는 무려 35만! 황성을 수비하고 있는 황군이 제아무리 정예라고 하지만 그 수가 겨우 5만밖에 되지 않는다는 것을 잘 알고 있기에, 조정대신들은 공포에 질릴 수밖에 없었다.

더군다나 선봉군을 지휘하고 있는 자는 맹장으로 이름 높은 유광세 상장군이다. 그는 조정이 대비책을 갖출 시간여유를 주지 않기 위해, 거병과 동시에 엄청난 속도로 황도를 향해 진격해 들어오고 있는 중이라고 했다.

일각이 아쉬운 급박한 상황이었지만, 진회는 반란군을 제압할 수 있는 그 어떤 대책도 내놓지 못했다. 썩어빠진 관료들은 아무런 도움이 되지 못한 채 공포에 질려 허둥댈 뿐이었다.

몇몇 고관들은 일찌감치 야반도주를 해 버린 상태였고, 대부분은 눈치만을 살피며 언제 황도를 떠날 것인가를 두고 저울질하고 있는 형편이었다.

반란군이 가하고 있는 압박이 대단하다고는 하지만, 진회처럼 노회한 인물이 아직까지 제대로 된 대책을 세우지 못하고 있는 이유는 따로 있었다.

그것은 바로 추밀사 섭평 때문이었다. 군부의 최고위직을 차지하고 앉아 있는 그가 눈에 보이지 않게 방해공작을 펼치고 있었던 것이다.

대책 회의가 지지부진하자, 진회는 무림맹에 도움을 청했다. 하지만 맹은 진회의 요청에 난색을 표했다. 오랑캐와의 전쟁이라면 거기에 참가할 명분이 있었지만, 동족끼리의 전투에까지 나설 수는 없다는 것이었다.

그리고 춘릉성 전투가 끝난 지 얼마 되지도 않아 맹을 재정비하느라 정신이 없었던 것 또한 사실이었다.

* * *

마교의 주력부대가 움직일 때는 가급적 인적이 드문 곳을 택하여 전속력으로 이동하는 것이 암묵적인 관례였다. 하지만 이번 경우는 달랐다. 산간지역으로 이동하는 것이 아니라 관도(官道)를 통해 이동하라는 철영 부교주의 명령이 떨어진 것이다.

마교도들은 마치 자신들이 개선군(凱旋軍)이라도 되는 듯 보무도 당당하게 대로를 행진했다. 하지만 행인이 많은 관도를 통해 이동함에도 불구하고 주변에는 강아지 한 마리 찾아보기 힘들었다. 하늘을 찌를 듯한 음산한 마기로 인해 주변 사람들이 모두 다 코를 박고 숨어 버렸기 때문이다.

평상시에는 이런 광경을 보면서도 그러려니 했었는데, 백성들을 위해 금나라와 대회전을 벌인 후인지라 사람의 행사가 괘씸하게 느껴지는 것 또한 사실이었다. 누구를 위해서 그런 개고생을 했는데, 이토록 푸대접을 하다니…….

"이렇게 천천히 이동할 필요가 있겠습니까? 하루라도 빨리 대산으로 돌아가 푹 쉬는 게 좋지 않겠습니까?"

군사의 조언에 철영 부교주는 고개를 가로저었다.

"자네의 말이 옳다는 건 알지만, 알면서도 그렇게 할 수 없다는 게 썩 기분이 좋지는 않구먼."

"그게 무슨 말씀이십니까? 부교주님."

"지금 우리가 철수하는 게 군사는 옳다고 생각하나?"

철영의 물음에 설민은 별생각 없이 대꾸했다.

"이미 목적은 다 이뤘지 않습니까. 그러니……."

물론 설민의 말은 맞았다. 하지만 그건 그가 마교 출신이 아니기에 가질 수 있는 생각이었다. 만약 그가 마교에서 성장하며 교의 오랜 염원에 대한 교육을 받았다면 그렇게 생각할 수는 없었을 것이다.

철영은 군사의 말이 다 끝나기도 전에 신경질적인 반응을 보였다.

"목적을 다 이뤘다고? 대체 무슨 목적을 이뤘다는 말인가? 본교의 꿈은 무림일통(武林一統)! 그걸 현실로 이룩할 수 있는 절호의 기회가 바로 코앞까지 왔었네. 이번 기회에 정파놈들을 추격하여 섬멸하고, 그 여세를 몰아 중원 전체를 정복해 나갔어야만 했단 말일세.”

철영의 말을 듣던 설민의 안색은 딱딱하게 굳어갔다. 부교주의 생각이 이럴 정도라면, 휘하 고수들의 마음은 어떻겠는가.

“부교주님의 생각이 그러시다면, 아무래도 휘하 고수들을 좀 더 다독일 필요가 있겠군요.”

“그 때문에 무력시위 하듯 천천히 돌아가는 게 아닌가. 아무래도 후다닥 돌아가면 뭔가에 쫓겨서 돌아가는 것 같은 기분이 드니까 말일세.”

설민은 철영이 왜 이렇게 느지렁거리며 십만대산으로 향하는 것인지 그제서야 이해할 수 있었다.

“그렇다면 좀 더 직접적으로 다독일 필요가 있지 않겠습니까?”

“직접적으로?”

“예, 교의 중추적인 분들을 모아 연회라도 베풀며, 지난 전투에 대해 치하를 하시는 게 훨씬 더 효과가 있을 것입니다.”

“흠, 그럴지도 모르겠군.”

고개를 끄덕인 철영은 곧바로 수하를 불러 오늘 밤 대대적인 연회를 열 준비를 하라고 지시했다.

마교의 거의 모든 핵심고수들이 모여 연회를 즐긴 것은 참으로 오랜만의 일이었다.

승전축하연이었던 만큼, 시작은 왁자지껄했다. 모두들 서로의 전공을 자랑하는 아주 기분 좋은 자리였다. 하지만 점차 술에 취해 가자 분위기가 조금씩 어수선해지기 시작했고, 결국에는 철영이 가장 우려하던 사태로 발전했다.

그 시작은 장로 서열 2위인 동방뇌무 장로였다. 그는 커다란 술잔을 들고는 마치 기갈이라도 들린 듯 술을 벌컥벌컥 들이키더니, 부교주를 빤히 바라보며 불만 어린 목소리로 말했다.

"무리가 되더라도 그때 정파 놈들을 완전히 끝장을 냈어야 했습니다."

철영 부교주는 난감한 표정으로 대꾸했다.

"물론 끝장을 낼 수는 있었겠지. 하지만 그랬다가는 본교 또한 적잖은 피해를 감수해야만 했을 걸세. 자, 쓸데없는 얘긴 그만두세. 대승을 축하하기 위해 모인 자리에서 나누기에는 너무 무거운 주제로군."

철영의 말에 옆에 앉아 있던 관지 장로도 동의를 표했다.

"부교주님의 말씀이 옳으십니다. 아마 교주님께서도 그 때문에 더 이상 전투를 확대하지 않으신 거겠지요."

철영 부교주에게 직접 따지기는 힘들었지만, 관지 장로가 한 마디 하자 동방뇌무 장로는 잘됐다는 듯 관지에게로 시선을 돌리며 으르렁거렸다.

"그 잡것들을 몰살시킬 수만 있다면, 그 정도 댓가는 치러야지. 자네는 무림맹을 멸하는데, 아무 희생도 없이 승리를 쟁취할 수 있다고 생각했나?"

관지 장로가 쓸쓸하게 웃으며 대꾸하지 못하자, 기가 산 동방뇌무 장로는 다른 장로들을 쭉 둘러보며 외쳤다.

"모두들 잘 알겠지만, 지금껏 본교는 수차례에 걸쳐 중원 원정을 단행했고, 단 한 번도 성공하지 못했지. 하지만 이번에는 그게 가능했단 말이야! 모두들 그렇게 생각하지 않나?"

동방뇌무 장로의 지적에 천진악 장로 역시 불만 어린 표정으로 동조했다. 그의 말은 사실이었으니까.

"그건 동방 장로님의 말씀이 옳으십니다. 춘릉에서 무림맹에 심대한 타격을 가한 다음, 곧바로 무림맹 총단으로 쳐들어갔다면 놈들의 씨를 완전히 말릴 수도 있었을 겁니다. 하지만 안타깝게도 교주님께서는 그렇게 하지 않으셨습니다. 뭔가 고명(高明)하신 생각이 있으셔서 그런 것이겠지만, 무식한 저로서는 도저히 그 이유를 짐작조차 할 수 없더군요."

천진악 장로는 군사를 향해 시선을 돌리며 물었다.

"군사, 교주님께서 그런 결정을 내리신 이유를 알고 있으시오?"

천진악 장로가 갑자기 자신을 걸고 들어오자, 설민의 안색은 창백하게 질렸다. 안 그래도 모두들 강렬한 마기를 뿜어내고 있기에 마공을 익히지 않은 군사로서는 그 눈빛을 대하는 것조차 버거웠다.

'이래서 내가 참석하지 않으려고 했는데……'

마교 역사에 길이 남을 대승리를 축하하는 연회니 무조건 참가하라는 부교주의 명령이 있었다. 아니, 설혹 그 명령이 없었다손 치더라도 철영에게 다른 장로들을 다독일 것을 조언했던 그였기에 이 자리에 빠질 수는 없었다.

문제는 술자리에서 장로들의 불만이 쏟아질 것이라 예상하기는 했지만, 이렇게 노골적일 줄은 몰랐다.

하지만 그건 전적으로 설민의 잘못이었다. 마교는 강자지존 즉,

힘을 숭상하는 단체다. 그런 만큼 실력을 인정받은 고수일 경우 타당한 불만이라면 거침없이 내뿜을 수도 있었다. 물론 상관이 그걸 받아들인다는 전제하에서 말이다.

이 자리에 앉아 있는 최고위직인 철영이나 대호법이 자신들의 불만을 받아들일 거라고 믿었기에 그들은 참지 않고 불만을 내뿜는 중인 것이다.

하지만 그런 자세한 내막까지 알지 못하는 설민에게 있어서 이 술자리는 그야말로 최악이었다. 동방뇌무 장로의 얘기가 교주의 귀에 들어갔을 때, 교주가 어떤 반응을 벌일 것인지 생각만 해도 골치가 지끈거렸다.

물론 평소에 보던 교주라면 이 정도는 호탕하게 넘길 가능성도 컸다. 하지만 심약한 그로서는 한 번씩 잔혹한 모습을 드러내던 묵향의 그 뒷면까지 생각하지 않을 수 없었다. 성질을 잘 드러내지 않아서 그렇지 교주는 정말 무서운 사람이었으니까.

"그…, 그건……."

창백하게 질린 설민이 제대로 대답하지 못하자, 동방뇌무 장로는 분을 참기 힘들다는 듯 탁자를 세차게 내리쳤다.

"복안은 무슨 얼어죽을 복안!"

쾅!

"히익!"

설민의 안색은 더욱 창백하게 질렸다. 세인들에게 사람백정이라고까지 불리는 동방뇌무 장로다. 작달막한 키에다가 연경에서의 전투로 인해 한쪽 팔까지 없는 불구자가 되었지만, 그가 내뿜고 있는 위압감은 가히 두려울 정도였다.

"교주님께서 천하제일고수이심은 분명하나, 그분은 무공만 익히셨어. 사실, 말이 나온 김에 하는 말이지만 교주님께서는 장로직은 물론이고, 그 어떤 전투단도 지휘해 본 경험이 없으시지 않나."

그 순간 철영 부교주에게서 무시무시한 기운이 뿜어져 나왔다. 동방뇌무 장로의 기세쯤은 한낱 새 발의 피쯤으로 느껴지게 만들 정도로 광폭한 기운이.

술기운을 빌어 별 생각 없이 불만을 토로하던 장로들이었지만, 철영 부교주의 기세에 모두들 찔끔 하지 않을 수 없었다.

철영은 착 가라앉은 목소리로 말했다.

"동방 장로! 말이 심한 것 같군."

동방뇌무 장로도 자신이 순간적으로 말실수를 했음을 깨달았다. 이것도 어떻게 보면 거나하게 마신 술탓이긴 했지만, 그만큼 마지막에 내려진 교주의 명령이 마음에 안 들었던 것이다.

그렇기에 말실수를 했다고 느끼면서도 동방뇌무 장로는 공개적으로 사과하고 싶은 생각은 들지 않았다. 그에게도 자존심이라는 게 있었고, 딱히 자신의 말이 잘못되었다고는 생각하지 않았으니까. 그는 될 대로 되라는 심정으로 독한 술을 단숨에 들이킨 다음 말했다.

"저는 사실을 말하고 있는 겁니다. 교주님께서도 자신이 없으시니까 전투 시에는 그 지휘를 부교주께 맡기는 것 아니겠습니까."

"그게 더 효율적이기 때문에 그런 것일 뿐, 교주님의 지휘 능력을 문제 삼는 건 문제가 있지 않겠나? 결국 교주님께서는 승리하셨네."

지금껏 아무런 말없이 술잔만 기울이고 있던 한중평 장로가 끼어들었다.

"솔직히 저도 이번에 교주님께서 정파와의 결전을 회피하신 것은 불만이긴 합니다. 하지만 그것 하나만으로 이번에 교주님께서 이룩하신 위대한 업적을 폄하할 수는 없다고 생각합니다."

한중평 장로의 말로 인해 좌중의 분위기가 교주를 성토하는 것에서 살며시 바뀌기 시작하는 것을 철영은 느꼈다.

"자자, 제대로 알지도 못하면서 지레짐작할 필요가 뭐가 있겠나. 교주님께서는 뭔가 다른 생각이 있으신 것이겠지. 이번에 장인걸과의 전쟁도 그렇지 않았나. 설마 정파 놈들하고 손을 잡으실 줄이야……. 안 그렇소? 대호법."

철영의 물음에 지금껏 아무런 말도 하지 않고 앉아 있던 호계악 대호법이 고개를 끄덕이며 동조했다.

"허허, 물론이지요. 저는 지금껏 세 분의 교주를 모셨었지만, 당금의 교주님이 가장 심계가 깊으시다고 생각합니다. 솔직히 그 잡것들과 손을 잡으시겠다고 하셨을 때는 피가 거꾸로 솟는 것 같았습니다만, 결국에는 모든 게 교주님께서 생각하신 대로 되지 않았습니까."

장로들도 대호법의 말에 수긍하지 않을 수 없었다. 사실, 무림맹과 공개적으로 손을 맞잡고 일을 벌인 교주는 묵향이 최초였으니까.

"그러니 너무 조급하게들 생각하지 말게. 노부는 조만간에 교주님께서 무림일통을 위한 행보를 시작하실 거라고 믿네. 그분이 아니시라면 그 누가 있어 본교의 염원을 이룩할 수 있겠는가?"

그 말에는 모두들 고개를 끄덕였다. 묵향이 있음으로 인해 현 마교가 사상 최고의 성세를 구가하고 있는 것은 사실이었으니까 말이다.

분위기가 충분히 무르익었다고 생각한 철영은 자리에 앉아있는 장로들을 쭉 둘러본 다음 힘차게 외쳤다.

"자, 오랜만에 모였는데 술이나 드세. 꼭 피를 봐야 맛인가? 무림맹, 그 잡것들의 코를 납작하게 눌러놓은 것만 해도 통쾌한 일이 아니겠는가. 교주님이시라면 머잖아 본교의 염원을 이룩해 주실 걸세. 자, 모두들 잔을 들게나. 그날을 위하여!"

"그날을 위하여!"

철영의 선창에 모두들 술잔을 높이 들고 외쳤다.

방금 전의 어색했던 분위기는 온데간데없이 사라지고 모두들 기분 좋게 술을 마시기 시작했다. 언젠가는 찾아올 그날을 기대하며……

묵향의 또 다른 모습

교토삼굴

양양성은 지금 거의 텅 비어 있는 상태였다. 며칠 전까지만 해도 수많은 사람들로 북적였지만, 전쟁이 끝난 지금 무림인들은 모두들 자신의 문파로 돌아가 버렸다.
그리고 병사들도 그다지 눈에 띄지 않았다. 묵향이 금나라와 전쟁을 벌이고 있는 틈을 이용하여, 유광세 상장군이 군사를 일으켜 황성을 향해 진격해 버렸기 때문이다.
연일 수많은 사람들로 북적이다 그들이 일시에 빠져나가 버리자, 양양성은 적막감마저 느껴질 정도로 한적하게 바뀌었다.
하지만 묵향은 아직까지도 양양성에 남아 있었다. 처리할 일이 남아 있었기 때문이다. 그것은 바로 태산으로 급파한 홍진 장로의 보고를 듣기 위함이었다.

아직 잠에서 완전히 깨어나지 않은 마화는 무의식중에 손을 더듬어 옆에 누워 있을 묵향을 찾았다.
하지만 그녀의 옆자리에는 아무도 없는 것은 물론이고, 단 한 점의 온기도 남아 있지 않았다. 마치 지금껏 그녀 혼자 잠들었던 것처럼. 그것을 느끼는 순간, 마화는 눈을 살며시 떴다.
'꿈이었을까?'

누운 채 살며시 눈을 떴다. 역시나 옆자리에는 아무도 없었다. 잠이 번쩍 깼다. 어디까지가 현실이고, 어디까지가 꿈인지 분간이 되지 않았다. 그토록 사모했던 묵향과 맺어진 것이 단 하룻밤의 달콤한 꿈일지도 모른다는 생각에 그녀의 마음은 급격히 어두워지기 시작했다.

마화는 상체를 벌떡 일으켜 침실 안을 둘러봤다. 하지만 누군가 함께 있었던 흔적은 단 하나도 발견할 수가 없었다.

그녀는 초조해졌다. 급히 잠자리에서 일어난 그녀는 후다닥 달려가 문을 벌컥 열었다. 그리고 그녀는 발견할 수 있었다. 난간에 위태롭게 앉아 자신에게 달콤한 미소를 보내고 있는 남자를. 그녀는 꿈을 꾼 게 아니었던 것이다.

"좀 더 자지, 왜 이렇게 일찍 일어나?"

묵향의 부드러운 목소리에 잔뜩 굳어 있던 마화의 안색이 살며시 풀렸다.

"아뇨, 많이 잤어요."

"이리 와. 조금 후면 해가 뜰 거야. 같이 일출을 보면서 차를 마시자고."

과연 동편 하늘은 타는 듯 붉게 달아올라 있었다.

묵향을 향해 사뿐 발걸음을 옮기려던 마화는 갑자기 떠오른 생각에 몸을 부르르 떨었다. 지금 자신이 막 잠에서 깨어난 상태 그대로라는 데 생각이 미친 것이다. 머리는 뒤죽박죽 엉망일 테고, 어쩌면 눈곱도 붙어 있을지 몰랐다. 화장도 안 한 것은 물론이고, 하늘거리는 잠옷 바람으로 여기에 나와 있었다. 지금 그녀는 묵향에게 자신이 가장 보이고 싶지 않은 모습을 적나라하게 보여 주고 있는 중인 것이다.

그녀는 얼굴을 붉히며 황급히 가슴을 가린 뒤 뒤로 주춤 물러섰다.

"잠깐, 잠깐만 기다리세요. 금방 준비하고 올게요."

"준비할 게 뭐가 있어? 그냥 이리 와."

하지만 마화는 묵향의 말에 대꾸도 하지 않고 후다닥 침실로 뛰쳐 들어갔다. 그녀는 약간 짜증스런 어조로 투덜거렸다.

"도대체 언제 일어나신 거람."

사람들은 모두들 그녀가 꽤나 실력 있는 고수라고 평가해 줬다. 그리고 그녀 또한 그렇게 알고 살아왔다. 그만큼 기감이 뛰어나다는 얘기였다.

그런데 바로 옆에서 잔 묵향이 일어나는 것조차 알아채지도 못할 정도로 잠들어 있었다니……

우선 그녀는 흐트러진 잠자리부터 깨끗이 정돈했다. 그리고 곱게 몸단장을 시작했다. 사랑하는 이 앞에 서는데 아무거나 입을 수는 없는 노릇이 아닌가. 세안은 물론이고 화장을 하는 데 걸린 시간도 꽤 되었지만, 옷을 고르고 입는 데 들어간 시간에 비한다면 그건 새 발의 피나 다름없었다.

예쁜 옷으로 갈아입은 마화가 상큼한 미소를 지으며 밖으로 나왔을 때는, 이미 시간이 한참 흐른 뒤였다. 타는 듯 붉었던 하늘은 온데간데없어지고 사위는 훤하게 밝았다.

하지만 묵향은 난간에 걸터앉은 자세 그대로 그녀를 기다리고 있었다. 묵향 옆에는 같이 마시자던 찻잔 두 개가 이미 싸늘하게 식어 버린 채 놓여 있었다.

"미, 미안해요. 서두른다고 서둘렀는데……."

해를 바라보고 있던 묵향의 고개가 천천히 마화를 향했다. 묵향은 씨익 미소 지으며 별거 아니라는 듯 말했다.

"괜찮아, 해는 내일도 뜨는데 뭐. 아침이나 먹으러 갈까?"

"예."

마화는 묵향의 눈치를 살피며 물었다.

"도대체 언제 일어나신 거예요?"

"같이 밤을 지새워 줄 것도 아닌데, 그건 알아서 뭐 하려고. 몇 번이나 하는 말이지만, 나한테 맞추려고 하지 말고 그냥 편하게 생활해. 정 필요한 게 있다면 내가 마화에게 맞춰 줄 테니까."

"아뇨, 저에게 맞춰 주실 필요는 없어요. 지금도 저는 꿈을 꾸는 것만 같거든요. 다만, 잠에서 깨어났을 때 옆에 당신이 안 계시면 이 모든 행복이 다 꿈인 것 같아 두려워져요."

"별 걱정을 다하는군. 나는 언제까지나 마화하고 함께 할 거야. 자, 아침이나 먹으러 가지."

그렇게 말하면서 성큼 발을 떼는 묵향. 그런 묵향의 뒷모습이 어쩐지 쓸쓸하게 보이는 것은 그녀만의 착각일까? 밤새도록 난간에 앉아 있던 묵향의 모습하며…, 그처럼 뛰어난 고수가 자신이 말을 걸기 전까지 계속 허공만을 바라보고 있었다는 게 아무래도 마음에 걸렸다.

혹시 뭔가 고민이라도 있는 게 아닐까? 하지만 이내 마화는 고개를 가로저었다. 장인걸까지 없애 버린 마당에 더 이상 묵향에게 무슨 고민이 남아 있겠는가. 괜한 자격지심이겠지.

마화는 빠르게 묵향 옆으로 다가가 살며시 팔짱을 끼며 가벼운 어조로 말했다.
"배고파요. 밥 사 줘요."
칭얼거리는 듯한 마화의 말투에 묵향은 씩 미소 지었다.
"뭘 먹고 싶어?"
다정하게 길을 걷는 그들의 뒤를 좌호법 초진걸이 10여 명의 수하들과 함께 조용히 뒤따르고 있었다.

아침 식사를 마친 후 묵향은 소연이를 찾아갔다. 소연은 진팔과 함께 비무를 하고 있었다.
소연의 뒤쪽에 냉막한 표정으로 서 있던 마인 한 명이 묵향을 보자 황급히 예를 올렸다. 우호법 여문기(呂文起)였다. 소연이 지금 교외에 있는 만큼, 우호법이 직접 소연을 호위하라고 대호법이 명령했던 것이다.
소연은 마화와 함께 다가오는 묵향을 보자 환하게 미소 지었다.
"어서 오세요, 아버님, 어머님."
"수련을 하고 있었더냐?"
"예."
묵향은 장원 안을 빙 둘러봤다. 어제까지만 해도 사람들이 북적거렸었는데, 오늘은 인적이 거의 느껴지지 않았다. 우호법 여문기와 그 휘하의 호법원 고수 10명만이 강렬한 자신의 존재감을 드러내며 주위를 경계하고 있을 뿐이었다.
"사람이 별로 없는 듯하구나."
"모든 일이 끝났으니 여기에 남아 있을 이유가 없잖아요. 사형은 오늘 아침에 제자들을 이끌고 천지문으로 돌아갔어요."

전쟁이 끝난 이유도 있었지만 임연이 재빨리 천지문으로 돌아가게 된 주된 원인은 바로 소연을 따라다니는 호법원 고수들의 존재 때문이었다.

더군다나 마교 서열 16위의 초강자인 여문기에게서 뿜어져 나오는 마기와 위압감은 범인들의 상상을 초월할 정도였다. 그런 그가 언제나 소연의 지근거리에서 경호를 맡고 있다 보니 임연으로서는 도저히 평상적인 생활 자체가 불가능했다.

만약 전쟁이 끝나지 않았거나, 이곳에서 오랜 시간 머물러야만 하는 상황이었다면, 소연에게 문파 밖에서 따로 생활해 달라고 요청했을지도 몰랐다.

그랬기에 전투가 끝난 뒤 모든 일이 마무리되자마자 임연은 짐을 챙겨서 빠르게 천지문으로 돌아간 것이다. 마침 양양성에 있던 대부분의 문파들 역시 철수를 준비하고 있었기에 주위의 눈치를 볼 필요조차 없었으니 말이다.

소연의 대답에 묵향의 안색이 환해졌다. 하지만 그 말을 들은 진팔은 움찔하지 않을 수 없었다.

"그럼 이제 결정을 내린 것이냐?"

"예, 아버님."

묵향은 소연에게 함께 마교로 돌아갈 것을 권했었다. 하지만 소연은 곧바로 대답을 하지 못하고 차일피일 미루며 시간을 끌었다.

정파에서 성장한 그녀가 마교로 들어간다는 결정을 내린다는 게 결코 쉬운 일은 아니리라. 하지만 묵향은 소연이 결국 이렇게 결론을 내릴 것이라고 짐작하고 있었다.

마교 교주의 딸이라는 이유 하나만으로 이번에 크나큰 곤욕을 치루지 않았던가. 결국 그녀가 안주할 수 있는 곳은 마교 외에는 없다고 봐야 했다.

마화가 소연의 손을 꼭 잡으며 부드럽게 말했다.

"잘 생각했어."

무척 화기애애한 분위기였지만, 옆에 서 있던 진팔만큼은 입술을 질끈 깨물고 있었다. 물론 그 역시도 소연이 마교로 들어갈 것이라는 예상을 하지 못한 것은 아니다. 하지만 그래도 막상 그 일이 현실로 닥쳐오자, 자신은 어떻게 처신해야 할지 난감했던 것이다.

이때 홍진 장로가 헐레벌떡 문을 열고 들어서는 모습이 보였다. 묵향이 묵고 있는 장원으로 갔다가, 교주가 이리로 갔다는 말을 전해 듣고 달려온 모양이었다.

달려오는 그의 품에는 길쭉한 나무상자 같은 것이 안겨 있었다. 10여 명의 수하들이 뒤를 따르고 있음에도 상자를 자신이 직접 들고 있는 것으로 보아 대단히 귀중한 뭔가가 들어 있는 모양이다.

홍진 장로는 묵향에게 공손하게 예를 올렸다.

"교주님을 뵙습니다."

묵향은 홍진 장로가 고개를 채 들기도 전에 급히 질문부터 던졌다.

"어찌 되었나?"

홍진 장로는 고개를 조아리며 안타까운 어조로 고했다.

"예, 두 분 다 돌아가셨더군요. 먼저 부교주님의 시신을 발견했고, 패력검제의 시신은 좀 더 깊은 곳에서 찾아낼 수 있었습니다."

홍진 장로는 무릎을 꿇으며 나무 상자를 묵향에게 바쳤다.

"이건 교주님의 신물인 묵혼입니다."

묵향은 천천히 상자를 열어 봤다. 상자 안에는 비단천이 깔려 있었고, 그 위에 다섯 조각으로 부서진 묵혼검의 파편이 놓여 있었다.
도대체 얼마나 엄청난 폭발이었기에 화경급 고수인 패력검제가 들고 있는 묵혼검을 이 지경으로 만들어 버릴 수 있었을까.
묵향은 묵혼검을 다시금 홍진 장로에게 넘겨주며 씁쓸한 표정으로 중얼거렸다.
"적어도 한 명쯤은 살아 있을 거라고 기대했었는데……."
"지하 깊숙한 곳에서 한순간에 대폭발을 일으키며 동굴이 무너져 버리는 데야 그분들로서도 도저히 손 쓸 방법이 없었을 겁니다."
"그래도 최소한 귀식대법이라도 쓰면서 버텼어야지."
"저희가 시신이 있는 곳까지 파들어 가기 위해 거의 15일에 가까운 시간이 소요되었습니다. 설혹 대폭발 때 살아남았다 해도 귀식대법으로 그렇게 오랜 시간을 버틸 수는 없었을 겁니다, 교주님."
"멍청한 녀석들! 그 고생을 해서 화경에 올라놓고는, 이렇게 허무하게 가 버리다니……."
묵향의 분노에 홍진 장로는 아무런 말도 할 수가 없었다. 패력검제와 달리 초류빈 부교주는 교주가 직접 무공을 전수하며 키운 애제자나 다름없는 존재가 아니었던가. 비록 내색은 하지 않았지만, 그런 초류빈을 잃은 교주의 마음이 얼마나 아플지는 홍진 장로도 너무나 잘 알고 있었다.
"시신들은 잘 수습했겠지?"
"여부가 있겠습니까, 교주님. 예법에 따라 화장(火葬)하여 뼛가루는 강에 뿌렸습니다."

"잘했군. 패력검제도 화장했나?"

"그는 본교의 사람이 아닌지라 시신을 소금에 절여서 가지고 왔습니다. 아무래도 그의 유족에게 전하는 게 좋지 않을까 해서 말입니다."

"잘했군. 그의 시신은 지금 어디에 있나?"

"수하들에게 제령문에 전달해 주라고 했습니다만, 이리로 가져오라고 할까요?"

"아니, 그럴 필요까지는 없다."

묵향이 뭔가 고민이 있지 않을까 하는 생각이 들었던 게 마화의 단순한 착각은 아니었다. 그녀는 자신이 애써 무시하고 있었던 게 사실이었다는 것을 깨달았다.

아마도 요 근래 묵향이 보여 주던 몇몇 이상한 행동들이 다 이것 때문이었던 모양이다. 묵향은 최소한 둘 중 한 명만이라도 살아서 돌아오기를 간절히 원하고 있었던 것이다.

홍진 장로를 돌려보낸 후, 묵향은 마화와 소연, 진팔과 함께 제령문도들이 기거하고 있는 장원으로 갔다.

장원에 도착하기 전에 진팔이 묵향에게 말을 건넸다. 결연한 표정을 짓고 있는 걸 보니, 뭔가 중요한 말을 꺼내려는 모양이었다.

"교주님, 한 가지 부탁드릴 게 있습니다."

"무슨 일인데 그렇게 심각한 표정으로 말하는 것이냐?"

진팔은 고개를 조아리며 묵향에게 부탁했다.

"저를 천마신교에 받아 주십시오. 천마신교의 일원이 되고 싶습니다."

진팔이 왜 자신에게 그런 부탁을 하는지 묵향은 빤히 알고 있었다. 소연이 때문이리라. 하지만 그는 짐짓 시치미를 떼고 물었다.

"본교에 투신하려는 이유가 뭐냐?"

잠시 망설이던 진팔은 옆에서 황당한 표정으로 서 있는 소연의 눈치를 힐끗 봤다. 주저주저하다 결국 입을 여는 진팔의 얼굴은 어느새 빨갛게 달아올라 있었다.

"사, 사저를 곁에서 모시고 싶기 때문입니다."

그러자 소연이 절대 안 된다는 듯 고개를 흔들었다.

"사제, 나 때문이라면 그러지 마. 사제는 앞날이 창창하잖아. 나를 따라 신교에 들어간다고 해도, 정파와는 너무나도 달라서 제대로 적응하기가 힘들 텐데……."

"아닙니다, 사저. 사저를 위해서라면 이 몸이 가루가 되어도 상관없습니다."

진팔의 수작을 옆에서 지켜보고 있던 묵향이 도저히 참지 못하겠다는 듯 퉁명스럽게 말했다.

"본교에 투신하고 싶다는 이유치고는 동기가 너무 불순해. 그냥 천지문에나 붙어 있지 그래?"

진팔은 땅바닥에 털썩 엎드려 부복하며 사정했다.

"제발 저를 받아들여 주십시오. 이 생명 다 바쳐 사저를 모시겠습니다."

"쓰읍…, 무공도 제대로 익히지 못한 놈이 헛소리는……."

뭔가 한소리 하려던 순간, 십만대산에는 소연과 친한 사람이 거의 없다는 데 생각이 미쳤다. 나중에 둘이 맺어질지 아닐지는 알 수가 없지만, 소연이 십만대산에 자리 잡는 데는 보탬이 될 듯도

했다.
"좋아, 본교 가입을 허락한다."
"가, 감사합니다, 교주님!"

장원은 침통한 분위기에 잠겨 있었다. 문 앞에 서 있던 경비무사가 묵향을 알아보고는 급히 안으로 통보했다. 곧이어 폭풍검 서량이 달려 나와 묵향 일행을 환대했다. 설취도 그와 함께 나왔다. 사부가 행방불명된 상태라 서량에게 의지하고 있었던 모양이다.
"어서 오십시오, 교주님. 선친(先親)의 시신을 찾아 주신 것에 대해 뭐라고 감사를 드려야 할지……."
"아닐세. 겨우 이 정도밖에 해 줄 수 없다는 게 미안할 뿐이야."
서량은 교주와 함께 온 다른 사람들과도 인사를 나눴다.
"안으로 드시지요."
"자네도 정신이 없을 텐데, 괜한 시간 뺏고 싶지는 않네. 타지에 나와 장례식을 치르려면 돈이 많이 필요할 텐데, 보태 쓰게나."
그러면서 묵향은 작은 봉투 하나를 내밀었다. 봉투 안에는 고액권의 전표가 몇 장인가 들어 있었다. 봉투 안을 들여다보는 서량의 눈이 휘둥그레질 정도의 거액이었다.
묵향은 그것을 전한 것으로 자신의 할 일이 끝났다는 듯 뒤로 돌아섰다.
이때, 서량이 급히 신법을 운용하여 묵향의 앞을 막아서며 단호하게 물었다.
"이 전표가 의미하는 게 뭡니까?"
묵향은 별것 아니라는 듯 대꾸했다.

"부조(扶助)라고 했지 않나."

"왜 선친께서 그 머나먼 태산까지 가서 화를 당하셨는지, 그리고 선친의 시신을 왜 교주님의 부하들이 가져온 것인지…, 그 연유를 속 시원히 밝혀 주십시오!"

서량은 허리에 차고 있던 패왕검을 손으로 잡으며 소리쳤다.

"이 검을 제게 전해 주신 분도 교주님이셨지 않습니까. 선친께서 교주님께 이 검을 맡기셨다고 말입니다. 그때는 묻지 못했지만, 지금은 묻고 싶습니다. 도대체 어떻게 된 일입니까? 저는 그것을 들을 충분한 자격이 있다고 생각합니다."

묵향은 잠시 망설이다가, 어쩔 수 없다는 듯 대답했다.

"패력검제는 본좌를 대신해서 장인걸이 파놓은 함정에 들어간 것이었어. 그를 그곳으로 보낸 책임은 본좌에게 있다네. 원망하고 싶다면 본좌를 향해 하게."

묵향의 무성의한 대답에 서량이 뭐라고 따지려는 순간, 뒤에 서 있던 마화가 끼어들었다. 도저히 듣고만 있을 수가 없었던 것이다.

"그게 아니잖아요."

"가만히 있어."

"왜 사실을 제대로 말해 주지 않는 건데요?"

마화는 서량을 향해 시선을 돌리며 말했다.

"대협께서 그리로 들어가신 건 서 공자를 구출하기 위해서였어요."

서량은 마치 머리를 한 대 두들겨 맞은 듯 멍한 표정으로 중얼거렸다.

"저, 저를…, 말입니까?"

"태산파의 핵심고수들을 위한 연공실에 서 공자를 비롯한 인질들이 갇혀 있다는 정보를 입수했어요. 교주님께서는 그곳에 초류빈 부교주님 이하 혈랑대를 투입하기로 결정하셨죠. 그때 패력검제 대협도 거기에 동참하셨구요. 그 당시에는 설마 그곳이 교주님을 없애기 위해서 치밀하게 안배된 함정일 거라고는 그 누구도 예상하지 못했었어요."

도저히 못 믿겠다는 듯 서량은 고개를 세차게 가로저으며 외쳤다.

"중요한 시점에 써먹을 수 있는 인질을 그렇게 먼 곳에다가 감금시켜 놨다는 게 말이 됩니까?"

"말은 충분히 됐어요. 그 당시에는 정보가 너무나도 부족했고, 그 정보를 가져온 게 바로 무영문의 부문주였으니까요."

여기서 무영문의 이름이 튀어나올 거라고는 전혀 예상치 못한 서량이었다. 그렇다. 만약 무영문에서 그 정보를 제공한 것이었다면 믿을 수밖에 도리가 없었으리라.

"무영문이 왜 그런 거짓된 정보를……?"

"왜 그랬는지는 알 수 없지만 무영문이 최후의 순간에 배신했어요. 장인걸과의 격전이 끝난 후에야, 춘릉 일대에 포진시켜 놨었던 본교의 정찰대 및 첩보대가 단 한 명도 남김없이 살해당했다는 걸 알았죠. 그런 짓을 할 수 있는 건 무영문뿐이에요."

서량은 당혹스런 표정으로 중얼거렸다.

"무영문이 왜 그런 짓을……?"

"그건 옥화무제를 붙잡아서 알아봐야겠지요. 지금 본교는 총력을 다해서 그녀를 찾고 있는 중이에요."

침중한 표정으로 얘기를 듣고 있던 묵향은 서량에게 말했다.
"어찌 되었건 모든 책임은 본좌에게 있다. 그를 그곳으로 보낸 것에 대한 최종 승인은 본좌가 내렸으니까."
여기까지 말한 뒤 뒤로 돌아서서 문을 나서려던 묵향은 멈칫, 발길을 멈추더니 다시 입을 열었다.
"그 복수는 확실하게 해 줄 테니 네가 걱정할 필요는 없다."
그 말을 끝으로 묵향은 제령문을 떠났다.
그리고 서량은 그 자리에 주저앉아 통곡했다. 선친이 왜 그 머나먼 타향에서 죽어 갔는지 그 이유를 알았기 때문이다. 그것은 바로 자신 때문이었다. 자신이 납치당하지만 않았다면, 아버지가 거기까지 달려갈 일은 없었을 테니까.
오열하는 그를 설취가 위로하고 있는 게 보였다.
묵향은 자신을 따라 나오려는 소연에게 말했다.
"너도 설취와 함께 있어라. 그 아이가 지금 의지할 곳이 없지 않느냐."
"그래도……."
"나는 괜찮다. 도중에 들릴 데도 있고 말이야."
"그럼 십만대산에서 뵙겠습니다, 아버지."
묵향은 우호법 여문기를 바라보며 말했다.
"딸아이를 부탁하네."
"염려하지 마십시오, 교주님. 목숨을 바쳐 지켜 드리겠습니다."

제령문을 나와 걸어가던 도중, 마화가 불쑥 질문을 던졌다.
"왜 그러셨어요?"

뜬금없는 질문에 묵향은 어리둥절한 표정으로 되물었다.

"뭘?"

"옆에서 가만히 듣자니 모든 잘못을 교주님께서 덮어쓰려고 하셨잖아요."

영문을 모르겠다는 듯 묵향은 고개를 흔들었다.

"나는 그런 적 없다. 네가 잘못 들은 것이겠지."

마화는 힐끔 묵향의 눈치를 살핀 뒤 다시 물었다.

"혹시…, 서량 공자가 아버지의 죽음이 자기 탓이라고 자책할까 봐 그랬던 거예요?"

묵향은 곧바로 대답을 하지 못하고 그저 곤혹스러운 표정을 지었다. 그 모습을 본 마화는 자신의 짐작이 맞았다는 것을 깨달았다.

마화의 얼굴에 따스한 미소가 떠오르자 자신의 내심이 간파 당했다고 생각한 묵향이 당황한 듯 퉁명스럽게 말했다.

"무, 무슨 말도 안 되는 소리를 하는 거야! 나는 녀석이 나를 원수로 생각하며 열심히 수련하라고 그랬던 것뿐이야. 패력검제, 그 녀석처럼 말이지."

그리고는 더 이상 할 말이 없다는 듯 앞으로 빠르게 걸어가는 묵향이었다.

마화는 재빨리 뒤따라가서 묵향의 팔을 붙잡아 팔짱을 꼈다. 곤혹스러워 하는 묵향의 표정이 재미있어 뭔가 한 마디 더 하고 싶었지만 마화는 애써 참았다. 자칫 묵향이 화를 내게 될지도 모르니 말이다.

한동안 두 사람은 말없이 걸었다. 그들이 기거하던 장원의 모습이 보일 때쯤, 마화가 갑자기 입을 열었다.

묵향의 또 다른 모습

"참, 십만대산으로는 언제 돌아가실 거죠?"
"이곳의 일은 다 끝났으니 내일 아침에 떠나기로 하지."
"준비하도록 할게요."
"가는 길에 초씨세가에 들렀다가 갈 거야."

초류빈이 남긴 유산

27

교토삼굴

다음 날 아침, 양양성을 떠난 묵향 일행은 먼저 초씨세가를 향해 발걸음을 옮겼다. 평온하기 그지없는 일정이었다.

하지만 왠지 수심에 차 있는 듯한 묵향의 안색은 변함이 없었다. 그 이유를 어느 정도 짐작하고 있는 마화는 애써 웃음을 지으며 한시도 묵향 옆에서 떨어지려 하지 않았다.

그러다 초씨세가가 있는 지역에 도착하게 되자, 묵향은 수하들을 풀어 위치를 알아보게 했다. 잠시 후, 길을 물어보러 갔던 호법원 소속 무사 한 명이 돌아와서 보고했다.

"저쪽에 보이는 넓은 장원이 초씨세가랍니다, 교주님."

초씨세가는 비록 오대세가에는 들어가지 못했지만 오래 된 도(刀)의 명문으로서 강호에 혁혁한 명성을 날리고 있는 세가였다.

남궁세가가 예전과 달리 세력이 많이 약화되었음에도 불구하고 오대세가 중 하나로 꼽히는 이유는 오랜 세월 정파 무림을 위해 선조들이 이뤄 놓은 업적들과 공헌 덕분이었다. 만약 보유하고 있는 세력만으로 따진다면 오래전에 남궁세가를 밀어내고 초씨세가가 오대세가의 한 자리를 차지했을 것이다. 그런 만큼 초씨세가의 본거지는 제법 웅장한 규모를 자랑했다.

초씨세가의 본거지가 눈앞에 뻔히 보임에도 불구하고 묵향은 선뜻 발걸음을 옮기지 못했다. 웬일인지 세가를 코앞에 두고 묵향이 미적거리고 있자, 마화가 미심쩍다는 듯 질문을 던졌다.
"가주에게 통보만 하면 되는 일이 아니었나요?"
묵향이 초씨세가에 볼일이 있다고 했을 때, 마화는 그가 왜 그곳에 가려는지 금방 눈치 챘었다. 초류빈 부교주가 죽었다는 것을 알리려는 것이리라.
마화의 물음에 묵향은 난감하다는 듯 대꾸했다.
"녀석의 어머니가 아직까지도 살아 있다는 게 문제지."
슬쩍 눈치를 보니 초류빈의 어머니가 아직 살아 있다는 것에 상당히 껄끄러워 하는 기색이 역력했다. 이에 마화는 크게 인심을 쓴다는 듯 제안했다.
"제가 대신 통보해 드릴까요?"
하지만 묵향은 고개를 가로저었다.
"그럴 수야 있나. 부교주의 죽음을 전하려면 본좌가 직접 가야 격에 맞지."
말은 그렇게 단호히 하면서도 묵향은 전혀 움직일 기색을 보이지 않았다. 초류빈의 어머니를 직접 만나 그녀의 면전에 대고 '댁의 아들이 이번에 전사했으니 그리 아쇼.' 하는 식의 통보를 해야 할 걸 생각하니 엄두가 나지 않는 모양이었다. 세인들에게 피도 눈물도 없는 마왕이라고 매도당하는 교주가, 이토록 인간적이라는 것에 마화는 미소 짓지 않을 수 없었다.
한동안 조용히 묵향을 바라보던 마화는 뭔가 생각이 떠올랐는지 살그머니 초진걸 좌호법에게 다가가 물어봤다.
"부교주의 어머니는 어떤 분이시죠?"

물어보지 않으면 대답을 하지 않을 정도로 과묵한 인물이기는 했지만, 초진걸은 꽤나 능력 있는 인물이었다. 그는 묵향이 왜 초씨세가를 방문하려 하는지, 또 누구를 만나려고 하는 지까지 벌써 모든 조사를 다 끝낸 상태였다. 그걸 알고 있는 쪽이 경호 임무를 수행하는 데 있어서 훨씬 더 효율적이기 때문이었다.
　"초씨세가의 장로라고 들었습니다. 명문 출신으로 여자로서는 보기 드문 무재(武才)를 지닌 분이라고 하더군요."
　초진걸이 '보기 드문'이라는 표현까지 쓴 걸 보면 대단한 여고수임에 틀림없다. 어쩌면 초류빈이 지녔던 무공에 대한 재능은 그의 어머니에게서 물려받은 것이었을지도…….
　마화가 이런 생각을 하고 있을 때, 갑자기 초씨세가 쪽에서 소란스러운 움직임이 느껴졌다. 무슨 일인가 싶어 마화의 시선이 초씨세가 쪽으로 향했을 때, 귀청을 찢는 듯한 요란한 경종 소리가 사방으로 울려 퍼졌다.
　뎅! 뎅! 뎅!
　마치 큰일이라도 난 듯 경종 소리가 끊이지 않았고, 조용하던 초씨세가의 본거지가 분주해지기 시작했다.
　그 모습을 지켜보던 묵향의 인상이 살짝 일그러졌다. 갑자기 초씨세가가 경종을 울리고 분주해진 이유를 금방 눈치 챘기 때문이다.
　그의 시선이 뒤로 향했다. 그곳에는 자신을 호위한답시고 따라온 호법원의 고수 11명이 태연한 표정으로 초씨세가를 바라보고 있었다. 일반인들이라면 그들 앞에서 감히 숨조차 내쉬기 힘들 정도로 강력한 마기를 뿜어내는 거마(巨魔) 11명이 졸졸 뒤를 따라왔으니 저들이 위기감을 느끼지 않았을 리 없다.

"여기서 이러고 계실 게 아니라 빨리 방문을 하는 게 좋지 않을까요?"

마화가 묵향에게 말을 건네는 동안 초씨세가에서 수십 마리의 전서구가 일제히 날아올라 사방으로 흩어졌다. 그와 동시에 청록색의 야행복을 입은 십수 명의 무사들이 메뚜기처럼 튀어나와서는 어딘가를 향해 쏜살같이 달려갔다.

"주위 문파에 구원을 요청하나 보네요."

마화의 중얼거림에 묵향은 어이가 없다는 듯 대꾸했다.

"겨우 11명을 상대하는 것에 자신이 없어서 주위에 도움을 요청하다니……. 자존심도 없는 녀석들 같으니라고."

"호호, 11명이 문제가 아니라 우리 뒤에 또 다른 후속부대가 있을까 겁내는 거겠죠."

마화의 말대로 초씨세가는 꽤나 커다란 규모의 문파였다. 그리고 초류빈 같은 고수를 키워 낼 정도로 그 뿌리 또한 얕지 않았다.

그들이 겁내는 것은 이것이 마교의 전면적인 도발이면 어쩌나 하는 것이었다. 세가의 총력을 기울인다면 11명의 마두들이야 어떻게 없앨 수 있을지 모르지만, 만약 후속부대가 뒤따라오고 있다면 도저히 답이 없는 것이다.

쓸데없이 일이 커진 것 같아 짜증이 치솟았지만, 묵향은 어쩔 수 없이 초씨세가를 향해 발걸음을 옮겼다. 그리고 마화와 호법원 고수들이 그 뒤를 따랐다.

앞서 가던 묵향이 갑자기 뒤로 돌아서더니 마화에게 말했다.

"아무래도 이건 네가 가지고 있다 전하는 게 모양새가 좋겠지."

그러면서 묵향은 품속에서 작은 보따리 하나를 꺼내 마화에게 건넸다.

"이게…, 뭐죠?"

"뭐긴, 그녀석의 유품이지."

보통 특별한 경우가 아닐 때에는 정문에 급이 낮은 무사가 배치되는 것이 일반적이다. 하지만 마교의 난입이 염려되는 시점이라 그런지 꽤나 높은 인물이 서 있었고, 그 덕분에 그는 한눈에 다가오고 있는 인물이 누구인지 알아볼 수 있었다.

"헉!"

"무슨 일이십니까?"

"너는 지금 당장 가주님께 아뢰라. 교, 교주가 왔다고 말이다. 빨리!"

"예?"

"빨리 가서 고하라니까!"

그렇게 명령한 다음, 그는 황급히 달려 나가 묵향에게 코가 땅바닥에 닿을 정도로 허리를 굽혔다.

"어서 오십시오, 교주님. 소생은 초씨세가의 정문을 맡고 있는 박진철이라 합니다."

박진철은 묵향을 비롯해 그 뒤에 서 있는 마인들을 힐끔 쳐다본 다음 마른침을 꿀떡 삼켰다. 그들이 뿜어내는 무시무시한 마기에 자신도 모르게 두 발이 후들후들 떨리고 있었기 때문이다.

"가, 가주님께 안내해 드리겠습니다. 이쪽으로……."

하지만 교주의 입에서 나온 말은 전혀 의외였다.

"가주는 됐고, 본좌는 초운하(楚雲河)를 만나러 왔다."

"초, 초운하요?"

"그래, 초운하 말이다. 여기에 초운하라는 여인이 있지 않더냐?"

전혀 생각지도 못한 말에 박진철의 얼굴이 당혹스러움으로 왈칵 일그러졌다. 초씨 성을 쓰는 것으로 보아 세가 사람인 것 같긴 했지만 아무리 머리를 굴려 봐도 그런 이름을 쓰는 여인이 떠오르지 않았기 때문이다.

상대의 맹한 얼굴을 바라보던 마화가 가볍게 혀를 차며 부연 설명을 해 주었다.

"교주님께서는 귀 세가의 초운하 장로님을 만나러 오셨어요."

독수낭랑 종리운하가 초씨세가에 시집와 초씨라는 성을 부여받은 지도 어언 60여 년에 가까운 세월이 흘렀다. 시집올 당시부터 뛰어난 고수였던 그녀는 세가 내에서 단연 두각을 드러냈고, 고위직을 두루 역임했다. 그런 그녀가 장로직에서 은퇴한 게 벌써 20여 년 전이다. 그녀는 남편 초풍천이 죽은 다음 날, 은퇴했던 것이다.

박진철이 세가 내에서 어느 정도 입지를 굳혔을 때쯤엔 그녀는 벌써 은퇴한 후였기에 그녀의 이름을 알지 못했던 것이다.

하지만 그가 기억하는 한, 여자로서 장로직에까지 오른 사람은 거의 없었다. 그렇기에 그는 장로라는 말에 묵향이 찾는 여인이 누군지 금방 짐작할 수 있었다.

"아! 그분이시라면 이미 은퇴하셨는데……."

은퇴했다는 말에 묵향의 안색이 살짝 찌푸려졌다.

"왜? 여기 없느냐?"

"아, 아닙니다. 세가 내에서 기거하고 계십니다. 저를 따라오시지요. 안내해 드리겠습니다."

박진철은 도무지 이해할 수가 없었다. 마교 교주가 왜 가주가 아닌, 이미 은퇴한 장로를 찾아온 것인지 그 이유를 말이다. 하지만 그녀가 있는 곳으로 안내하지 못하겠다며 배짱을 부릴 담력은 아예 없었다.

만약 지금과 같은 상황이 춘릉 대회전 이전에 일어났다면, 아마 그는 하룻강아지 범 무서운 줄 모르고 덤비듯 도를 뽑아 들었을지도 모른다. 세가에 그런 사람이 없다고 딱 잡아떼며 말이다.

하지만 춘릉에서 공공대사와의 비무를 통해 보여 준 교주의 무위는 너무나도 엄청났다. 도저히 인간이 펼치는 무공이라는 생각조차 들지 않을 정도였으니 말이다.

만약 자신이 직접 보지 않고, 누군가의 입을 통해 들었다면 당연히 거짓말로 치부해 버렸을 정도로 대단했던 것이다. 그런데 그게 얼마나 지났다고 감히 교주에게 개길 수가 있겠는가.

세가 안쪽으로 들어가서 넓은 연무장을 지나칠 때쯤이었다. 수행원들을 거느린 가주가 허겁지겁 달려오는 게 보였다.

"안녕하셨습니까? 교주."

"오랜만이군."

"자, 이쪽으로 드시지요."

"아닐세. 자네를 만나러 온 게 아니라 초운하라는 여인을 만나러 온 거야."

초운하라는 말에 흠칫하는 듯했지만, 초우는 유연하게 행동했다.

"장로님을 말씀이십니까? 그럼 저를 따라오시지요. 이쪽입니다."

굳이 자신이 안내할 필요가 없는데도, 그가 직접 안내하겠다고 나선 것은 묵향이 왜 초운하 장로를 찾아온 것인지 궁금했기 때문이다. 그리고 그렇게 생각할 수 있었던 이면에는 묵향에게서 적대감이 전혀 보이지 않는다는 것도 한몫 했다.

초우는 묵향을 안내하고 있던 박진철에게 시선을 돌려 지시했다.

"여기는 노부가 알아서 할 테니 자네는 맡은 일이나 하게."

"옛, 가주님."

"자, 이쪽으로······."

초우가 안내한 곳은 초씨세가의 건물들 중에서 북쪽 외곽이었다. 그리고 산 아래쪽에 작은 오두막이 한 채 있었다. 초우 자신이 생각해도 가문의 장로를 역임했던 사람이 기거하기에 너무 초라하다고 생각했는지 황급히 변명과도 같은 설명을 했다.

"원래는 내실 쪽에 기거하셨는데, 은퇴하신 후에 이리로 옮기신 겁니다. 어쩌면 조금이라도 더 남편 가까이 있고 싶으셨는지도 모르지요. 저 산 중턱에 묘가 있거든요."

"죽었다는 보고는 들었네."

차분한 묵향의 대꾸에 초우는 고개를 갸웃하지 않을 수 없었다. 초운하의 남편, 그러니까 초풍천(楚風天)은 교주가 관심을 가질 정도의 고수가 아니었다. 오죽하면 그의 명호가 옥면일랑(玉面一郞)이었겠는가. 명호대로 겉모습이야 끝내 줬지만, 알맹이는 영 아니올시다였던 것이다.

그런 초풍천의 죽음을 마교 교주씩이나 되는 거물이 알고 있다고 하니, 어떻게 생각하면 도저히 이해할 수가 없는 일이었다.

오두막에 도착한 초우가 초운하를 소개시켜 주기도 전에 묵향은 성큼성큼 걸어 호미로 밭을 일구고 있던 한 중년여인에게로 다가가 말을 걸었다.

"잠시 시간을 내주실 수 있겠소이까?"

놀랍게도 그녀가 바로 초운하였던 것이다.

초운하는 수많은 사람들이 자신에게 다가오는 기척을 이미 읽었을 게 뻔한데도 밭일에 열중하고 있었다. 어쩌면 그들이 자신을 찾아 이리로 오고 있다는 생각조차 하지 못했던 모양이다.

사내의 목소리에 초운하는 귀찮은 듯한 표정으로 뒤를 돌아봤다. 낯선 얼굴이었다. 그리고 그 뒤쪽에는 가주인 초우를 비롯한 많은 사람들이 호기심 어린 표정으로 이쪽을 바라보고 있었다.

평상시였다면 무시하고 자신의 볼일을 봤겠지만, 그녀는 호미를 놓고 자리에서 일어섰다. 말을 건 젊은이의 내력이 궁금했던 것이다.

저 뒤쪽에 서 있는 11명의 마인들. 엄청난 마기를 뿜어내는 것이, 그 하나하나가 자신이 감당하기에도 벅찰 정도의 인물들이었다. 그런 마인들과 함께 온 젊은이였으니, 그 정체가 궁금했던 것이다.

초운하는 흙 묻은 손을 앞치마에 쓱쓱 문질러 닦으며 가주를 바라보며 물었다.

"이 분께서 무슨 일로 나를 찾아오신 겁니까? 가주."

"그분은 천마신교의 교주십니다. 장로님을 뵙고 싶다고 하셔서 제가 모시고 왔습니다."

혹, 초운하가 말실수라도 할까 두려웠던 초우는 재빨리 겉모습만 젊어 보이는 마두의 신분을 일러줬다.

뒤에서 조용히 시립해 있는 마인들을 보고, 어느 정도는 젊은이의 신분을 짐작하고 있었던 초운하였다. 하지만 설마하니 상대가 교주일 줄은 꿈에도 상상하지조차 못했다.

더군다나 이 시대 최강의 고수가 이렇게 평범한 인상을 지니고 있을 줄이야. 그의 무위에 어울릴 만한 그 어떤 존재감조차 느낄 수 없었기에 그녀는 더욱 놀라워했다.

'반박귀진(返縛歸眞)의 경지에 들어가면 겉으로 전혀 정기가 드러나지 않는다고 하더니…….'

그런데 교주가 왜 자신을 찾아왔을까? 그녀는 그 이유를 전혀 짐작조차 할 수가 없었다. 하지만 오랜 세월을 살아온 노숙한 초운하는 전혀 당황한 표정을 드러내지 않았다. 그녀는 자신이 기거하는 허름한 모옥(茅屋)을 손짓으로 가리키며 말했다.

"일단 안으로 들어가시죠. 멀리서 오셨는데, 대접할 게 마땅치 않아서……."

초운하는 하녀를 시켜 차를 내오라고 이른 다음, 교주를 응접실로 안내했다. 좁은 실내에는 작은 탁자 하나만이 자리를 차지하고 있을 뿐이었다. 이 정도 공간이라면 4명이 앉기에도 비좁을 정도였다.

마화는 묵향의 뒤를 따라 들어왔고, 초우 역시 묵향의 눈치를 살피며 슬그머니 끼어들어 한 자리를 차지했다. 만약 묵향이 밖으로 나가라고 하면 어쩔 수 없이 쫓겨나야 했겠지만, 운 좋게도 축객령은 떨어지지 않았다.

하지만 밖에 서 있던 다른 사람들은 형편이 달랐다. 묵향과 마화가 모옥 안으로 들어가자마자 좌호법은 모옥 앞을 쓰윽 막아서며 수하들에게 눈짓을 했다. 그와 동시에 호법원의 고수들은 본격적인 경계 태세에 들어갔다.

 그리고 그 경계의 대상에는 세가의 인물들이라고 해서 예외가 없었다. 그들은 모옥 안을 기웃거리는 세가의 사람들을 가차 없이 밖으로 내몰아 버렸다.

 지금껏 전혀 관심을 주지 않았던 중년여인이 안으로 서슴없이 들어와 교주의 옆자리에 앉는 것을 보며 초운하는 떨떠름한 표정을 숨기기 어려웠다. 자신의 안목이 이렇게까지 형편없어졌나 하는 생각이 들었던 것이다.
 하지만 사실을 말하자면, 호법원 고수들의 존재감이 워낙 강렬하다 보니 주위의 모든 사람들이 그냥 묻혀 버린 탓이 컸다.
 '교주와 함께 다니는 것을 보니, 극마에 이른 고수라는 말인가?'
 극마의 경지에 이르면 마기를 숨길 수 있다는 얘기를 들었던 것 같다. 하지만 찬찬히 마화를 살펴본 초운하는 자신의 생각이 틀렸음을 곧 깨달았다.
 마화는 자신의 기척을 숨기고 있지 않았다. 그녀는 희미하지만 아주 뚜렷한 존재감을 과시하고 있었던 것이다. 마화의 무공내력을 알아볼 수 있었던 것은 그만큼 초운하의 무공 수위가 높았기 때문이다.
 '정파의 인물이 마교 교주와 함께 다니다니……. 어찌 된 일인지 도무지 영문을 알 수가 없구먼.'
 내심 궁금하긴 했지만, 초운하는 더 이상 마화에게 신경을 쓰지 않았다. 자신에게 볼일이 있는 것은 저 여인이 아니라 교주였으니까.

그녀는 앞치마를 벗어 하녀에게 넘겨주며 조심스럽게 고개를 조아렸다.

"일을 하던 중이라 모습이 이러니 너무 탓하지 마시기를 바랍니다."

"괜찮소이다."

"그런데 무슨 일로 저를 찾으셨는지……?"

묵향이 쉽사리 입을 열지 못하는 것을 보고, 마화가 먼저 말문을 열었다.

"초류빈이라는 이름을 아실 겁니다."

그러자 지금껏 거의 감정을 드러내지 않고 있던 초운하가 흠칫했다. 가문을 박차고 나간 후, 수십 년 동안 소식 한 번 없었던 아들의 이름이었다. 설마 그 이름을 마교도들에게 들을 거라고는 생각도 해 본 적이 없었던 초운하였다.

그녀는 문득 치솟는 분노를 억제하기가 힘들었다. 어딘가에서 잘 있을 거라고 생각했었는데, 설마 마교의 주구(走狗)가 되어 있을 줄이야. 아들 녀석은 저 반반한 계집처럼 교주에게 포섭되었던 모양이었다.

만약 이런 말을 마교도랍시고 다른 놈이 찾아와서 주절거렸다면 아무리 수양이 깊은 그녀로서도 도저히 참지 못했을지 모른다.

하지만 이런 말을 꺼낸 건 바로 마교 교주가 아닌가. 그 소식을 전하기 위해 교주가 직접 찾아온 걸 보면, 집을 뛰쳐나간 자식이 그런대로 마교 내에서 대접받고 있는 것 같다는 생각이 들어 묘하게 마음이 놓이기도 했다.

"빈이가 귀교에 있었던 모양이군요. 그토록 찾아도 생사를 알 수 없었건만…….”

 마화가 대화의 물꼬를 터놓자 묵향으로서도 말을 하기가 한결 수월했다.

 "그는 본교에서 대단히 뛰어난 인재였소."

 마교의 주구가 되었다는 말에 속은 편하지 않았지만, 그래도 자식이라고 안부가 궁금했던 초운하는 담담한 어조로 슬쩍 물었다.

 "잘…, 지내고 있습니까?"

 "이런 소식을 전하게 되어 노부로서도 난감하오만…….”

 어렵게 입을 여는 교주의 모습에 초운하의 가슴은 덜컥 무너지는 것만 같았다. 앞부분만 들었지만 그녀는 그 뒷말이 뭔지 충분히 짐작할 수 있었던 것이다. 죽었다는 말이리라. 요 근래 마교가 금나라와 대혈전을 벌인 건 누구나 다 아는 사실이다. 그렇다면 혹시?

 "본교의 부교주인 초류빈은 금나라와의 전투 중 사망했소이다. 뭐라고 위로의 말을 전해야 할지…….”

 초운하는 아들이 죽었다는 말 이상으로 부교주였다는 말에 더한 충격을 받아야만 했다. 그렇게 높은 지위에까지 올라간 걸 보면, 얼마나 마교에 미쳤었는지 알 수 있지 않겠는가.

 초운하는 도저히 감정을 주체할 수가 없었다. 주먹을 불끈 쥐고 부들부들 떨리는 목소리로 실성한 사람처럼 중얼거리는 걸 보면…….

 "이놈이 미쳐도 단단히 미쳤어."

 이때 경악한 초우가 조심스럽게 끼어들었다. 도저히 옆에서 듣고만 있을 수 없었던 것이다. 그는 마교의 부교주 자리가 그렇게 쉽게 얻어지는 게 아님을 잘 알고 있었다. 그 말은 즉, 그의 사촌형인 초류빈이 절대고수의 반열에 올랐다는 말이 아니겠는가.

"실례인 줄 알지만 부교주였다는 말은 형님이 혹시 화경에 올랐다는 뜻입니까?"

화경이라는 말에 초운하도 흠칫 놀랐다. 과연 아들이 그 지고한 경지에 올랐다는 말일까? 그녀의 눈길이 황급히 교주에게로 가서 꽂혔다.

묵향은 어색한 미소를 지으며 대답했다.

"화경이 맞소. 녀석이 마공을 익힌 것은 아니니까 말이오."

아들이 화경에 올랐다는 말에 초운하의 눈에 눈물이 핑 돌았다. 무공을 위해서라면 목숨이라도 버리는 게 무인의 생리다. 아들놈은 무공을 완성하기 위해 마교에 투신했던 모양이다.

하지만 그러면 뭐 할 것인가. 결국 이렇게 허망하게 죽어 버린 것을. 초운하는 문득 먼저 가버린 남편이 야속하기도 했지만, 이런 더러운 꼴을 안 보고 먼저 가버린 게 다행이라는 생각도 들었다.

"본교에서는 시체는 곧바로 화장하여 뿌리는 것을 관례로 하고 있소. 대신, 생전에 부교주가 쓰던 것들을 가져왔소."

묵향이 슬쩍 눈짓을 하자, 마화가 재빨리 품속에서 작은 보따리를 꺼내 탁자 위에 올려놓았다.

보따리를 바라보는 초운하는 도저히 참지 못하고 눈물을 흘리고야 말았다. 피도 눈물도 없는 악마라고 알려졌던 마교 교주였다. 요즘 들어 그것이 낭설이었다는 말들이 무림을 떠돌고 있었다. 금나라 군대를 맞이하여 춘릉 대회전에서 보인 무시무시한 신위와 함께. 더군다나 뒤통수를 치려던 무림맹을 용서하는 관용까지 베풀었다고 하지 않던가.

그런 희대의 거물이 슬픔이 가득한 눈으로 아들의 죽음을 알리고 있었다. 수하를 통해 알리지 않고, 자신이 직접 찾아와서 말이다. 이것만 봐도 아들이 교주에게 얼마나 사랑받으며 지냈는지는 안 봐도 알 수 있을 것만 같았다.

'녀석, 나름대로는 행복하게 살았는지도…….'

애써 감정을 추스른 초운하는 나직한 목소리로 입을 열었다. 그녀의 목소리는 슬픔에 잠겨 있었다.

"어디…, 어디에다가 뿌렸나요?"

"태산(泰山) 밑에 보면 태안(泰安)이라는 마을이 있소. 태안 앞을 흐르는 작은 강이 하나 있는데 거기에 뿌렸다고 들었소."

태산이라는 말에 초우는 고개를 갸웃했다. 태산에서 전투가 벌어졌다는 소리는 들어 본 적이 없었으니 말이다.

"그곳에서도 전투가 있었습니까?"

묵향은 초우에게로 시선을 돌리며 대답했다.

"사람을 보내보면 알 거다. 장인걸 녀석이 파놓은 함정 때문에 태산파의 절반이 날아갔으니까."

"태산파의 절반이 날아갔다고요? 태산파는 그곳에서 모두 철수한 걸로 들었는데……."

"사람을 말한 게 아니라 태산파의 건물 절반이라는 말이야."

더더욱 알 수 없다는 듯 초우가 맹한 눈을 하고 있자, 묵향은 가볍게 한숨을 내쉬며 설명해 줬다. 물론 그리 자세한 설명은 아니었지만.

"장인걸 녀석이 그곳에 함정을 파놨었다. 그리고는 수십 만근에 달하는 화약을 일시에 터트렸지. 그때 초 부교주는 물론이고, 패력검제와 본교의 정예 수십 명이 한꺼번에 죽임을 당했다."
 초류빈뿐만 아니라 패력검제도 함께 죽었다는 말에 초우는 경악했다.
 "패, 패력검제 대협이 죽었다구요?"
 묵향은 말없이 그저 고개만 끄덕였다.
 정파의 존경받는 명숙들 중 한 명인 패력검제까지 그곳에서 죽었다는 말에 초운하는 크게 위안을 받은 모양이었다. 적어도 아들이 의미 없는 전장에서 죽지는 않았다는 뜻이었으니까.
 묵향은 더 이상 해 줄 말이 없었기에 조용히 목례를 한 뒤 밖으로 나왔다. 어느새 고개를 숙이고 흐느끼고 있는 초운하에게 위로를 해줄 처지도 아닌 만큼, 자리를 비켜 주는 것이 그녀를 도와주는 일이라 생각한 것이다.
 묵향의 뒤를 따라 나온 초우의 안색은 매우 복잡했다. 가문에서 화경급 고수가 탄생했다는 것은 분명 대단히 영광스런 일이었다. 하지만 그게 마교를 통해서 배출된 것이었기에 어디에다가 말도 꺼내기 힘들게 되지 않았는가.
 "본교와 협정을 맺을 생각은 없는가?"
 갑작스런 제의에 초우는 떨떠름한 표정으로 되물었다.
 "협정이라니요?"
 "뭐, 상호불가침협정 같은 거지. 본교와 천지문 간에 협정을 맺었다는 얘기 못 들었나? 바로 그런 협정 말이야."
 물론 그런 얘기는 들었다. 그리고 그놈의 협정 때문에 천지문이 완전히 찬밥 대접을 받고 있다는 사실도 잘 알고 있었다.
 "혹, 소문을 두려워하는 거라면 비밀협정을 맺는 것도 상관없다네. 본좌가 자네의 도움을 받을 게 있어서 이런 제의를 하는 건 아닐세. 초 부교주를 추억하는 의미에서 초씨가문에 뭔가 도움을 주려고 하는 거지. 본좌의 진심을 알겠나?"

협정의 세부내용은 아직 알 수 없었지만, 마교와 불가침 협정을 맺을 수 있다는 것만으로도 파격적인 제안이었다. 더군다나 그걸 비밀로 할 수 있음에야.

하지만 초우는 그 제의를 정중히 거절할 수밖에 없었다. 마교와 갈등이 없는 상황이었기에 협정 체결로 인한 실익이 거의 느껴지지 않았던 탓도 컸겠지만, 혹시 뭔가 함정이라도 숨겨진 게 아닌가 하는 의심이 들었던 것도 사실이다.

초우의 거절에도 불구하고 교주는 그다지 기분 나쁜 듯한 얼굴은 아니었다. 사실, 그에게 있어서 협정이라는 것은 별 의미가 없는 행동이었다. 단지 그가 초씨세가를 대놓고 도와주기 위한 하나의 장치일 뿐.

"그렇다면 협정은 맺지 않더라도, 어려운 일이 있을 때는 서슴지 말고 본좌에게 연락하게. 만사를 제쳐 놓고 도와줄 테니 말이야. 물론, 본교가 초씨세가를 돕는다는 걸 그 누구도 모르게 해 줄 테니 그건 걱정하지 말게. 초 부교주를 생각한다면 그 정도는 응당 해 줘야지."

"말씀만으로도 감사합니다."

초우는 묵향이 예의상 하는 소리쯤으로 듣고 넘겼다. 명문세가에서 마교에 도움을 청할 일이 뭐가 있겠는가.

초씨세가를 나설 때부터 마화는 무슨 생각을 그렇게도 하는지

심각한 표정으로 묵향의 뒤를 따라 걷기만 했다. 그러다 초씨세가가 안 보이게 되었을 때쯤, 돌연 고개를 번쩍 치켜들며 묵향에게 물었다.
"당신, 기억이 돌아왔죠?"
마화의 질문에 묵향은 무슨 소리냐는 듯 어리둥절한 표정으로 되물었다.
"그건 또 무슨 소리야? 내가 무슨 기억을 잃었다고……?"
"척 보면 알아요. 이전까지만 해도 몰랐었는데, 오늘 초운하 여협과 대면하는 것을 보니 알겠더군요. 그건 묵향의 모습이 아니었어요. 예전 국광(菊狂)의 모습이었지."
갑작스런 마화의 말에 뒤를 따르던 여문기를 비롯한 호법원 고수들은 혼란스러울 수밖에 없었다. 그렇다면 교주가 가짜라는 말인가? 하지만 아무리 봐도 교주가 딴사람으로 바뀌었을 리는 없지 않은가. 그렇다면 마화의 저 말은 또 뭐란 말인가?
부정도, 그렇다고 긍정도 하지 않고 있는 묵향에게 마화가 재차 물었다.
"언제였죠?"
"뭐…, 뭐가……?"
"언제 기억이 돌아왔느냐는 말이에요."
묵향은 어색한 표정으로 대꾸했다.
"꽤… 됐지……."
그 말에 마화는 새침한 표정으로 쏘아붙였다.
"어떻게 그럴 수가 있죠? 나는 당신이…, 당신이 나와 함께 했던 시간들을 영원히 잊어버렸다고만 생각하고 있었는데. 그래서 포기하고 있었는데…….”

순간 마화의 눈에서 한 줄기 뜨거운 눈물이 주르륵 흘러내렸다. 묵향은 난처한 표정으로 마화를 바라보기만 할 뿐, 아무 말도 하지 못했다. 이런 경우 어떻게 해야 할지 알지 못했던 것이다.

마화는 흘러내리는 눈물을 황급히 닦은 후 묵향에게 애써 미소를 지어 보이며 다시 물었다.

"우리가 처음 만났을 때, 기억해요?"

그제서야 묵향은 미소를 지었다. 마화의 첫인상이 좋았다고는 할 수 없다. 딱 꼬집어 말하자면 마치 독 오른 들고양이 같았다고나 할까.

"물론 기억하지. 정말 감당하기 힘든 여자였다는 것까지도."

순간 마화의 얼굴이 새빨갛게 달아올랐다. 자기가 생각해도 그때는 왜 그렇게 철딱서니가 없었는지 모를 정도였으니까. 하지만 그녀의 그런 수줍은 반응도 잠시였다. 그녀는 다시 눈물을 흘리며 묵향에게 달려가 그를 힘껏 끌어안았다.

"오오, 국광! 당신을 얼마나 기다렸는지 몰라요."

묵향 일행을 정문 앞까지 배웅한 초우는 한결 편안한 마음으로 발길을 옮겼다. 물론 환영하고 싶지 않은 손님들이었지만 그의 무림에서의 신분을 생각하면 자신이 직접 배웅을 해야 했던 것이다.

묵향이 떠난 다음에야 초우는 이미 고인이 되어 버린 사촌형을 회상할 여유를 가지게 되었다.

'허허, 될성부른 나무는 떡잎부터 알아본다더니 결국 화경까지 올라갔구나. 초씨 문중에 절대고수가 나올 수 있을 거라고는 감히

상상도 해 본 적이 없었는데……. 나는 정말 형이 자랑스러워.'

잠시 감상에 빠졌던 그는 마음을 다잡았다. 사촌형도 화경에 올랐는데, 자신이라고 못할 건 뭐가 있겠는가. 아니, 화경까지는 바라지도 않는다. 화경에 근접하는 경지만 해도 세인들의 존경을 받기에 충분했다.

"그래, 내가 요 근래 너무 안이했어. 아무리 일이 바빴다고는 하지만, 하루 1시진도 제대로 수련하지 않았으니……."

그는 오랜만에 수련이나 해 볼까 하는 생각에 연무장 쪽으로 발걸음을 돌렸다. 하지만 그는 연무장으로 갈 수가 없었다. 초운하가 자신을 불렀기 때문이다.

고개를 돌려보니, 저쪽에서 초운하가 빠른 걸음으로 다가오고 있는 게 보였다.

"가주, 내 자네에게 긴히 할 말이 있네."

'젠장, 수련하기가 왜 이렇게 힘든 거야.'

초우는 입맛이 썼지만, 어쩔 수가 없었다.

"제 집무실로 가시지요."

정문 근처라서 수많은 사람들이 주위를 오가고 있는 중이었기에 그렇게 권한 것이다.

"그러세나."

"이쪽으로 앉으십시오, 장로님."

초운하에게 자리를 권한 초우는 하녀를 불러 다과를 내오라고 일렀다.

"무슨 일이십니까?"

초운하는 품속에서 서책 1권을 꺼내 탁자 위에 올리더니, 초우 쪽으로 슬쩍 밀었다. 오랫동안 쓰기 위해서인지 책의 겉표지는 가죽으로 감싼 상태였다. 얼마나 읽었는지는 모르지만 책장에는 손때가 까맣게 묻어 있었고, 가죽은 반들반들 윤이 흘렀다.

"이게 뭡니까?"

"빈이가 남긴 걸세. 나한테는 보탬이 되지 않겠지만, 가주에게는 커다란 보탬이 될 듯해서 가져왔다네."

자신에게는 보탬이 되지 않는다고 말하는 초운하. 그녀의 말에 초우의 궁금증은 더욱 불타올랐다. 장로에게는 필요 없고, 나한테는 보탬이 될 만한 게 뭘까? 무슨 중요한 정보라도 써져 있는 건가?

초우는 급히 서책을 집어 들어 펼쳐봤다. 빼곡히 적혀 있는 글자들. 앞부분만 대충 읽었는데도 초우는 이것이 72식 광풍도법(狂風刀法)의 구결이라는 것을 알 수 있었다. 이미 자신도 알고 있는 내용이었기에 맥이 탁 풀렸다.

그제서야 초우는 왜 초운하가 그런 식으로 얘기를 했는지 알 수 있었다. 종리세가 출신인 그녀는 광풍도법을 익히지 않았다. 그렇기에 이 비급이 필요 없다는 뜻이리라.

"누가 보면 어쩌려고 이걸 기록해서 들고 다녀. 형님도 참, 조심성 없기는……."

무심결에 초류빈을 탓하는 초우. 적전제자에게만 전수되는 광풍도법은 초씨세가 최고의 무공이었다.

하지만 그가 이렇게 투덜거린 것은 밑바닥에 깔린 실망감 때문에서였다. 광풍도법이라면 졸면서도 펼칠 수 있을 정도로 완벽하게 익혔다고 생각하는 그였다. 그런 만큼 화경에 이를 수 있는 좀 더 강력한 무공이 이곳에 적혀 있기를 바랬는지도 몰랐다.

이미 알고 있는 구결이었던 만큼, 초우는 대충대충 책장을 넘기며 읽었다. 자신이 암기하고 있는 것과 비교해 전혀 다를 게 없는 내용이니 어쩔 수 없는 행동이었다. 그렇다고 초운하가 앞에서 빤히 쳐다보고 있으니 안 읽을 도리가 없었다.

심드렁한 표정으로 대충 읽는 시늉을 하던 초우의 안색이 어느 순간, 심각하게 변했다. 구결을 읽어 나가던 중에 놀랍게도 몇 군데의 내용이 바뀌어져 있다는 것을 알아챘기 때문이었다.

그리고 아래쪽에는 왜 구결을 이렇게 바꿔야 하는지에 대한 해석과 함께 그에 따라 변화되어야 하는 도로(刀路)의 흐름도 곁들여져 있었다.

"이, 이건······?"

"빈이가 광풍도법을 손봐 놓은 거라오. 지고한 경지에 오른 후, 뒤돌아보니 광풍도법의 미흡한 점들이 눈에 보였던 것이겠지."

초운하의 설명을 들을 필요조차 없었다. 그녀가 말하기도 전에 이미 초우도 그걸 눈치 챘으니까. 전대 가주였던 선친에게 직접 광풍도법을 전수받은 후, 그 깊은 오의(奧義)를 깨닫기 위해 노력한 세월만 해도 어언 30여 년이 넘는다.

비급을 읽는 것만으로도 지금껏 뭔가 부족하다고 느껴지던 부분들이 하나씩 명쾌하게 풀려 나가는 그 쾌감. 너무나도 오랜 세월 수련해 왔던 도법이었기에, 몇 글자 되지 않는 주석만으로도 충분히 실타래처럼 엉켜 있던 무공의 오의가 그 모습을 드러내는 기분을 느낀 것이다.

초우는 자신도 모르게 비스듬히 기대고 있던 몸을 일으켜 정좌를 하고 비급을 읽어 내려갔다. 마지막 72식의 구결까지 모두 읽었을 때, 초우의 마음속은 도저히 털어 내지 못하고 남겨둘 수밖에 없었던 묵은 때를 싹 다 벗겨낸 듯한 개운함과 충만감으로 가득 찼다.

이런 기분을 느껴본 게 얼마만이던가. 저 옛날, 광풍도법을 처음으로 완벽하게 펼치게 되었을 때의 그 느낌이 이러했을까?

하지만 그런 희열과 함께 초우는 짙은 아쉬움 역시 느껴야 했다. 지금껏 광풍도법을 익히며 느껴 왔던 모든 불만사항들은 한꺼번에 해결되었지만, 그렇다고 크게 바뀐 것도 없었던 것이다.

물론 이것만으로도 광풍도법이 더욱 강해지기는 하겠지만, 이 정도는 오랜 실전경험에 따른 임기응변으로도 충분히 대처할 수 있는 부분들이었기 때문이다. 결국 광풍도법이라는 테두리를 벗어나지 못하는 한 50보, 100보인 셈이었다.

초우는 아쉬운 눈길로 바라보며 비급을 덮으려다 72식 광풍도법의 구결이 끝났음에도 아직 책장이 많이 남아 있다는 것에 눈길이 갔다.

황급히 그 뒷장을 넘겨보니, 놀랍게도 새로운 내용이 적혀 있었다. 그 내용은 무공에 대한 좀 더 원론(原論)적인 것으로서, 세가의 도법을 익힘에 있어 그 추구해야 할 바와 자세에 대해 논하고 있었다.

검(劍)은 찌르기에 알맞게 가볍고 가느다랗게 만들어져 있다. 그리고 검법의 기본은 적을 찔러서 죽이는 것이다. 왜냐하면 찌르는 것이 휘두르는 것보다 훨씬 더 많은 변화를 내포할 수 있기 때문이다. 손목을 조금만 움직여도 공격지점을 완전히 바꿀 수 있기에 상대가 방어하기에 매우 난해하다. 그렇기에 검법은 수많은 변초와 허초들이 발달해 있어 상대를 현혹시키는 것에 주안점을 두게 된다.

하지만 도(刀)는 그와 완전히 반대다. 찌르는 것보다는 베는 것에 주안점을 둔다. 휘둘러야 하는 만큼, 아무래도 찌르기에 비해 변화를 주기가 힘들어진다. 대신 그 부족한 부분을 무게와 힘으로 메우는 것이다. 그래서 대부분 도를 이용하는 문파들은 초씨세가처럼 무거운 중도(重刀)를 애용했다.

이런 원론적인 글을 읽으며 초우는 먼 옛날을 추억했다. 세가의 무공 원류에 대해서 듣고, 또 그것에 대해 깊이 빠져들었던 때가 언제였더라? 그것은 바로 자신이 어렸을 때, 즉 초보였을 때였다. 그 이후로는 보다 높은 경지로 올라가는 것에만 집중했지, 이렇게 원류에 대해서 생각해 본 적은 단 한 번도 없었다.

물론 오랜만에 보다 보니 신선하기는 했지만, 원류에 대한 설명이 무슨 의미가 있을까. 광풍도법을 익힘에 있어서 추구해야 할 핵심적인 부분들이 조목조목 나열되어 있는 부분들을 읽으며 초우는 사촌형이 이런 쓸데기 없는 것들을 굳이 기록해 놓은 이유를 이해할 수가 없었다.

무공을 익히는 자라면 응당 자신이 익히는 무공의 원류 정도는 이미 알고 있었고, 또 그 추구하는 바도 알고 있는데 말이다.

하지만 바로 그 뒷장에 연결되어 있는 내용을 읽었을 때, 초우는 마치 커다란 몽둥이로 뒤통수라도 맞은 듯한 엄청난 충격을 받아야만 했다. 그 뒷장에 연결되는 내용이 바로 광풍도법을 익힌 도객이 추구해야 할 이상적인 도의 흐름에 대한 조언이었기 때문이다.

만약 여기에 미래를 위한 조언만이 쓰여 있었다면 초우가 이토록 큰 충격을 받지는 못했을 것이다. 왜냐하면 그 뜻을 이해하지 못했을 거니까. 하지만 글의 흐름이 과거, 현재, 미래로 쭉 연결되어 흐르고 있었기에 그것은 그에게 더욱 강하게 다가왔고, 한순간에 그것을 이해할 수 있었다.

 바로 그 순간이었다. 초우의 몸에서 뭔가 맥동치는 듯한 웅혼한 기운이 은은하게 흘러나오기 시작한 것은. 시선은 책을 향한 채 졸고 있는 것인지, 아니면 다른 생각을 하고 있는 것인지 평온한 표정으로 앉아 있는 가주의 모습.

 그것이 바로 모든 무인들이 꿈꾸는 깨달음의 순간임을 초운하는 금방 알아챘다. 그녀 또한 저런 순간을 경험해 본 적이 있었으니까.

 "가주, 부디 빈이의 노력이 헛된 것이 되지 않도록 해 주시구려."

 가주를 바라보는 초운하의 가슴은 아들에 대한 자랑스러움으로 터질 것만 같았다. 살아서 훌륭한 주군을 섬겼을 뿐만 아니라, 가문을 위해 이렇듯 대단한 유산까지 남겨주다니.

 다시금 초운하의 눈가로 눈물이 주르륵 흘러내렸다. 이 순간만큼은 죽은 아들이 너무나도 보고 싶은 초운하였다.

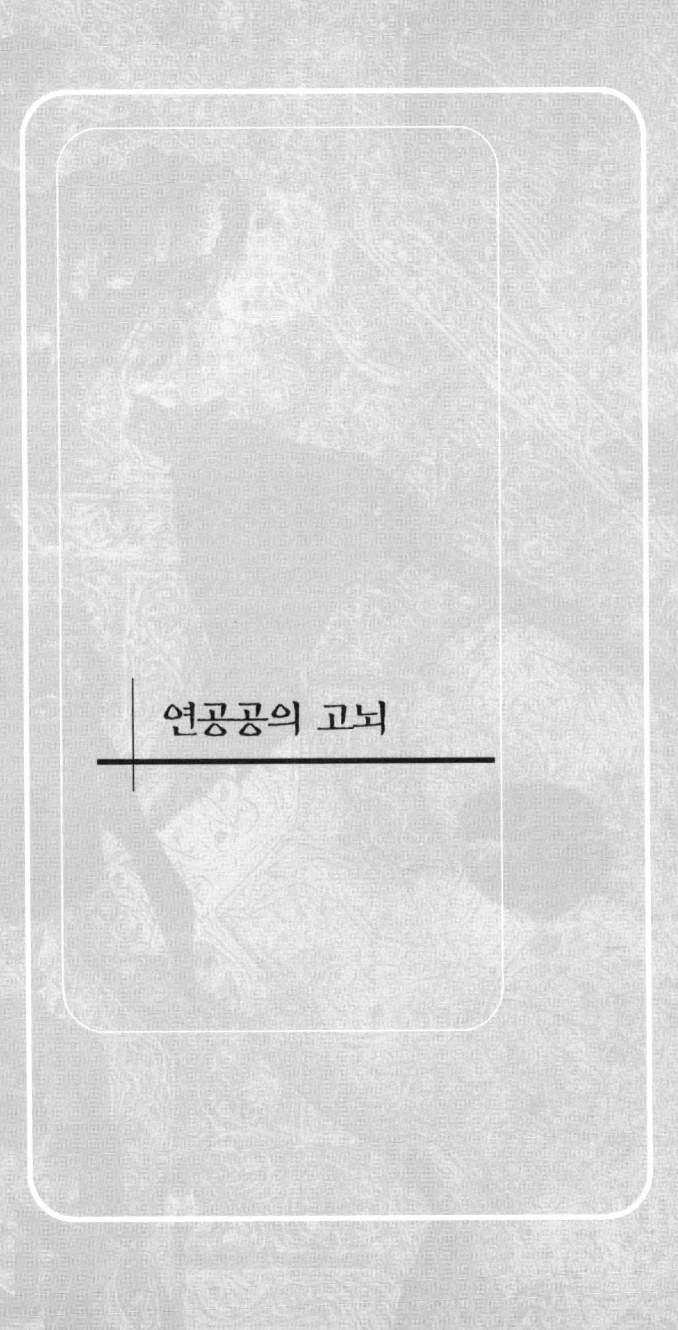

연공공의 고뇌

27

교토살굴

추밀사 섭평의 제의를 받은 지 며칠이 흘렀지만, 연공공은 아직까지도 그에게 확답을 주지 않고 있었다. 물론, 그렇다고 그에게 섭평의 제의를 받아들일 마음이 있느냐 하면 그건 아니었다. 그는 시간을 끌고 있는 중이었다.

군의 지휘권을 가지고 있는 섭평의 방해로 인해, 토벌군을 구성하는 일은 아직까지도 지지부진한 상태였다.

여기까지는 모든 게 섭평이 바라는 대로 이뤄지고 있는 듯했다. 하지만 그건 겉으로 드러난 모습일 뿐, 황실을 떠받치는 비밀기관인 황성사는 벌써부터 행동을 시작한 상태였다.

선봉군을 지휘하고 있는 유광세 상장군 등 급진파에 속한 장수들에게는 암살자를 보냈고, 여문덕 상장군 등 온건파로 분류되는 장수들에게는 회유하기 위한 밀사를 파견했다. 그들의 회유는 성공해도 그만이고, 실패해도 그만이었다. 밀사의 주목적은 그들 간에 분열과 이간질을 시키는 것이었으니까.

지금 반란군의 세력은 정면으로 부딪치기에는 너무나도 강했다. 그런 만큼 그 기세를 감소시킬 필요가 있었다. 장수 몇 명을 암살하고 회유하여 서로 간에 이간질을 시킨다면 저들의 수가 아무리 많다 해도 조만간에 모래성처럼 무너져 버릴 게 뻔했다.

'어느 정도 안심해도 될 만한 상황이 되면 그 즉시 놈의 목을 쳐 버리는 게 좋겠어. 그냥 놔두기에는 너무 위험한 놈이거든.'
연공공은 살기 어린 미소를 지으며 중얼거렸다.
"가소로운 놈, 감히 본관을 회유하려 하다니⋯⋯."
며칠 지나지 않아 암살자와 밀사를 파견한 결과가 나올 것이다. 그리고 그때가 섭평의 목이 떨어지는 날이 될 것이다.
하지만 아쉽게도 연공공의 그런 유쾌한 기분은 그리 오래 지속되지 못했다. 갑자기 다급한 발걸음 소리가 들려오더니, 환관 한 명이 집무실 안으로 뛰어 들어왔던 것이다.
그의 모습을 본 순간 연공공은 인상을 찡그렸다. 아직 결과가 나오려면 너무 이르다. 그렇다면 뭔가 생각지도 못한 변괴가 생겼다는 소리인데⋯⋯.
"대체 무슨 일이냐?"
"급보가 도착했사옵니다, 공공."
"말해 보거라."
"마교도들이 춘릉성 인근에서 벌어진 대회전에서 대승을 거뒀다고 하옵니다."
연공공은 너무 놀라 자리에서 벌떡 일어서고야 말았다. 감정을 거의 겉으로 드러내지 않던 연공공인 만큼, 그가 얼마나 놀랐는지 알 수 있었다.
"그, 그럴⋯ 리가⋯⋯."
연공공은 도저히 믿을 수가 없었다. 마교가 춘릉성으로 자리를 옮겼다는 것과 그곳으로 금나라의 대군이 진격하고 있다는 것은 이미 보고를 받아 알고 있었다.

그리고 연공공은 마교도들이 전멸당할 것임을 믿어 의심치 않았다. 겨우 3만 여에 불과한 마교도들이 어찌 60만에 달하는 금나라의 대군을 당해 낼 수 있겠는가. 그것도 금나라의 대원수가 직접 이끄는 최고의 정예를 말이다.

하지만 그의 예상은, 아니 황성사의 예상은 완전히 빗나갔다.

"그게 사실이냐?"

"틀림없는 사실이옵니다, 공공. 금나라 패잔병들 중 살아서 돌아간 자가 수천도 되지 않을 정도로 압도적인 대승을 거뒀다고 하옵니다."

순간 다리에 힘이 풀려 버렸는지 연공공은 털썩 자리에 주저앉으며 중얼거렸다.

"그렇다면 이게 어떻게 되는 것이냐……."

마교가 이렇게나 엄청난 전력을 보유하고 있을 줄이야. 그렇다면 교주를 압박한답시고 동분서주하고 있었던 자신은 자고 있는 호랑이의 코털을 하나씩 뽑고 있었다는 말이 아닌가. 등 뒤로 식은땀이 주르륵 흘러내렸다.

이때, 갑자기 뭔가가 그의 뇌리를 스쳐 지나갔다. 자신과 교주가 은원을 맺게 된 원인은 바로 악비 대장군 때문이 아니었던가. 더군다나 교주는 양양성에서 주둔하며 그곳의 장수들과 친하게 지냈었다. 그렇다면 만약 교주가 반란군을 돕고 있다면?

연공공은 맥 빠진 음성으로 중얼거렸다.

"충분히 가능성이 있어."

그렇다면 반란군을 진압한다는 것은 아예 불가능했다. 어떻게 운이 좋아서 반란군의 수뇌부를 제거하는 데 성공한다 하더라도,

그들과 친분이 있는 교주가 어떻게 나올지 알 수가 없었다. 장군 몇 명 제거하고 황도가 불바다가 될 수도 있다는 말이었다.

만약 마교의 세력이 별 볼일 없는 것이라면 연공공이 이런 걱정을 할 필요가 없을 것이다. 하지만 이번 춘릉성 전투만 보더라도 마교의 전력이 제국의 무력을 상회하는 것임이 밝혀진 이상, 그로서는 최악의 경우를 가정해 보지 않을 수 없었다.

"유 환관!"

연공공의 부름에 곱상하게 생긴 환관이 들어와 고개를 조아렸다.

"하명하시옵소서, 공공."

"지금 당장 추밀사에게 달려가 내가 만나자는 말을 전하거라."

"예."

"그리고 황성사에 기별을 넣어, 마교에 대한 좀 더 자세한 자료를 제공해 달라고 하거라. 아무리 허무맹랑한 정보라도 좋다. 설혹 황실의 위엄에 어긋난다고 해서 그 정보를 빼서도 안 된다. 알겠느냐?"

"예, 공공."

추밀사 섭평은 연공공이 자신을 찾는다는 말에 무슨 일인가 싶어 곧바로 달려왔다. 연공공이 자신을 제거하려고 할 수도 있다는 생각을 할 법도 하련만, 배짱만큼은 두둑한 섭평은 전혀 그런 걱정을 하지 않았다.

그로서도 믿는 구석이 있었다. 그것은 반란군의 존재였다. 즉, 반란군이 무너지지 않고 있는 한, 연공공이 자신을 죽일 리는 없는 것이다.

"찾으셨습니까? 공공."

"부르고 보니, 바쁜 사람을 이리로 오라고 한 게 아닌가 하는 생각이 들더구려. 차라리 본관이 찾아갈 것을……."

연공공의 말에 섭평은 몸 둘 바를 몰라 하며 대답했다.

"괜찮습니다. 공공께서 부르신다면 없는 시간이라도 만들어서 와야지요."

"자, 앉으시오. 마침 좋은 차가 들어온 게 있어서……."

연공공은 밖에 대고 다과를 가져오라 일렀다. 이미 준비해 뒀었는지 그 말이 떨어지고 얼마 지나지도 않았는데, 예쁜 궁녀가 다과를 놓고는 물러갔다.

다과를 나누며 가벼운 얘기를 잠시 하다 연공공이 슬며시 말을 꺼냈다.

"일전에 귀관께서 반란을 일으킨 장수들을 제어하실 수 있다고 하시지 않으셨소?"

섭평은 슬며시 주위를 둘러본 다음 낮은 목소리로 대답했다.

"예, 그랬었지요."

"그 말 책임지실 수 있소?"

"본관은 지금껏 공공께 허언을 아뢴 적이 단 한 번도 없습니다."

"좋소. 귀관이 그렇게까지 자신한다면, 내 한손을 보태리다."

"결코 후회하지는 않으실 겁니다."

"그래, 내 도움을 원한다고 하셨는데, 구체적으로 본관이 뭘 해 드리면 되겠소?"

연공공의 질문이 너무나도 노골적이라 섭평이 약간 당황한 것은 사실이지만, 그렇다고 요구조건을 말하지 않을 이유는 없었다. 왜냐하면 연공공이 필요한 시점은 반란군이 황성에 입성할 때까지였으니까.

"먼저, 황성사를 움직여 여문덕 상장군을 제거하지 못하도록 막아 주십시오. 그를 잃어버린다면 저로서도 반란군을 제어할 방법이 없습니다."

"좋소, 그렇게 해 드리리다."

"그리고 중랑장들의 의견이 일치되지 않도록 만들어 주십시오."

섭평이 이런 요구를 할 수 있었던 것은, 연공공의 신분상 중랑장들과 꽤나 가깝다는 것을 잘 알고 있었기 때문이다.

"그러니까 반란군 진압에 황군이 직접적으로 개입하지 못하도록 해 달라는 거요?"

"예, 공공."

"알겠소. 내 힘이 닿는 데까지는 노력해 보리다."

"그럼 공공만 믿겠습니다."

섭평이 돌아가고 난 뒤 어떻게 이번 위기를 타개할 것인지 연공공은 깊은 생각에 잠겼다. 그러다 밖에서 유 환관의 목소리가 들려왔다.

"황성사에서 자료가 도착했사옵니다, 공공."

"가져오너라."

"예."

"너도 앉아서 읽거라."

연공공의 지시에 유 환관은 가지고 온 자료들을 꼼꼼히 읽어 나가기 시작했다. 유 환관은 연공공이 가장 신뢰하는 최측근 중 하나였다. 그리고 연공공이 마음을 터놓고 상의할 수 있는 유일한 심복이기도 했다.

연공공은 먼저 황성사의 공식기록부터 집어 들었다. 그 내용의 상당수는 이미 그도 잘 알고 있는 내용이었다. 무림의 세력들에 대한 간략한 요약, 그리고 세력이 가장 큰 방파들의 대략적인 역사 등등……. 기록의 요지는 그들이 가진 힘이 강대하기는 하지만, 결코 황실을 넘보지는 않는다. 그런 만큼 괜히 건드리지 말고 그냥 놔두자는 것이었다.

그런데 공식기록을 읽으며 마교와 관련된 부분을 신경 써서 읽다 보니 예전에는 몰랐던 범상치 않은 글이 눈에 띄었다.

9파1방, 5대세가를 정점으로 하는 여러 명문들……. 그들이 뭉쳐서 이룩된 연합체가 바로 무림맹이다. 그런데 그 무림맹의 가장 강력한 적으로 꼽히고 있는 게 천마신교, 즉 마교라는 단체라는 것이다.

마교는 저 머나먼 세외 변방에 위치하고 있는데도 불구하고, 몇 차례나 중원정복을 단행했다고 한다. 그리고 그때마다 무림맹에 의해 격퇴되었다. 물론 그 과정에서 무림맹의 피해도 적지 않았다고 한다.

"중원침공을 단행할 정도라면 그만큼 자신이 있었다는 얘기였을 텐데……."

무림맹에서는 금나라의 기습침투를 저지하기 위해 황성에 2개의 문파를 파견해 줬다. 내성(內城)의 수비를 돕고 있는 게 여승들로 이뤄진 항산파였고, 외성(外城)의 수비를 돕고 있는 건 공동파였다.
 그리 많은 숫자를 보내 준 것은 아니었지만, 연공공은 그들이 다년간의 수련을 쌓은 실력 있는 고수들임을 한눈에 알아봤다.
 그들이 지닌 전력만 해도 상당한 것이거늘, 문파의 본거지에는 황실에 파견한 것보다 훨씬 더 많은 숫자의 고수들이 있을 게 뻔한 사실이 아니겠는가.
 결국 그런 문파 십수 개를 합쳐 놓은 것과 맞먹는 힘을 지닌 게 마교라는 소리였다.
 "크음…, 조금만 생각해 보면 알 수 있는 것이었거늘. 내가 이토록 아둔했다니…….."
 연공공은 이번에는 '믿을 수 없는' 자료들을 훑어봤다. 황성사의 정보 분석자들은 한낱 무림의 문파 따위가 황실을 뒤엎고도 남을 정도의 전력을 보유하고 있다는 것 하나만으로도 그 자료들을 터무니없는 거짓정보로 단정 짓고 있었다. 무림은 황실로부터 독립권을 얻으려고 노력해 왔고, 그런 독립권을 얻기 위해 무림에서 날조한 정보라는 것이다.
 황성사가 무림이라는 단체를 얕잡아볼 수 있었던 토대에는 무림맹이 한몫 했다. 정파로 이뤄진 무림맹은 될 수 있다면 황실과 충돌이 일어나지 않도록 가능한 한 협조적으로 나왔다. 금나라의 침공 때 한팔 거들어 줬던 것도 다 그 때문이다.
 하지만 강력한 힘을 가지고 있음에도 불구하고 몸을 낮추는 무림맹의 행동을 두고 황성사는 그들이 힘이 없어서 그런 것이라고 오판했다.
 연공공도 이전까지만 해도 무림에 대한 자료들 중 상당수가 허무맹랑한 엉터리들이라고 치부했던 게 사실이다.

하지만 지금은 아니었다. 마교 단독으로 금나라의 60만 대군을 괴멸시켜 버렸다는 그 사실 하나만으로도 무림에 대한 정보들은 재평가가 되어야 마땅했다.

"도대체 정보를 취급한다는 놈들이 이런 것도 제대로 파악하지 못하고 뭣들 하고 있었던 게야!"

연공공의 분노에 유 환관은 차분한 목소리로 대답했다.

"그들의 머리로는 그게 한계였을 것이옵니다, 공공. 그만한 전력을 지니고 있다면, 응당 황실을 장악하여 부귀와 영화를 누릴 것이라고 생각하는 선입관이 문제겠지요."

유 환관의 말에 연공공은 고개를 주억거릴 수밖에 없었다.

"그건 일리가 있구나. 본관도 그들이 이만한 힘을 가지고 있으면서도 아직까지 황실을 가만히 놔두고 있다는 것이 이해가 되지 않으니 말이다. 이게 사실이라면, 마교는 마음먹기만 한다면 천년제국을 건설하고도 남음이 있는 단체가 아니겠느냐. 그것도 중원 역사상 최강의."

"아마…, 그들이 추구하는 목표는 다른 데 있는 것이겠지요."

"하기야……."

마교가 나라를 세우기를 원했다면, 금나라의 대군을 박살낸 다음 북쪽으로 치고 올라가 금나라 영토를 통째로 집어삼켰을 것이다.

하지만 그들은 그러지 않고 자신들의 본거지로 철수해 버렸다. 저 머나먼 오지, 십만대산이라고 불린다는 곳으로. 거기가 어딘지는 황성사의 첩자들도 아직 파악해 내지 못한 상태였다.

"마교 교주라는 자와 접촉할 수 있겠느냐?"

"아마 힘들 것이옵니다. 그들에 대해서는 거의 알려진 것이 없으니 말이옵니다. 이곳에 있는 자료에도 나와 있듯이 무슨 이유에선지는 알 수가 없으나, 20여 년쯤 전에 중원에서 완전히 철수했다고 하옵니다."

그리고 그 이후의 마교에 대한 정보는 없었다. 물론 마교가 근래 다시 분타들을 개설하며 활발히 세력 확장을 하고 있었지만, 황성사의 첩보조직은 전혀 눈치조차 채지 못하고 있었다. 무림 방파 따위에 신경 쓸 만큼 한가한 상황이 아니었던 것이다.

말은 안 했지만, 이미 연공공의 머릿속에는 교주와 접촉할 수 있는 방법 한 가지가 떠올랐다. 만약 자신의 생각대로 교주가 반란군을 돕고 있다면, 그쪽을 통해 교주와의 연결점을 찾아낼 수 있을 것이다.

"결국에는 추밀사를 이용하는 수밖에 도리가 없겠군."

"교주와는 이미 사이가 비틀린 상태가 아니옵니까. 그러니 거기보다는 무림맹에 먼저 손을 뻗어 보시옵소서. 무림맹도 그리 나약한 단체는 아니니 말이옵니다."

"그것도 그렇구나. 정진사태(靜眞師太)는 지금 어디에 있느냐?"

"어디로 가셨다는 보고는 듣지 못했으니, 늘 계시던 곳에 계실 것이옵니다."

"그렇다면 사태에게 사람을 보내 이리로…, 아니 본관이 그리로 직접 가겠다."

정진사태를 찾아간 연공공은 단도직입적으로 무림맹 맹주와 만날 수 있도록 자리를 주선해 달라고 부탁했다.

"맹주를 말씀이십니까?"

"그렇소이다."

"무슨 일 때문에 그러시는지요. 빈승이 도울 수 있다면······."

"아아, 그 부분에 대해서는 맹주를 만나 뵙고 직접 말씀드리고 싶군요."

연공공의 말에 정진사태는 난감한 듯한 표정을 지었다.

"왜 그러십니까? 혹, 내가 맹주와 독대를 할 자격이 없다고 생각하고 계시는 겁니까?"

"그건 아닙니다, 공공. 맹주께 청을 넣는 거야 뭐가 어렵겠습니까. 다만, 시일이 조금 걸릴 것입니다."

정진사태는 맹주가 물러나기 직전인 상황이라는 말은 처음부터 하지도 않았다. 지금의 맹주와 연공공이 안면이 있는 것도 아닌데, 그런 속사정까지 얘기해 줄 필요가 없는 것이다. 대신, 나중에 신임 맹주가 올라서고 난 다음에 청을 넣어보면 될 것이라고 그녀는 생각했다.

"급한 일인데, 시일을 좀 당겨 줄 수는 없으시겠소?"

"저희 문파 내의 일이라면 그렇게 해 드리는 게 어려운 일은 아니지만, 맹의 일은 빈승도 손을 쓰기가 난감합니다."

"허어, 그렇게까지 말씀하신다면 어쩔 수 없지요. 어쨌거나 본관이 맹주를 만날 수 있도록 수속이나 밟아 주시구려."

"예, 그렇게 처리해 드리겠습니다, 공공."

더 이상 있어 봐야 소용이 없다는 것을 느낀 연공공은 가볍게 고개를 숙여 예를 표한 뒤 자리에서 일어나 밖으로 나왔다.

"허허. 그것 참······."

연공공은 입맛이 썼다. 맹주와의 만남이 필요한 것은 지금이었다. 반란이 성공한 다음에는 이미 늦어 버리는 것이다.
연공공은 한탄했다.
"교주에게 손을 내밀 수밖에 없는 것인가?"

재정비하는 마교

27

교토삼굴

마교에서의 기본적인 율법은 강자지존(强者之尊)이었다. 하지만 문제는 그 실력 차가 미세하여 생사대결을 하기 전에는 알 수 없는 경우가 비일비재했기에 그 상하관계가 매우 미묘해진다는 점이었다.
 그렇다고 뭔가 다른 임무가 있어 수행능력이 뛰어나다든지 하면 직위가 오를 가능성이라도 있겠지만, 마교의 주력 고수들은 눈만 뜨면 하는 게 수련이다 보니 무공 외적인 능력을 드러낼 기회가 거의 없었다. 그렇기에 위로 올라갈수록 교주의 신임을 얼마나 받느냐, 혹은 얼마나 든든한 배경을 지니고 있느냐가 아주 중요해지게 된다.
 물론 그런 배경을 만드는 능력도 강자로서 지녀야 할 덕목이라고 한다면 할 말이 없지만, 마교처럼 강자를 우대하는 단체에서조차도 그런 눈에 보이지 않는 이중 잣대가 존재한다는 것 또한 사실이었다.
 하지만 이번처럼 막심한 피해를 입은 전쟁이 끝난 다음이라면 얘기가 달라진다. 전쟁에서 수많은 고수들이 죽었기에, 조직의 대대적인 재편성이 불가피한 상황인 것이다.
 공을 세운 무사들은 진급에 대한 기대감에 부풀었다. 더군다나 교의 수뇌부라 할 수 있는 장로직마저 한 자리가 비어 있는 상태였다. 교내에서는 누가 옥관패를 대신하여 새로운 장로가 될 것인지가 초미의 관심사였다.

"이게 새로운 진급자들의 명단인가?"

"예, 교주님."

묵향은 설민이 건넨 두툼한 문서다발을 꼼꼼히 살펴봤다. 수많은 고수들이 죽어 나간 상황이라, 그 공백만 메우면서 위로 올라간다고 해도 모두들 수십 단계 이상 서열이 올라가게 된다. 더군다나 만약 눈에 띄는 공이라도 세웠다면, 심하면 100단계 이상의 서열이 이동하는 경우까지 있었다.

누가 어디서 공을 세웠는지, 묵향은 그런 것에는 관심이 없었다. 보고서가 정확하게 작성되어 있다면, 그것에 맞춰 상을 주면 된다.

문제는 얼마나 정확하게 작성되어 있느냐, 그것만 자신이 판단하면 되는 것이다.

묵향은 자신이 읽던 두툼한 책자를 내려놓으며 설민에게 지시했다.

"교내 상위 200위까지 서열이 기록되어 있는 서책을 가져오게. 전쟁 전의 것은 물론이고, 이번 진급이 시행된 후에 변동할 것까지 말이야."

"즉시 작성하여 가지고 오겠습니다, 교주님."

서열표가 새롭게 작성되는 것인 만큼, 곧바로 가져온다는 것은 무리였다. 하지만 설민은 밑에 사람들을 채근해 금세 시간 그 일을 끝마쳤다.

"여기 있습니다, 교주님. 이것이 과거의 것이고, 이게 새로운 서열표입니다."

책자에는 서열과 이름, 그리고 그 사람의 직책이 기입되어 있었다.

새로운 서열표를 보는 순간, 묵향의 얼굴이 묘하게 일그러졌다. 자신의 이름 바로 밑에 마화의 이름이 써져 있는 것을 보니, 뭔가 기분이 묘했던 것이다.

두 권의 책자를 비교해서 살펴보니, 누가 죽었고 누가 그 자리를 대신해서 들어왔는지가 명확하게 드러났다.

자신과 고락을 함께 했던 뛰어난 수하들을 많이 잃었다. 특히 초류빈이나 옥관패 장로가 죽은 것은 너무나도 아쉬웠다. 그만큼 힘겨운 전쟁이었다는 반증이겠지만, 그들을 다시는 볼 수 없다는 것이 묵향의 가슴을 아프게 했다.

한참 서열표를 꼼꼼히 살펴보던 묵향이 고개를 갸웃하며 물었다.

"군사, 자네 이름은 어디에 있나? 아무리 살펴봐도 안 보이는데 말이야."

"예? 그, 그럴 리가……."

급히 만들어서 가져오느라 아무래도 검증이 부족하기는 했지만, 그래도 큰 오류는 없을 거라 생각했었다. 그런데 아무리 살펴봐도 자신의 이름이 없는 것이다. 순간, 설민의 등 뒤로 식은땀이 흘러내렸다.

"여기는 물론이고, 이쪽에도 자네의 이름이 없더군. 이게 도대체 어떻게 된 일인가?"

그제서야 설민은 이게 어떻게 된 일인지 깨달았다. 그의 아버지 설무지는 교내 서열 4위를 차지했었다. 하지만 그의 후계자로서 새롭게 군사가 된 설민의 지위를 몇 위로 줄지에 대해 논란이 심했었다.

더군다나 그때는 철영과 관지가 대권을 두고 다툼을 벌이고 있던 때라 누구도 설민에게 높은 서열을 주기를 원하지 않았다. 그가 어느 쪽에 붙느냐에 따라 쌍방 간에 희비가 엇갈릴 테니 말이다.

그러다가 갑자기 묵향이 돌아왔고, 또 전쟁이 벌어지고……. 뭐 어쩌다 보니 설민의 서열이 허공에 붕 떠버렸음에도, 그걸 아무도 눈치 채지 못하고 시간이 이렇게 흘러 버렸던 것이다.

"약간의 착오가 있었던 모양입니다, 교주님."

"뭐, 어쩌다 보면 누락될 수도 있겠지. 그래, 자네 서열은 몇 번째인가?"

과거 설무지가 죽기 전에 그가 받았던 서열은 2,352위였다. 군사부(軍師部)에서 일하는 문관에게 주어진 서열치고는 엄청나게 높은 것이었지만, 그렇다고 그 서열을 그대로 묵향에게 말할 수는 없었다. 한 문파의 군사 서열이 2,352위라는 건 자신이 생각해도 말이 안 되는 소리였으니까. 하지만 그렇다고 자기 마음대로 서열을 높여서 교주에게 말할 수도 없는 노릇이 아닌가.

"……."

설민이 대답하지 못하고 머뭇거리고 있자, 묵향은 짜증스런 시선으로 그를 바라봤다. 그는 설민의 명단이 어쩌다 실수로 누락되었다고 생각했지, 설마 아직까지도 예전 서열 그대로일 거라고는 생각하지 않았으니까.

고민을 하던 설민은 결국 고개를 푹 숙이며 이실직고했다.

"그게…, 장로회를 거쳐야 제 서열이 확정될 듯……."

"그게 무슨 말인가? 아직까지도 서열이 확정되지 않았다는 말인가?"

"예, 어쩌다 보니 그렇게 되었습니다. 교내의 서열조차 제대로 정립하지 못하고 있었던 것은 전적으로 속하의 잘못입니다."

간덩이가 작은 설민이 이렇게 솔직히 말할 수 있었던 것은, 이런 사안 정도로 묵향이 자신을 문책할 리 없다는 것을 잘 알고 있었기 때문이다.

그 짐작이 맞았는지 고개를 조아리는 설민을 보며 묵향은 피식 미소를 지었다. 물론 씁쓸한 여운이 감도는 미소였지만.

"그게 어떻게 자네의 잘못이겠나. 자네가 군사직에 오른 후 꽤나 많은 일이 있었다는 건 누구나 다 알고 있는 사실이 아닌가. 이런 것까지 신경 쓸 겨를이 없었던 게지. 어쨌건 잘못이 있다는 것을 알고도 바로 잡지 않을 수는 없지. 본좌가 자네의 서열을 정해 주겠네. 자네의 서열은 예전의 설무지와 같이 대호법 다음이면 적당하겠군."

묵향의 말에 설민은 깊이 고개를 조아렸다.

"교주님의 신뢰에 그저 감읍할 따름입니다."

묵향이 자신을 얼마나 생각해 주는지를 느낀 설민의 눈가에 살짝 물기가 어렸다. 묵향의 말대로라면 자신은 대호법 다음인 교내 서열 5위가 된다는 말이었다.

"뭘, 그 정도 가지고. 그쯤은 돼야 장로들을 마음대로 부릴 수 있을 거 아닌가?"

"그거야 그렇습니다만……."

설민의 목소리에는 자신이 없었다. 사실, 자신의 서열이 아무리 높아진다고 해도, 저 노회하기 짝이 없는 늙은 마두들을 아버지처럼 손가락 하나로 다룰 수 있을지 걱정이 되었다.

그들의 살기 띤 눈빛만 봐도 오금이 저리는데, 그들을 어찌 제어할 수 있겠는가. 더군다나 그들도 설민이 심약하다는 것을 잘 알고 있는데 말이다.

"어허, 목소리가 왜 그렇게 자신이 없나? 힘내라구. 자네는 잘하고 있어. 지금까지 해 온 대로만 해 줘도 본좌는 충분히 만족해. 알겠나?"

"성심을 다하겠습니다."

다시금 눈길을 돌려 책자를 살펴보던 묵향은 여기저기에 공란이 있는 것들을 발견했다.

"이건 뭔가?"

"예, 아직 인원이 내정되지 않았기에 비워둔 것입니다. 전사자들이 많은 만큼, 대대적인 재편성이 불가피한 상황입니다. 특히 혈랑대와 같은 경우에는 거의 전멸한 거나 마찬가지인 상태라……."

"동방뇌무 장로에게 혈랑대를 재건하라고 해. 인원 선정에 있어서 최우선권을 줄 테니, 가장 뛰어난 고수로 100명을 뽑으라고 말이야."

"가장 뛰어난 고수라고 하시면…, 호법원도 포함되는 겁니까?"

잠시 궁리하던 묵향이 대답했다. 예전처럼 딸린 식구가 없었다면 모르겠지만, 지금은 호법원의 호위가 필요했다.

"대호법에게 전해. 고수의 수가 부족한 만큼 그쪽에서 양보하라고 말이야. 좌호법원은 그대로 유지하고, 우호법원의 수는 200명으로 늘리는 대신, 한 단계 낮은 고수들로 채워 넣으라고 해. 그리고 본좌의 가족들의 호위는 좌호법원이 전담하고, 그 외의 요인들에 대한 호위는 우호법원이 책임지는 것으로 하면 되겠군."

"대호법께 그렇게 전하겠습니다. 그렇다면 인원 차출에 대한 우선순위는 혈랑대 다음에 호법원으로 할까요?"

"그렇지. 그 외에는 예전처럼 하면 되겠군."

"참, 자성만마대의 피해가 워낙 커서 꽤 많은 인원을 보충해야 하는데, 외부지단이나 분타에서도 인원을 차출하는 것은 어떻겠습니까?"

잠시 생각하던 묵향이 대답했다.

"그럴 필요까지 있을까? 특별한 일이 없다면 전투단들은 전부 총단에 있을 거고, 그 녀석들에게 경비를 세우면 되는데 말이야. 외부지단이나 분타도 어느 정도의 전투력을 보유하고 있어야지."

"예, 그렇게 처리하도록 하겠습니다."

"그리고 수라마참대는 한중평 장로가, 천랑대는 천진악 장로가, 염왕대는 장영길 장로……."

묵향이 여기까지 말했을 때, 설민이 이해할 수 없다는 듯 끼어들었다.

"서열로 본다면 염왕대는 관지 장로가 맡아야 하지 않겠습니까? 흑풍대에 비해 염왕대가 월등한 전력을 보유하고 있습니다."

"관지가 자신이 계속 흑풍대를 맡게 해 달라고 본좌에게 청해 왔네."

하기야 흑풍대의 특성상 관지 장로 말고 다른 사람이 맡기는 어려웠다. 흑풍대는 마교의 다른 전투단과는 싸우는 방식이 완전히 달랐으니까.

"그리고 자성만마대는 초진걸에게 맡기는 게 좋겠지."

서열만으로 따진다면 다음 장로가 될 사람은 혈화궁주 나유란이었다. 하지만 이번 결정으로 인해 초진걸의 서열은 나유란이나 진천악보다 높아지게 되었다. 전투단을 지휘하는 장로가 외부지단의 수장인 혈화궁주나 만악궁주보다 서열이 낮다는 것은 말이 안 되니까.

"초 좌호법이 교주님의 은혜에 감읍할 것입니다."

"여문기 우호법을 좌호법으로 격상시키고, 우호법에는 설약벽 좌외총관을 임명한다. 여진 우외총관을 좌외총관으로, 그리고 이번 전쟁에서 공이 큰 왕호(王晧)를 우외총관으로 임명하도록 해."

전공(戰功)이 뛰어난 왕호야 그렇다손 쳐도, 30년이 넘는 세월 동안 줄곧 외지로만 돈 설약벽을 우호법에 임명한 것은 설민도 전혀 예상치 못한 일이었다. 호법원은 교주를 근접거리에서 경호하는 것을 주 임무로 하는 만큼, 실력이 조금 떨어지는 한이 있더라도 믿을 수 있는 인물을 배치하는 것이 관례였다.

과거 그녀와 함께 외총관의 휘하에서 근무했었던 좌외총관 천진악이 지금은 교내 서열 9위까지 올라가 있는 것을 보면, 그동안 그녀가 얼마나 홀대받아 왔는지를 알 수 있을 것이다. 그런 그녀를 우호법에 임명한다? 설민으로서는 도저히 이해하기 힘든 인사였다.

이유야 어찌 되었던 간에 묵향이 그렇게 결정을 내린 이상, 설민은 따를 수밖에 없었다.

"명령하신 대로 이행하도록 하겠습니다."

"새롭게 바뀐 서열표를 다시 작성해서 본좌에게 한 부 가져오게."

"예, 그렇게 하도록 하겠습니다."

군사 설민이 나가고 난 후, 얼마 지나지 않아 수석장로가 찾아왔다.
"어서 오게나, 수석장로."
"바쁘신데 찾아온 건 아닌지 모르겠습니다, 교주님."
"아닐세, 시간은 괜찮아. 차나 한잔 하겠나?"
"감사합니다."
묵향은 차를 가져오라고 명령한 다음, 수석장로에게로 시선을 돌렸다.
"그래, 무슨 일인가? 자네가 직접 찾아온 걸 보니 꽤나 민감한 사안인 모양이지?"
교의 행정적인 일은 군사가 알아서 처리했고, 무력에 관계된 일은 내총관(수석장로)이 처리했다. 편제상으로 따졌을 때, 호법원을 제외한 교내의 모든 전투집단이 내총관 휘하에 있었다. 당연히 수석장로의 권력은 교주 다음이나 다름없었던 것이다.
"한 가지 상의드릴 게 있습니다."
"뜸들이지 말고 속 시원히 말해 보게."
"혹, 부교주님께 연인이 있었다는 얘기를 들어 보신 적이 있으십니까?"
잠시 아연한 표정을 짓던 묵향이 대꾸했다.
"철영이 바람피우고 있는 게 그렇게 대단한 일인가?"
"그게 아니라 초류빈 부교주님을 말씀드리는 겁니다."
"그런 말은 처음 듣는군. 수련은 안 하고 연애질이나 하고 있었다니. 죽어도 싸다니까. 그래, 어디의 누군가?"
묵향의 질문에 수석장로는 초류빈과 시녀와의 풋사랑에 대해 소상히 얘기했다.

"풉, 하고 많은 여자들을 놔두고 마영각(魔迎閣)에서 일하는 시녀라니……. 내 그 녀석의 정신상태가 조금 맛이 간 건 알았지만, 그 정도일 줄은 몰랐군. 그런데 본좌에게 그 얘기를 하는 이유는 뭔가? 정인(情人)이 죽었다고, 그 애가 목이라도 맸다는 말인가?"

"그 아이는 아직 부교주님께서 돌아가신 걸 모르고 있습니다."

"초류빈이 죽었다는 것을 교에 있으면서 모를 리가 있나."

"그게 아니라, 초류빈 부교주님이 자신의 신분을 밝히지 않았기에 모르고 있는 것이지요."

"호오, 신분을 초월한 사랑이라……. 꽤나 재미있는 얘기로군. 그런데 그 얘기를 본좌에게 한 이유는? 질질 끌지 말고 단도직입적으로 말해 주게."

"그 아이를 어떻게 처리해야 할지 교주님께 상의 드리고자 온 것입니다. 부교주님의 정인이었다는 걸 뻔히 알면서, 허드렛일이나 시키기도 그렇고……."

이런 하찮은 일로 자신을 찾아온 수석장로를 묵향은 도무지 이해할 수가 없었다. 수석장로의 힘이라면 그냥 적당한 자리 하나 내주는 것쯤이야 별로 어려운 일이 아니지 않은가. 그렇기에 대답하는 묵향의 어투에는 약간의 짜증이 어려 있었다.

"편히 지낼 수 있도록 자리 하나 마련해 주면 되잖나?"

그러자 수석장로는 머리를 긁적이더니 난감하다는 듯 말했다.

"그게…, 나이도 너무 어린데다……."

"대체 몇 살인데 그러나?"

"이제 17살이랍니다."

묵향은 황당하다는 듯 툴툴거렸다.
"허, 녀석의 취향을 이해할래야 이해할 수가 없구만."
어이가 없다는 표정으로 중얼거리던 묵향은 갑자기 뭔가 떠올랐다는 듯 물었다.
"혹시 그 아이에게 뭔가 특별한 점은 없던가? 근골이 뛰어나다든지 뭐, 그런……."
"제가 직접 만나 봤습니다만 무공에 소질도 없는데다가, 근골도 썩 좋은 편이라고는……."
여기까지 말하던 수석장로는 고개를 가로젓더니 급히 덧붙였다.
"아니, 평균보다도 못하다고 평가하는 게 정확한 평가일 겁니다."
"그렇다면 그놈은 왜 그런 쓸모없는 계집을 만나고 있었던 거야?"
"제가 만나 본 바에 의하면 심성이 착한 것 같았습니다."
묵향은 수석장로의 말에 혀를 차며 고개를 저었다.
"쯧쯧… 그건 아닐 거야. 마음이 착하다느니…, 그런 전혀 객관적이지 못한 부분에 끌리기에는 녀석의 나이가 너무 많잖아. 풋내기도 아니고 말이야. 혹, 그 아이의 미모가 뛰어나던가?"
"예, 마영각에서 일하는 아이인 만큼, 미모는 기본이지요. 혈화궁에서 자색이 출중한 아이들만 뽑아서 파견하니 말입니다."
"응큼한 녀석 같으니라고."
"허나 아마 미모가 그 기준은 아닌 듯합니다. 마영각에는 그 아이보다 뛰어난 미색을 지닌 아이들이 많이 있으니 말입니다."
"미모도 아니라면 혹, 나이에 걸맞지 않게 밤 기술이 뛰어나다든지 하는 게 있을지도 모르지 않나?"
묵향은 가볍게 농담으로 받았지만 수석장로는 의외로 심각한 표정으로 고민하더니 대답했다.

"여색의 문제는 아닌 듯합니다. 그분이 만난 여자는 지금까지 그 하녀 하나뿐이었으니까요. 어쨌거나 뭔가 자리를 만들어 주고 싶어도 아는 게 없다 보니 높은 자리에 앉힌다는 것도 문제고, 그렇다고 자질도 없으니 누군가에게 제자로 받아들이라고 권하기도 그렇고……"

뭘 그런 걸로 고민하냐는 듯 묵향은 곧바로 말했다.

"그러면 자네가 제자로 삼으면 되겠네. 심성은 곱다니 잘됐군."

"제, 제가요?"

자질이 없어서인지 수석장로는 그녀를 제자로 받아들일 생각이 전혀 없었던 모양이다. 깜짝 놀라며 당황하는 걸 보면.

"사실, 자네도 제자를 거두기에는 나이가 너무 많으니, 그냥 노후에 시중이나 들어줄 딸 같은 애를 하나 들인다고 생각하게나."

전혀 예상치 못한 묵향의 권유에 수석장로는 차마 거부는 못하고 당혹스런 표정만 짓고 있었다. 그러자 묵향은 도망치지 못하도록 아예 쐐기를 박아 버렸다.

"정 데리고 있기 귀찮으면 한 몇 년 키우다가 시집 보내 버려. 혼수는 본좌가 지원해 줄 테니까."

묵향이 이렇게까지 말하는데 도저히 거절할 명분이 없었다. 그렇기에 수석장로는 마지못해 승낙을 해야 했다.

"그, 그렇게 하겠습니다."

묵향의 재가(裁可)가 떨어지자마자 각 전투단들 및 호법원은 대대적인 재편성 작업에 들어갔다. 너무 많은 고수들이 죽었기에 충원할 만한 인원이 절대적으로 부족해 전투단의 규모를 조금씩 줄이는 수밖에 없었다. 숫자만 늘리는 것보다는 평균적인 전투력을 높은 게 아무래도 좋겠다는 판단에서였다.

그 때문에 혈랑대는 100명, 수라마참대는 400명, 천랑대는 800명, 염왕대는 1,400명, 자성만마대는 5,000명 수준으로 그 규모를 맞췄다.

물론 흑풍대는 재편성 작업에서 제외되었다. 딱히 충원할 인원이 없었기 때문이다. 그렇다고 외부에서 인원을 영입할 수도 없는 노릇이고 말이다.

재편성 작업을 끝마친 후, 관지 장로를 제외한 다른 장로들은 자신이 맡은 전투단들이 제대로 된 전력을 발휘할 수 있도록 하기 위해 정신없이 움직여야만 했다.

각 전투단마다 고유의 진법이 있었고, 권장하는 무공이 있다. 천마혈검대처럼 소속원의 무기를 하나로 통일하는 경우도 있었지만, 보통은 여러 무기를 조합하는 쪽을 택했다. 단일 병기로 통일시키는 것보다 그쪽이 훨씬 더 강한 위력을 발휘할 수 있을 뿐더러, 잡다한 무공들을 익힌 단원들을 포용하기도 쉬웠기 때문이다.

각종 무기술을 익힌 자들은 물론이고, 권장법을 익힌 자들까지 두루 모여 진세에 따라 일사분란하게 움직인다. 공격과 수비에 있어서 혼자 하는 것보다는 여럿이 힘을 합치는 쪽이 훨씬 더 강하다는 진리를 실현하기 위해 만들어진 게 바로 진법이다. 집단의 힘은 통일성에서 나오는 만큼, 그걸 유지하기 위해서는 반복 숙달이 최선의 방책이었다.

"너무 심하게 몰아붙이고 있는 거 아닌가?"

묵향의 집무실 창밖으로 보이는 연무장에서 수련하고 있는 건 수라마참대였다. 얼마나 열심히 훈련을 받고 있는지 모두들 땀에 푹 절어 있었다. 아침부터 시작된 훈련이, 잠시의 휴식도 없이 오후인 지금까지 계속 되고 있었던 것이다.

묵향의 말에 뒤에서 대답하는 소리가 들려왔다. 수석장로였다.

"대원들이 너무 많이 바뀐지라, 제대로 손발을 맞추려면 최소한 몇 달은 족히 걸릴 겁니다."

"몇 달이라……"

수석장로는 교주의 눈치를 살피며 물었다.

"훈련기간을 좀 더 단축시킬 수 있도록 최선을 다하라고 장로들을 독려할까요?"

잠시 생각하던 묵향이 고개를 가로저었다.

"아니, 저 정도만 해도 충분해. 지금 당장 할 건 늙은 여우 사냥밖에 없으니까."

묵향의 집무실에서 지금 북궁뇌 수석장로와 소무면 외총관, 비마대주 홍진 장로, 그리고 군사 설민이 모여서 전략회의를 하고 있는 중이었다.

묵향으로부터 늙은 여우라는 말이 나오자, 수석장로는 고개를 돌려 홍진 장로에게 물었다.

"뭔가 흔적이라도 찾아낸 게 있나?"

"아직 없습니다."

"거~ 참, 재주도 좋군."

"지금껏 무영문이 위험한 줄타기를 하면서도 안전할 수 있었던 게 다 그 재주 덕분이 아니겠습니까, 수석장로님."

수석장로는 묵향에게로 시선을 돌려 한 가지를 제안했다.

"교주님, 무영문을 찾을 때까지 그냥 손 놓고 있을 게 아니라, 마지막 순간에 본교의 뒤통수를 치려고 했던 무림맹부터 손보는 게 좋지 않겠습니까? 지금 수하들의 사기는 하늘을 찌르고 있습니다. 이 기회를 이용해 그 잡것들부터 멸해 버리시는 게 좋을 것 같다는 생각이 드는데……."

"아니야, 오랜 원정으로 인해 다들 지쳐 있는 상태지. 일단 푹 쉬면서 원기도 회복해야 할 테고, 각 전투단들마다 교육도 끝마쳐야 할 것 아닌가."

"진법 훈련이 아직 미흡하다 뿐이지, 개개인의 실력은 충분하지 않습니까. 지금 당장 전투에 동원한다고 해도 무리는 없을 겁니다."

"그렇게 무리를 해서까지 전투를 시작할 이유는 없다고 본좌는 생각한다네. 모든 준비가 완료된 후에 중원을 도모하는 것에 대한 의논을 해도 늦지 않을 테니까 말이야."

"예, 알겠습니다. 교주님."

묵향은 소무면 장로를 향해 시선을 돌리며 말했다.

"외총관."

"하명하십시오, 교주님."

"정말 전투단을 맡을 생각이 없는가?"

인사이동 전에 묵향은 소무면 장로에게 전투단을 맡으라고 제안했었다. 그는 한영성 교주 시절에 자성만마대를 맡았었고, 장인걸 교주 밑에서는 수라마참대를 맡았었다.

그러던 그가 묵향 밑에 들어와서 외총관을 맡게 된 것은, 그 당시 외부 지단이 대폭 축소되어 유명무실해진 상황이었기 때문이다. 그때만 해도 묵향은 장인걸 밑에 있었던 소무면 장로를 신뢰하지 않았기에 그런 한직에 앉혀 뒀던 것이다.

하지만 지금은 달랐다. 소무면 장로는 분타들을 건설해 나가며 자신의 능력을 입증했고, 묵향의 신뢰를 받고 있었다. 그런 그를 행정 업무가 주를 이루는 외총관에 앉혀 둔다는 것은, 어떻게 보면 인력 낭비라고 볼 수 있었다. 그게 아쉬웠던지 묵향이 또다시 묻는 것이다.

묵향의 물음에 소무면 장로는 싱긋 미소 지으며 대답했다.

"오랫동안 해 온 일입니다, 교주님. 아마 속하보다 더 외부 지단을 잘 통제할 수 있는 사람은 없을 겁니다."

"자네를 못 믿어서가 아닐세. 쓸데없이 일거리만 많은 직책이니 그런 게지. 앞으로 자네가 할 일이 더욱더 늘어날 게야. 어쩌면 수련할 시간조차 내기 힘들 정도로……."

"안 그래도 눈코 뜰 새 없이 바쁩니다, 교주님. 춘릉 대회전에서 본교가 승리했다는 사실이 널리 알려져, 본교의 위상은 하늘을 찌를 정도입니다. 각 지역을 주름잡고 있는 내로라하는 인물들이 모두 다 본교와 손을 잡기를 원하고 있으니, 본교의 영역은 더욱 넓어질 것입니다. 나날이 본교의 세력이 확장되어 가는 것을 확인할 수 있다는 것이 속하에게는 크나큰 기쁨이니, 교주님께서 너무 심려하실 필요는 없다고 생각합니다."

그렇게 말하는 소무면 장로의 눈에는 강한 자부심이 어려 있었다. 교주가 돌아온 이후, 외부 지단들은 무시무시한 속도로 성장하고 있는 중이다. 자기 입맛대로 키워 나가는 재미. 전투단을 맡게 되면 이런 재미는 절대로 느낄 수 없을 것이다.

"그렇다면 수고해 주게. 자네가 있기에 바깥쪽 일은 잊어버릴 수 있으니까."

"성심을 다하겠습니다, 교주님."

묵향은 설민에게 질문을 던졌다.

"회의할 안건이 더 있나?"

설민은 고개를 조아리며 대답했다.

"이제 급한 일은 어느 정도 마무리가 된 상황이니, 교주님의 결혼식에 대해 논의해야 할 때라고 사료됩니다. 그렇지 않습니까? 수석장로님."

"그건 군사의 말이 옳구먼."

수석장로는 웃으며 찬동했지만, 묵향은 썩 내키지 않는다는 듯 말했다.

"결혼식을 꼭 올릴 필요가 있나? 이미 같이 살고 있는데 말이야."

그러자 수석장로는 말도 안 된다는 듯 고개를 저었다.

"당연히 결혼식을 올리셔야지요. 야인(野人)도 아니고, 교주님께서는 본교의 지존이십니다. 지존께서 결혼식을 올리지 않으신다는 건 본교의 위신 문제입니다. 게다가 수하들 앞에서 체면도 서지 않고 말입니다."

위신이라는 말까지 들먹거리는 것으로 봤을 때, 결혼식을 결코 조촐한 규모로 할 생각이 없는 듯했다.

수석장로가 꽤나 강하게 나오자, 묵향은 다급히 핑계거리를 대야 했다.

"그건 그렇지만 아버님도 안 계신데 결혼식을 올릴 수는 없지 않겠나."
 묵향이 아르티어스를 방패로 들이밀자 모두들 찔끔하는 게 느껴졌다. 아르티어스의 괴팍함에 곤욕을 치른 사람이 한둘이 아닌 것이다. 특히 수석장로가 가장 크게 고생을 했었다. 역시나 수석장로의 어조는 한풀 꺾였다.
 "그렇다면 결혼식은 어르신께서 돌아오신 후에……."
 하지만 이때 의외의 복병이 튀어나왔다. 그는 바로 소무면 장로였다. 그는 지금까지와 달리 매우 강경한 태도로 자신의 의견을 피력했다.
 "그럴 수는 없습니다, 수석장로님. 만약 마화 님께서 본교의 안주인이시라는 사실이 밖으로 새나가 보십시오. 본교와 연을 맺은 모든 문파의 수장들이 그 사실을 어떻게 받아들이겠습니까. 자신들을 하찮게 생각해서 결혼식에 초대조차 하지 않은 거라고 오해할 겁니다. 제 말이 틀렸습니까?"
 "하, 하지만 그건 사실이 아니지 않는가. 그들에게 교주님께서 아직 결혼식을 올리지 않으신 거라고 해명한다면……."
 지금까지 옆에서 조용히 듣고만 있던 설민이 끼어들었다. 비록 아르티어스가 겁이 나기는 했지만, 그렇다고 자신의 머릿속에 떠오른 생각을 그냥 묻어 두지도 않았다.
 "그런 해명은 먹히지 않을 겁니다. 더군다나 어떤 문파는 초대를 받았는데, 어떤 문파는 초대받지 못했다는 식의 유언비어까지 퍼진다면 더욱 감당하기 힘든 사태로 발전하겠지요."
 "군사의 지적이 옳습니다. 교주님께서는 본교의 지존이십니다. 좋던 싫던 지존에 어울리는 행보를 밟으실 수밖에 없습니다."

그러자 잠시 아무 말 없이 앉아 있던 수석장로가 좋은 생각이 떠올랐다는 듯 입을 열었다.

"그렇다면 그놈들을 몽땅 다 초청해서 거창하게 결혼식을 올린 다음, 어르신께서 돌아오시는 대로 다시 한 번 결혼식을 올리면 되겠군. 그러면 어르신께서도 토를 다시지 않으실 게야. 아, 어쩌면 소문을 듣고 오실지도 모르겠군, 그래."

묵향은 골치가 아픈지 머리를 손가락으로 꾹꾹 눌렀다. 사실 드레곤인 아르티어스가 자신의 결혼식 따위에 신경 쓸 리가 없지 않은가. 뭐, 소문을 듣고 찾아오면 좋은 것이고 말이다.

잠시 고민하던 묵향은 어쩔 수 없다는 듯 입을 열었다.

"자네들이 그렇게까지 말하니 할 수 없지. 결혼식을 준비하게. 그리고 아버님이 참석하지 못한다고 해서 결혼식을 두 번씩이나 치를 필요는 없다네. 아버님께는 내가 잘 말씀드릴 테니까 말이야."

그 말에 수석장로는 희색이 만연하여 복명했다.

"옛, 그렇다면 지금 당장 결혼식 준비 작업에 들어가도록 하겠습니다."

"대신 규모는 최대한 줄여서 하도록 해. 오랜 전쟁으로 인해 재정이 궁핍해진 상황이니 말이야."

"지존의 격에 맞도록 적당히 하도록 하겠습니다."

고집스럽게 대답하는 소무면 장로를 보며 묵향은 내심 한숨을 내쉬지 않을 수 없었다.

"더 이상 할 얘기가 없으면, 오늘 회의는 이걸로 마치기로 하지."

모두들 밖으로 나갈 때, 묵향은 홍진 장로를 불러 세웠다.

"자네는 잠시 나하고 얘기 좀 하세."

묵향은 품속에서 종이 한 장을 꺼내 홍진 장로에게 건네주며 말했다.

"이게 무슨 뜻인지 한 번 알아보도록 하게."

난생 처음 보는 해괴한 문양에 홍진 장로의 미간이 살짝 찌푸려졌다. 글자인 것 같기는 한데, 도무지 알아볼 수가 없었던 것이다.

"이건…, 어느 문파의 암호문입니까?"

"나도 확실히는 잘 모르겠지만, 아마 발해 문자일 거야. 그것도 꽤나 오래전에."

묵향이 홍진 장로에게 건넨 것은 과거 북명신공을 익힐 때 그 비급에 기록되어 있었던 해독 불가능한 문장이었다.

묵향은 총단으로 돌아와 처음 며칠간은 전쟁의 뒤처리를 하다 보니 꽤나 바쁜 시간을 보내야 했다. 하지만 논공행상도 끝나고, 어느 정도 정리가 되자 따분한 시간의 연속이었다. 더 이상 그를 긴장시킬 적이 없다는 게 이렇게 따분할 거라고는 묵향은 생각지도 못했다.

그렇다고 현재 정체되어 있는 무공을 수련하는 것도 의미가 없었다. 현경부터는 마음의 무공이다. 즉, 마음이 움직이면 몸이 그대로 따라가는 것이다.

하지만 그게 어떤 것인지 감조차 잡기 힘들었다. 현경으로 올라가는 가장 커다란 장애물이 바로 급속히 성장한 내적 성장을 마음이 따라잡지 못하는 것이 아니었던가.

자신보다 더욱 강한 고수가 존재해서 그와의 대련을 통해 이런 무공도 가능하다는 것을 가르쳐 준다면 혹 몰라도, 천재라기보다는 노력을 통해 지금의 경지에 다다른 묵향의 상상력은 빈곤하기 짝이 없었던 것이다. 어쩌면 그 문제가 현경을 벗어나기 위한 가장 커다란 장벽일지도 몰랐다.

그때 우연히 묵향의 머릿속에 떠오르는 게 있었다. 예전에 북명신공을 익힐 때, 비급에 적혀 있던 한 토막의 발해 문장.

그게 무슨 소린지는 알 수 없었지만, 꽤나 중요한 말인 듯 하여 한동안 그 문장을 해석하기 위해 꽤나 노력하지 않았던가.

당시에 그 문장을 적어 놨던 종이는 언제 어떻게 없어져 버렸는지조차 알 수가 없었지만, 다시금 알아내는 건 그다지 어려운 일이 아니었다. 북명신공의 비급은 지금 자신의 손아귀에 있으니까.

'한동안 할 일도 없으니, 예전부터 궁금했던 수수께끼나 풀어 보도록 하자.'

이런 이유로 홍진 장로에게 그 문장의 해석을 맡기게 된 것이다.

발해라는 말에 홍진 장로는 난감한 모양이었다.

"수하들에게 조사해 보라고 이르겠습니다. 하지만…, 중원의 옛 문자도 아니고 이민족의 언어를…, 그것도 지금은 사용되지도 않는 고대문자를 연구하는 학자가 있을지 모르겠습니다."

묵향은 이미 그 문제에 대해 생각해 둔 게 있었다.

"고려에 가 보면 알 수 있지 않을까? 발해나 고려나 모두 다 동이족(東夷族)이 세운 나라들이라고 들었는데 말이야."

"그렇기는 합니다만 같은 동이족이라고 해도 갈래가 틀립니다. 발해는 동이족 중에서도 북방계가 세운 나라고, 고려는 남방계가 세운 나랍니다."

"어쨌든 일단 조사는 해 봐. 북방계건 남방계건 간에 그놈들 입장에서는 조상들의 언어가 아니겠나. 더군다나 고려라는 나라 자체가 옛 고구려의 뒤를 계승한다고 들었으니 어쩌면 성과가 있을지도 몰라."

"옛, 지금 당장 고려에 수하들을 파견해서 조사해 보도록 하겠습니다."

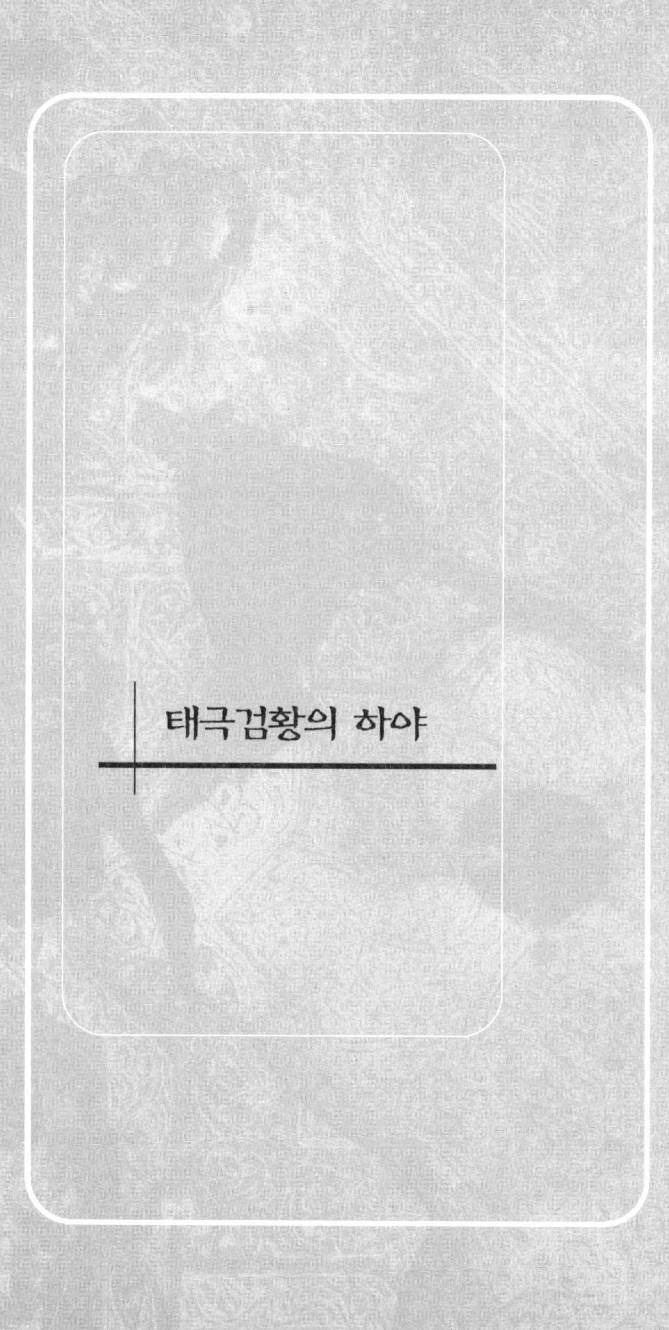

태극검황의 하야

27

교
토
삼
굴

옥화무제는 요즘 들어 하루하루 사는 게 사는 것 같지가 않았다. 교주를 죽이려던 계책은 실패해 버렸고, 그 과정에서 그녀가 무리수를 뒀던 모든 것들이 들통 나 버렸다. 교주가 바보가 아닌 이상, 그녀가 이번 사건에 깊숙이 개입했다는 것을 지금쯤이면 몽땅 다 파악해 내고도 남을 시간이었다.

"일이 이렇게 꼬일 줄이야……."

심각한 표정으로 중얼거리고 있는 옥화무제에게 총관이 조언을 건넸다.

"지금이라도 그분께 사죄하는 게 좋지 않겠습니까?"

총관의 말에 그녀는 힘없는 어조로 대답했다.

"너무 늦었어요. 이제는 최소한의 이용가치도 없는데, 그가 이쪽의 사과를 받아들일 이유가 없잖아요."

지금껏 묵향과 오랜 세월 부대껴 온 만큼, 옥화무제처럼 묵향의 성격을 정확히 파악하고 있는 사람도 드물 것이다. 그녀가 생각했을 때, 묵향은 한 번 시작하면 끝장을 보는 성격이었다. 중간에 그만둘 거라면 시작하지도 않았을 거다.

사실, 무영문 같은 잡초처럼 끈질긴 문파를 대충 건드려 놓고 그냥 놔둔다면 그 뒤끝이 무한할 거라는 것을 교주도 잘 알 테니 말이다.

옥화무제는 고개를 들어 총관을 바라보며 물었다.

"마교 쪽의 동태는 어떤가요? 뭔가 변화가 있던가요?"

그녀가 요즘 들어 마교 쪽의 동태를 하루에도 몇 번씩 물어보는 이유는, 아직까지도 마교 쪽에서 본격적인 움직임을 드러내지 않고 있었기 때문이다. 묵향의 성격으로 봤을 때, 가만히 참고 넘어갈 리가 만무한데 말이다.

"새로운 정보가 있습니다."

"드디어 움직이기 시작한 건가요?"

그게 아니라는 듯 총관은 어깨를 으쓱하며 대답했다.

"그분께서 복수를 하고 싶어 안달이 나셨는지는 모르겠지만, 뭘 아시는 게 있어야 공격을 해 오든 할 게 아닙니까. 새로운 정보는 태상문주님께서 걱정하시는 그런 게 아니라, 그분께서 이번에 결혼식을 올리신답니다."

"겨, 결혼식이라고요?"

옥화무제는 황당하다는 듯 되물었다. 지금껏 고자가 아닌가 생각될 정도로 여색을 멀리하던 묵향이었다. 그런데 뜬금없이 결혼식이라니.

옥화무제는 교주의 속셈이 빤히 보이는 듯해서 실소를 흘리지 않을 수 없었다. 결국 결혼식을 빌미로 자신을 꾀어내자는 속셈이 아니겠는가.

"그래, 상대는 누구라고 하던가요?"

"그건 아직 밝혀지지 않았습니다. 다만, 그분께서 결혼식을 올린다면서 마교와 인연이 있는 모든 문파들에 초청장을 돌리고 있답니다."
"당연히 본문에도 초청장이 왔겠죠?"
옥화무제의 물음에 총관은 침울한 음성으로 대답했다.
"아직 도착하지 않았습니다."
"그렇다면 천지문에는요?"
"천지문에는 초청장이 갔답니다. 문주가 받자마자 발기발기 찢어서 쓰레기통에 집어 던졌다고 합니다만……."
옥화무제는 의아한 듯 고개를 갸웃거렸다.
"이상하군요. 나를 밖으로 꾀어내기 위한 함정이라고 생각했는데……."
함정이라면 자신에게도 초청장이 와야만 했다. 하지만 아직 초청장이 오지 않았다는 말은 함정이 아닌 진짜일 가능성도 있다는 말이었다.
"뜬금없이 결혼식이라니…, 도대체가 영문을 알 수가 없군요."
"그래서 좀 더 확실한 정보를 알아보라고 지시를 내려뒀습니다만 아직까지는 입수된 것이 없습니다."
"흠, 마교에 심어둔 끄나풀들을 통해서도 알아낼 수 없던가요?"
"안타깝게도 포섭한 자들 중에서 십만대산 안으로 들어갈 자격을 지닌 사람은 단 한 명도 없습니다. 이번에 대대적인 인사이동이 있다고 해서 내심 기대를 했었습니다만, 외부 지단에서 성장한 자들은 중앙으로 받아들이지 않는다는 기본법규는 바뀌지 않았다고 하더군요."
총관의 말에 옥화무제는 낙심한 표정을 지었다. 뭔가 정보가 있어야 그것에 맞는 대응책을 강구할 수 있는데 전혀 없으니 답답했던 것이다.

옥화무제가 뭔가 골돌히 생각하는 듯하자, 총관은 조용히 서서 그녀의 생각이 끝나기를 참을성 있게 기다렸다.

한참의 시간이 경과된 후에야 옥화무제가 말문을 다시 열었다.

"현 단계에서는 미끼를 던져 보는 수밖에 없을 듯하네요."

"미끼를…, 말씀이십니까?"

"일단 지단 1개를 노출시켜 보도록 하죠. 물론, 총단처럼 위장해서 말이에요. 그 후에 교주가 어떻게 나오는지 반응을 살펴보자구요."

"총단처럼 위장하려면 아주 큰 희생을 치러야만 할 겁니다."

근심스런 총관의 말에 옥화무제는 오히려 더욱 환하게 미소를 지었다. 총관의 말에서 아주 좋은 생각이 떠올랐던 것이다.

"어떤 대가를 치르더라도 최대한 그럴듯하게 만들라고 하세요. 모두가 그곳이 본문의 총단이라고 착각하도록 말이에요."

"그렇게까지 할 필요가 있겠습니까?"

"이유는 많죠. 첫째, 총단을 공격할 때 마교 쪽에서 어떤 전술을 쓰는지 관찰할 수 있어요. 총단에 대한 방어는 완벽하다고 본녀는 자신하고 있지만, 의외로 그들이 허점을 찾아낼지도 모르죠. 교주는 불가능을 가능으로 만들어 내는 인간이니까요. 하지만 그가 찾아낸 허점을 이쪽에서 보완한다면 어떻게 될까요?"

총관은 수긍이 간다는 듯 고개를 주억거렸다. 그의 상관은 똑같은 수법에 두 번 당할 인물은 절대로 아니었으니까.

"그렇기는 합니다만 그래도 너무 많은 피해가……."

"둘째, 총단을 박살냈다는 착각을 하게 만들어 교주의 방심을 유도해 낼 수 있어요. 원래 우리 무영문의 전력이 그렇게 강한 것이 아닌 이상, 총단이 괴멸되는 치명적인 피해를 입혔다고 생각하게 되면 더 이상 본문을 공격하지 않을지도 몰라요."

"그, 그럴지도 모르겠군요."

"그리고 마지막으로……."

옥화무제의 입에 살짝 교활한 웃음이 걸린다.

"이걸 기회로 무림맹에 다시 붙을 수 있는 명분이 생긴다는 점이죠. 맹은 우리가 마교와 뒷거래를 했던 것 때문에 의심 어린 시선으로 본문을 바라보고 있어요. 하지만 마교가 본문의 총단을 파괴하는 등의 커다란 피해를 입혀 흑백이 분명하게 밝혀진 후에도 우리를 경원시 할까요? 그러다가 덜컥 본문이 마교에 흡수라도 되는 날에는 끝장인데 말이에요. 더군다나 본문에는 내가 있어요. 안 그래도 교주를 상대할 수 있는 절대고수의 수가 턱없이 부족한 상황이니, 절대로 나를 놓치고 싶지는 않을 거예요."

그제서야 총관은 겨우 지단 하나를 던져 주고, 얼마나 많은 것을 얻게 될 수 있는지 깨달았다.

"과연, 기가 막힌 계책이십니다."

총관은 고개를 주억거리다 곧 안타깝다는 듯 중얼거렸다.

"맹에 머리가 제대로 돌아가는 군사가 있다면 굳이 이런 피해를 입지 않고도 충분히 해결될 수 있는 문제였는데, 정말 안타깝군요. 지금 당장 문주님께 보고하여 제대로 된 미끼를 준비하도록 조치를 취하겠습니다."

"그 어떤 피해를 입더라도 완벽하게 총단처럼 보여 줘야 한다는 점을 잊지 마세요. 본문의 생사가 달린 일이에요."

"제가 직접 가서 철저히 확인토록 하겠습니다."

복명을 한 총관이 예를 올리고 뒤로 돌아 밖으로 나갔다. 아니, 나가려고 했는데, 갑자기 옥화무제가 그를 불러 세웠다.
"참, 총관!"
"예? 뭔가 하명하실 거라도……."
"방금 떠오른 생각인데…, 흑풍대는 마기를 흘리지 않잖아요?"
뻔한 얘기를 물었기에, 그 의도를 짐작하지 못한 총관은 다소 떨떠름한 표정으로 대답했다.
"그, 그렇습지요."
"흑풍대의 움직임을 예의 주시하라고 이르세요. 본문을 상대함에 있어서 교주가 사용할 가장 강력한 패는 흑풍대가 될 가능성이 커요."
"그 부분에 대해서는 심려하시지 않으셔도 될 겁니다. 그들이 양양성에 있을 때, 그 일대에 포진하고 있었던 많은 정찰조들에게 노출되지 않았습니까. 그들의 얼굴을 기억하고 있는 대원들이 의외로 많습니다. 거기에다가 십인장급 이상의 경우 몰래 초상화까지 그려 뒀고 말입니다."
"그거 다행이군요. 그럼 가 보도록 하세요."

　　　　　　* 　 * 　 *

"맹주님, 맹주님!"
집무실 문을 박차고 들어오며 다급히 외치는 감찰부주의 모습에 맹주는 눈살을 찌푸렸다.
"허어, 무슨 일인고?"

감찰부주는 맹주의 앞에 앉아있는 청호진인을 발견하고는 가볍게 인사했다.
"아, 사형께서도 와 계셨군요. 맹주님, 천재일우의 기회가 찾아왔습니다."
"무슨 일인데 그러는고?"
"교주가 서녕에서 결혼식을 올린답니다."
그 말에 청호진인이 인상을 살짝 찡그리며 끼어들었다.
"교주가 결혼식을? 더군다나 십만대산도 아니고 서녕에서?"
"예, 공수개 장로의 말이니 틀림없을 겁니다. 마교와 친분이 있는 여러 문파들에 벌써 초청장이 전달되었다고 합니다."
개방에서 물어온 정보인 만큼, 결혼식을 올리는 건 사실일 것이다. 하지만 십만대산이 아니라 서녕에서 결혼식을 올린다는 게 청호진인은 영 찜찜했다.
"함정이 아닐까?"
"함정…, 이라구요?"
"구태여 서녕에서 결혼식을 올릴 이유가 없지 않느냐."
"오히려 십만대산에서 손님을 받는 게 함정일 확률이 더 크다고 저는 생각합니다. 십만대산 안에는 외부인들에게 노출되어서는 안 될 수많은 기밀 시설들이 있을 테니 말입니다. 게다가 본맹에서는 그동안 십만대산에 설치되어 있을 기관진식은 차지하고라도, 내부의 지형조차 알아내지 못했지 않습니까. 그 정도로 보안에 철두철미한 마교가 아무리 교주의 결혼식이라지만 내부에서 할 리가 없지 않겠습니까. 물론 십만대산에서 한다면 우리 쪽으로서도 정보를 캐낼 수 있는 좋은 기회가 될 테지만 말이죠."

"그건…, 사제의 말이 옳은 것 같군. 하지만 서녕에서 한다고 해서 좋은 기회가 찾아왔다며 좋아하기에는 힘들 것 같구나."

"어째서 말입니까?"

"마교 쪽에서 대비를 하고 있을 게 뻔한 것도 있지만, 어느 세월에 장로들을 설득해서 무사들을 불러 모은다는 말이냐. 더군다나 춘릉성 전투 이후 맹의 분위기가 묘하게 흘러가고 있음을 너도 잘 알고 있지 않느냐. 그런 상황에서 결혼식장에 쳐들어가 피바다를 만들자고 하면 장로들이 잘도 찬성하겠다."

지금껏 조용히 듣고 있던 맹주가 침울한 음성으로 입을 열었다.

"그건 청호의 말이 옳구나. 남의 잔칫집에 쳐들어간다는 건 있을 수 없는 일이지. 혹, 그자가 무림일통의 야욕을 드러내기라도 했다면 모르겠지만 말이다."

명분이 없다는 말이었다. 만약 춘릉성 전투 이후 마교가 무림일통의 야욕을 드러내며 피바람을 일으켰다면 정파의 모든 문파들이 무림맹을 중심으로 똘똘 뭉치는 것 외에 다른 방법이 없었을 것이다.

하지만 교주는 교활하게도 중원을 침공할 뜻을 내비치지 않았다. 아니, 오히려 역대 마교 교주와는 달리 평화를 원한다는 식의 가증스러운 연극까지 하고 있지 않은가.

위기감이 사라지자 이제 남은 것은 맹주에 대한 성토뿐이었다. 맹의 수뇌부들은 처음에는 맹주를 두둔했었다. 하지만 그들은 곧 군소방파들의 반발이 자신들의 예상을 뛰어넘는다는 것을 깨달았다. 춘릉 대회전에 참가했던 모든 이들이 맹주가 벌인 추태를 빤히 봤는데, 그게 수습이 되겠는가.

시간이 지나 맹주에 대한 성토가 자신들에게까지 확대되자, 장로들은 자신들이 살아남기 위해서는 맹주가 퇴진하는 수밖에 도리가 없다고 판단했다. 그리고 지금까지 지속적으로 압력을 가해 오고 있었던 것이다.

한동안 침통한 표정으로 말이 없던 맹주는 메마른 목소리로 말을 이었다.

"장로회에 전하거라. 노부가 물러나겠다고 말이다."

"그건 절대로 안 됩니다, 맹주님."

청호장로가 결사적으로 반대했지만 태극검황의 마음은 변하지 않았다.

"어쩔 수가 없느니. 시간만 끈다고 해서 능사가 아니다. 아니, 오히려 더욱 악화될 뿐이니라."

그렇게 말하는 태극검황의 표정은 의외로 밝았다. 그가 맹주의 자리에 집착했던 것은 개인의 영달보다는 문파의 번영을 위해서였다. 그런 까닭에 맹주직에서 물러난다고 해도 그리 큰 미련은 없었던 것이다.

다만, 자신으로 인해 무당파가 오명을 뒤집어쓰지나 않을까 하는 걱정이 남아 있을 뿐이었다.

태극검황이 맹주 자리에서 물러나겠다고 하자, 장로회는 안도의 한숨을 내쉬었다. 그가 절대로 맹주직을 내놓지 않겠다며 끝까지 버텼다면, 자칫 무림맹 자체가 와해될 수도 있었다.

그만큼 사태가 심각했던 것이다. 마교처럼 힘에 의해 통치되는 단체가 아닌 만큼, 대중의 지지를 잃는다는 것은 곧 종말을 의미했다.

　무림맹 회의실에 모든 장로들이 집합했다. 평소에 얼굴을 보기도 힘들었던 인물이 모습을 드러냈고, 파견지에서 급히 돌아온 사람들도 있었다. 무림맹의 모든 장로들이 이렇듯 한 자리에 다 모인 것은 아주 드문 일임에는 틀림없었다. 그만큼 이번 사안이 중요했기 때문이다.
　"인망도 그렇고, 양양성에서 쌓은 전공도 그렇고……. 수라도제 대협 만한 분이 어디 또 계시겠소? 차기 맹주는 그분으로 합시다."
　한 장로가 수라도제를 추천하자 대부분의 장로들이 고개를 끄덕였다.
　이때, 공수개 장로가 고개를 갸웃하며 혼잣말처럼 중얼거렸다.
　"좋기야 하지만…, 그분이 과연 맹주직을 제대로 수행하실 수나 있으실런지……."
　장로들의 시선이 일제히 공수개 장로에게로 집중되었다. 그가 한 말의 진정한 의미가 뭔지 궁금한 것이리라. 그들 중에서 가장 먼저 입을 연 것은 청호진인이었다.
　"공수개 장로의 어감은…, 혹 그분께서 맹주직을 수행할 수 있는 상태가 아니라는 것처럼 들리는데……. 내가 제대로 들은 게요?"
　청호진인은 무당파가 자랑하는 전대 고수다. 그 정도 위치에 있는 사람이 장로직이나 하고 있을 리 없지만, 그는 태극검황을 옆에서 보좌하기 위해 무림맹의 장로가 되었다.
　하지만 태극검황이 사임한다고 그도 함께 그만두기에는 모양새가 좋지 않아 아직까지는 장로직을 유지하고 있었지만, 아마도 조만간에 그만두게 될 것이 분명했다.

공수개 장로는 침통한 어조로 대답했다.
"애석하게도 그렇습니다."
 자신의 말에 모든 장로들이 귀를 기울이며 집중하고 있는 게 솔직히 기분이 나쁘지는 않았다. 이게 바로 정보의 힘이었으니까. 그는 주위의 반응을 살펴본 후 다시 말을 이었다.
"며칠 전에 입수된 정보에 의하면, 수라도제 대협의 정신상태에 문제가 좀……."
 쾅!
 공수개 장로의 말이 채 끝나기도 전에 탁자를 내리치며 한 사람이 자리에서 벌떡 일어나 소리쳤다.
"대체 공수개 장로께서는 우리 세가에 무슨 억하심정이 있기에 그런 말도 안 되는 소리를 하시는 게요? 평안히 잘 계시는 태상문주님의 정신 상태에 문제가 있다니!"
 장로들의 시선이 언성을 높인 인물에게 집중되었다. 그리고 그가 왜 그렇게 노성을 터트린 것인지 곧바로 이해할 수 있었다. 왜냐하면 그는 서문세가에서 파견한 서문정 장로였기 때문이다.
 하지만 공수개 장로는 당황하지 않고 태연하게 질문을 던졌다.
"서문정 장로께서 그렇게 말씀하신다면, 내 한 가지만 묻겠소이다. 수라도제 대협께서 오랜 외유를 마치시고, 일주일 전에 세가로 돌아오셨다는 것은 알고 계시겠지요?"
 서문정(西門正) 장로가 곧바로 대답하지는 않았지만, 모두들 그의 표정만으로도 그 사실을 모르고 있었음을 알 수 있었다.
"오랜만에 세가로 돌아오신 대협께서는 도저히 이해하기 힘든 기행들을 일삼고 계시다고 합니다. 어떤 기행들인고 하니, 왜 그 일전에 공공대사께서 하셨던 것과 유사한 그런 기행들 말이외다."

공수개 장로의 말을 들은 서문정 장로의 표정이 마치 똥이라도 씹은 듯 참담하게 일그러졌다. 그리고 다른 장로들의 표정도 그와 별반 다르지 않았다.

과거 공공대사는 무림에서 가장 존경받았던 고수였다. 그러던 그가 어느 날 갑자기 기행(奇行)을 일삼기 시작했다.

도(道)를 깨달으면 사람이 하루아침에 변한다고 하지만, 사람들은 그가 도를 깨달은 게 아니라 주화입마에 빠진 것이라고 굳게 믿었다. 왜냐하면 그의 행동 하나하나가 그만큼 엽기적이었으니까 말이다. 오죽하면 세인들이 그를 불계불황(不戒佛皇)으로 칭하는 것만으로도 모자라서, 온갖 사악한 짓을 다 한다는 뜻의 만사불황(萬邪佛皇)으로까지 불렀을까.

"그, 그렇다면 그분께서도 공공대사처럼 주화입마에 빠지신 게요?"

다급히 묻는 청호진인의 질문에 공수개 장로는 씁쓸하게 미소 지으며 대답했다.

"지금까지 드러난 정황을 본다면 그런 것 같소이다. 혹, 맹주직에 오르기 싫어 연극을 하고 계신 게 아니라면 말이오."

공수개 장로의 말에 모두들 한숨을 푹 내쉬었다. 말이 좋아 주화입마지, 결국 미쳤다는 소리가 아닌가. 그리고 미칠 때 미치더라도 왜 하필이면 이런 급박한 상황에 미친다는 말인가. 이제 장로들이 선택할 수 있는 운용의 폭은 더욱 좁아질 수밖에 없었다.

"그렇다면 곤륜무황 대협으로······."

"곤륜무황은 절대로 안 되오!"

청호진인이 말을 꺼내기가 무섭게 공동파 출신인 지파천 장로가 반박했다. 무극검황이 맹주였던 시절, 무림맹에는 공동파 출신의 장로가 4명씩이나 있었다. 하지만 공동파가 몰락해 버린 지금, 지파천 혼자만이 맹에 남아 있는 상태였다.

그의 주장을 백량 장로가 반박했다.

"대체 왜 안 된다는 말이오? 예전처럼 곤륜파가 변방에만 자리 잡고 있다면 혹 모르겠지만, 이번에 천자산(天子山)에 분타까지 개설하지 않았소? 설마 그 사실을 잊은 건 아니겠지요?"

곤륜파가 호남성 북서쪽의 천자산에 자리를 잡을 수 있었던 것은 전대 맹주였던 태극검황과의 밀약 덕분이었다. 전대 맹주는 곤륜무황을 끌어들이기 위해 곤륜파의 요청을 허락했고, 이 자리에 모여 있는 장로들 또한 그 사실을 잘 알고 있었다. 그때, 자신들도 그 사안에 대해 찬성했었으니 말이다.

"위치 때문에 반대하는 건 아니외다. 모두들 아시다시피 곤륜은 그동안 무림맹에 은근히 홀대를 당해 왔소. 마교 때문에 가장 큰 피해를 감수해야만 했던 처지였던 만큼, 우리 쪽에 악감정이 없을 리가 없지 않겠소?"

지파천 장로의 주장에 공수개 장로는 어이가 없다는 듯 피식 웃었다. 도둑이 제 발 저리다고 저런 걱정을 할 정도로 공동파가 아니, 전전대 맹주였던 무극검황이 곤륜파에 저질러 놓은 죄가 많았던 것이다.

"흐음, 지파천 장로께서는 혹, 보복이라도 당할까 그게 걱정되시는 모양이구려."

은근히 비꼬는 말투에 지파천 장로의 안색이 화끈 달아올랐다.

오랜 연륜을 쌓은 능구렁이나 다름없었지만, 이렇게 노골적으로 찔리다 보니 무심결에 감정이 드러난 것이다.
"누가 보복을 두려워 한단 말이오? 노부의 말은 잘못된 인선으로 인해 분란만 가중될까 두렵다는 뜻이외다. 지금은 모든 문파들의 지지를 회복하고, 일치단결해야 할 때가 아니오. 내 말이 틀렸소?"
"귀하의 말이 옳소이다만, 곤륜무황을 제외한다면 딱히 맹주가 되실 만한 분이 안 계시니 그게 문제이지 않소. 공공대사께서 그렇게 무공을 폐하지만 않으셨어도 차기 맹주로서 손색이 없으셨을 터인데……"
안타깝다는 듯 말하는 공수개 장로의 말처럼 맹주가 될 만한 마땅한 사람이 없다는 것이 무림맹의 최대 고민이었다. 전쟁이 끝났음에도 세인들이 꼽는 절대고수의 숫자는 3황5제로, 변화가 없었다. 예우상 공공대사를 3황에 아직까지 집어넣고 있었고, 패력검제가 죽었다는 사실이 아직 세상에는 알려지지 않았기 때문이다.
하지만 세인들이 모르는 사실이 하나 더 있었으니, 그것은 죽었다고 알려져 있는 현천검제가 살아 있다는 사실이었다. 그 모든 변수를 다 고려한다면 2황5제로 불리는 게 맞겠지만, 세인들은 3황4제로 생각할 것이다.
뭐, 숫자야 어찌 되었건 맹주감을 선출하려니 마땅한 사람이 없는 것 또한 사실이었다. 세인들이 아직까지도 3황에 꼽기를 주저하지 않을 정도로 존경받고 있는 공공대사가 최고의 맹주감이기는 했지만, 그렇다고 무공을 상실한 인물을 맹주로 추대할 수는 없는 노릇이었다.
수라도제는 정신적으로 좀 문제가 있는 듯했고, 만통음제는 행방불명된 후 아직까지도 행방이 묘연했다. 현천검제와 황룡무제는 둘 다 연륜이 짧아 맹주로 선택되기에는 문제가 컸다. 더군다나 현천검제는 무림맹과 원한까지 지지 않았던가.

그렇게 되면 남는 사람은 옥화무제와 곤륜무황뿐이었다.

"그렇다고 옥화무제 여협을 맹주로 추대할 수는 없지 않소이까?"

공수개 장로의 말에 청호진인이 눈살을 찌푸리며 대꾸했다.

"그렇지요. 그분을 맹주로 추대하기에는 석연찮은 점들이 너무 많지요. 특히 마교와의 관계를 보더라도 말이외다."

청호진인의 말에 모든 장로들이 고개를 주억거리며 찬성을 표했다. 옥화무제는 마교와 너무 가까웠다. 그런 인물을 정파의 얼굴로 내세울 수는 없지 않겠는가.

물론 옥화무제가 이 얘기를 들었다면 입에 거품을 물고 반론을 제기했겠지만, 지금 맹의 장로들은 마지막 순간에 옥화무제와 교주가 한 하늘을 이고는 살 수 없는 지경까지 틀어졌다는 사실을 전혀 몰랐다.

"그렇다면 곤륜무황 대협을 추대할 수밖에 없다는 결론이 나오는데, 지파천 장로께서는 또 다른 복안이라도 있으신 게요?"

은근히 비꼬는 듯한 공수개 장로의 어투에 지파천 장로는 얼굴을 붉히며 대꾸했다.

"노부의 말은 맹의 미래가 걸려 있는 일인 만큼 맹주를 선출하는 건 재삼재사 신중을 기하자는 뜻이었소. 그렇게까지 말하시니 곤륜무황을 맹주로 추대하는 것에 더 이상 반대 하지는 않겠소."

흘러가는 분위기로 봐서 곤륜무황이 맹주로 추대될 것이 분명한데 혼자 반대를 해 봐야 아무런 의미가 없다는 생각이 든 지파천 장로는 재빨리 꼬리를 내렸다. 처음부터 맹주에게 미운털이 박혀 봐야 좋을 건 하나도 없으니까.

"장로회는 곤륜무황을 차기 맹주로 추대하기로 의견을 모았습니다."

청호진인의 보고에 태극검황은 고개를 갸웃하며 대꾸했다.

"이상한 일이로구나. 노부는 수라도제가 맹주로 선택될 줄 알았는데 말이다."

"수라도제가 선택되지 못한 것은 주화입마에 빠졌기 때문입니다. 공공대사처럼 말이지요."

주화입마에 빠졌다는 말만으로는 충분한 의사전달이 힘들다고 느꼈기에 그는 공공대사를 끼워 넣었다. 태극검황의 안색이 경악으로 물든 걸 보면, 뜻이 제대로 전달되기는 한 모양이었다.

"그게 사실이더냐?"

"공수개 장로가 장로회에서 꺼낸 말이니, 아마 사실일 겁니다."

태극검황은 갑자기 한숨을 푹 내쉬며 너무나도 부럽다는 듯 중얼거렸다.

"허허, 그는 돌파구를 찾아낸 듯하구나."

청호 장로는 아연한 표정으로 되물었다.

"예? 그건 갑자기 무슨 말씀이십니까?"

"그가 정신을 차리는 날, 이 세상에는 또 한 명의 현경급 고수가 탄생하게 된다는 말이니라."

"공공대사가 현경에 올라선 것은 사실……."

거기까지 말하던 청호진인은 화들짝 놀라서 외쳤다.

"그렇다면 사숙께서는 현경으로 가기 위해서는 반드시 미쳐야만 한다고 생각하고 계신 겁니까?"

청호진인의 물음에 태극검황은 침중한 얼굴로 고개를 가로저으며 대답했다.

"그건 아무도 모른다. 구휘(區揮) 대협은 처음부터 현경의 경지를 개척한 상태에서 무림에 모습을 드러냈기에 그 과정에 대해 알려진 것은 아무것도 없었지. 그런데 이번에 공공대사가 보여 준 모습을 보면, 주화입마도 현경으로 가기 위해서는 꼭 거쳐야 하는 경로인지도 모르겠다는 생각이 문득 들더구나."

지금까지 옆에서 아무런 말없이 가만히 듣고만 있던 청수진인이 뭔가 떠올랐다는 듯 끼어들었다.

"그러고 보니 마교 교주도 이유를 알 수 없는 20여 년간의 공백기를 거친 다음에야 다시금 그 모습을 드러내지 않았습니까?"

"사제, 그는 처음에 모습을 드러낼 때부터 탈마였지 않은가."

청호진인의 반박에 청수진인은 고개를 흔들었다.

"아닐 수도 있다고 생각합니다. 한 번 생각을 해 보시죠. 마공들 중 일부는 아주 특이해서 정상적인 방법으로는 상대하기가 매우 까다롭습니다. 이번에 주살당한 흑살마왕만 해도 그렇습니다. 흑살마장이라는 희대의 마공을 극성으로 익힌 탓에 그의 장에 한 번만 격중 당하면 아무리 화경급 고수라 해도 생명이 위태로울 지경이었죠. 그에 반해 그는 치명상을 입었는데도 불구하고, 전혀 타격을 입지 않을 것처럼 보이지 않았습니까. 만약 그가 극마급이라는 사실을 모르고 있었다면, 아마 모두들 그가 탈마의 경지를 깨달았다고 믿었을 겁니다. 안 그렇습니까?"

그 말에 태극검황은 좋은 걸 깨달았다는 듯 무릎을 탁 쳤다.

"호오, 그러고 보니 그럴 수도 있겠구나. 현 교주가 잠적하기 전에 실제 실력을 보였던 것은 단 한 번, 뇌전검황을 상대했을 때뿐이니 말이다."

"예, 당시 관전자 중에서 살아남은 사람도 얼마 되지 않았습니다. 제령문에서는 입을 꾹 다물었고, 우연히 그 장면을 관전한 자들이 퍼트린 입소문에 의해 사건의 전말이 어렴풋이 드러난 정도였지요. 더군다나 관전자들의 무공 수준이 너무 낮아서 상세한 부분은 알 수조차 없었고, 뇌전검황이 일방적으로 밀리다가 패했다는 것 정도만 알려지지 않았습니까. 어쩌면 그래서 그가 탈마라고 소문이 퍼진 것인지도 모릅니다."

말이 된다는 듯 고개를 주억거리던 태극검황은 청수진인을 바라보며 물었다.

"참, 그러고 보니 주화입마에 들기 전에 수라도제가 공공대사와 함께 있었다고 했었느냐?"

"예, 사숙님."

"흐음, 그에게서 현경으로의 깨달음을 얻을 수 있는 도움을 받았던 것일까?"

"그럴 가능성이 농후합니다."

보다 높은 경지로 올라가기 위해서 안 해 본 짓이 없는 태극검황이다. 무당파가 보유하고 있는 모든 무공을 익힌 것은 물론이고, 나중에는 중원 각파가 자랑하는 무공들 중에서 특이한 것들까지 죄다 섭렵했다. 직계에게만 전수되는 비전(秘傳)만 아니라면, 태극검황의 힘으로 구하는 게 그리 어려운 것은 아니었다.

하지만 아무리 많은 무공을 익혀 봐도 윗단계로 올라갈 만한 실마리는 전혀 찾을 수가 없었다. 그래서 그가 그 다음에 손을 댄 것은 시서화(詩書畵) 등 각종 잡기들이었다. 한 가지에 너무 집착을 가지는 것보다는 한 발자국 떨어져서 잊어버리는 것도 한 방법이 아닐까 하는 생각에서 시작했던 일이다.

하지만 그것들조차도 전혀 도움이 안 되자, 그는 중원무공과는 전혀 다른 궤도를 달리는 마교의 무공에까지 손을 댔었다. 궤도가 틀린 만큼 또 다른 길을 자신에게 보여 줄지도 모른다는 기대감에서였다.

하지만 그는 얼마 지나지도 않아 포기해야 했다. 왜냐하면 전혀 보탬이 안 된다는 것을 깨달았기 때문이다.

마교의 심법을 익히면 정파의 고수들에 비해 훨씬 더 막강한 내공을 빠른 시간 내에 쌓을 수 있게 된다. 그렇다 보니, 마교의 고수들은 무공의 정밀도보다는 내공의 힘으로 밀어붙여 버리는 타성에 젖어 버린다. 그게 충분히 먹혀들어가니까 따로 머리를 굴릴 필요가 없었던 것이다.

그렇다 보니 마교의 무공은 초식의 전개에 있어서 정파의 무공에 비해 조잡스럽기 짝이 없었다. 물론 최상승의 마공이라면 얘기가 다를지도 모르지만, 적어도 태극검황이 구할 수 있었던 비급들은 전부 다 그러했다.

더군다나 마교도들이 익힌다는 심법은 좌절 그 자체였다. 역혈의 심법인 만큼, 그로서는 도저히 익힐 엄두조차 낼 수가 없었던 것이다.

비급에 기록된 대로 내공을 역일주천하면 바로 주화입마 빠질

게 뻔한데, 그걸 어찌 실행할 수가 있겠는가. 태극검황은 이런 미친 짓거리를 태연히 행하고 있는 마교도들이 존경스럽게 느껴질 정도였다.

그런데 오늘, 그는 생각지도 못한 상황에서 오래전에 접었던 꿈을 이룩할 수 있는 실낱같은 가능성을 발견했다.

태극검황의 가슴은 설레었다. 모든 걸 포기하고 있었더니, 뜻하지 않게 현경으로 다가갈 수 있는 단서가 나타난 것이다.

하지만 그는 선뜻 그 단서를 활용할 결심을 할 수 없었다. 현경의 벽만 깰 수 있다면 무슨 짓이라도 다 할 수 있을 거라고 생각했었고, 또 그렇게 해 왔었다.

그러나 현경으로 가는 길목에 주화입마가 버티고 있다면 얘기는 달라진다. 그것도 공공대사가 그러했듯이 언제 깨어날지도 알 수 없는 주화입마 상태라면 말이다.

게다가 만약 주화입마가 현경으로 이르는 단서가 아니라면 어쩌겠는가? 그동안 자신이 저질러야 할 오명은 무슨 수로 보상받을 수 있단 말인가. 문파를 위해 맹주직에 오르는 수고를 마다하지 않았던 그다. 그런 그에게 문파에 커다란 짐을 안겨 줄지도 모른다는 것은 너무 커다란 부담이었다.

한참을 고심하던 태극검황은 한숨을 푹 내쉬었다.

"허허, 현경의 벽은 너무나도 높고도 두텁구나. 설마 주화입마라는 단계까지 존재할 줄이야······."

실내에는 한동안 무거운 침묵이 흘렀다. 저마다 뭔가 생각에 잠겨 있었던 것이다. 그때 공공대사를 찾아갈까 말까 궁리하고 있는 태극검황에게 청수진인이 조심스럽게 입을 열었다.

"한 가지 방법은 있습니다."

청수진인의 말에 태극검황은 반색했다.

"그게 대체 뭐냐?"

"현경에 이르는 주화입마가 어떻게 발생하는 것인지 알 수만 있다면 탈출법도 강구해 낼 수 있지 않겠습니까?"

"그럴 수도 있겠지. 그런데 그걸 어떻게 알 수 있다는 말이냐?"

"지금 주화입마에 빠져 있는 사람이 있지 않습니까."

태극검황은 어이가 없다는 듯 되물었다.

"허, 네 말은 수라도제를 잡아다가 연구를 해 보자는 말이더냐?"

"예, 그렇습니다."

얘기를 듣고 있던 청호진인은 기가 막힌다는 듯 청수진인에게 퉁명스럽게 쏘아붙였다.

"사제는 말이 되는 소리를 하게. 공공대사가 오랫동안 주화입마 상태에 빠져 있었지만, 그 누구도 그분을 제압하지 못했었네."

청수진인은 어깨를 으쓱하며 대꾸했다.

"그거야 소림사에 그만한 능력이 없었기 때문이지요. 하지만 수라도제 정도야 사숙께서 직접 손을 쓰신다면 가능하지 않겠습니까?"

청수진인의 말에 태극검황 역시 충분히 가능하다는 생각에 무릎을 탁 쳤다.

그렇다. 미쳐 버린 공공대사를 화경급 고수가 나서서 제압하려고 했던 적은 단 한 번도 없었다. 왜냐하면 공공대사가 온갖 엽기적인 일을 벌이기는 했지만, 그건 그 자신의 작은 욕망을 해소하기 위해서였기 때문이다. 무림을 정복하겠다거나, 아니면 수없이 많은 사람들을 잔인하게 살해하는 일과 같은 범죄는 저지르지 않았다. 그렇기에 그에 대한 처리는 오로지 소림사의 몫으로 떨어졌던 것이다.

하지만 만약 수라도제를 제압하는 데 자신이 끼어든다면? 태극검황은 자신이 있었다. 자신과 수라도제는 1세대 이상의 연배 차이가 났다. 또한 세인들의 평가는 물론이고, 그 자신이 생각해도 수라도제보다는 자신이 한수 위라고 생각해 왔었다. 더군다나 수라도제는 지금 제정신도 아니라고 하지 않는가.

물론 수라도제가 먼저 현경으로 들어가는 길을 뚫었다는 건 자존심이 상하는 일이었지만 오히려 그 점이 태극검황의 투쟁 본능을 자극하고 있었다.

내심과는 달리 태극검황은 느긋한 어조로 말했다.

"맹주직도 그만뒀는데, 그럼 수라도제나 잡으러 가 볼까. 그는 지금 어디에 있느냐?"

"서문세가에 있답니다."

청수진인의 답변에 태극검황의 눈썹이 살짝 일그러졌다.

"서문세가에? 그렇다면 손을 쓰기가 쉽지 않겠는데……."

"오히려 더 쉬울 수도 있습니다, 사숙. 서문세가주는 지금 수라도제를 어떻게 처리해야 할지 골머리를 싸매고 있을 게 뻔하니까요. 가문의 이름에 먹칠을 하고 있는 수라도제를 제압하는 것은 물론이고, 주화입마를 치료할 방법까지 모색해 주겠다고 제안한다면 그가 거절할 리가 만무합니다. 아니, 오히려 전폭적인 도움을 줄 가능성이 크겠지요."

"그래, 그럴 수도 있겠구나. 그렇다면 지금 당장 출발하도록 하자꾸나. 어서 짐을 꾸리도록 해라."

"예."

청수진인이 밖으로 허겁지겁 뛰쳐나가는 것을 보며, 청호진인이 태극검황에게 사정했다.

"사숙, 저도 함께 가게 해 주십시오."

"그러자꾸나. 뭐, 여기에 있어 봐야 딱히 할 일도 없잖느냐."

그건 태극검황의 말이 맞았다. 차기 맹주도 정해진 이상, 더 이상 청호진인이 무림맹에 머물고 있어야 할 이유가 없었던 것이다.

묵향의 결혼식

27

교토삼굴

흉노족의 후예인 위구르족이 차지하고 있는 야만의 대지로 들어가기 위한 길목에 자리 잡고 있는 도시가 바로 서녕(西寧)이다.

길가에 흔히 보이는 대상(隊商)의 무리들. 수십 마리에 달하는 말이나 낙타에 짐을 잔뜩 실은 상인들은 오랜 여정을 예상하는 듯 느긋하게 움직이고 있었다. 그들의 모습만 봐도 이곳이 얼마나 중원에서 멀리 떨어진 오지인지를 충분히 인식할 수 있을 정도였다.

물론 서녕에는 대상만이 오가는 것은 아니었다. 아름다운 청해호(靑海湖)를 유람하기 위해 들리는 유람객들의 수도 꽤 되었다. 서녕이 변방의 도시치고는 꽤나 번화한 모습을 간직하고 있는 것이 바로 그런 이유 때문이었다.

그런데 요 근래 서녕의 모습은 평상시와는 달리 거리에 사람들로 넘쳐났다. 웬일인지 갑자기 수많은 인파들이 모여들어 포화상태가 되어 버렸기 때문이다.

2배의 돈을 지불한다고 해도 여관이나 객잔의 방을 얻을 수 없었고, 식사시간만 되면 모든 식당들이 미어터질 정도였다.

때 아닌 돈벼락을 맞고 있는 상황이기는 했지만, 그렇다고 땅값이라든지 집값이 들썩거리지는 않았다. 왜냐하면 이 비정상적인 호경기가 그리 길지 않을 거라는 걸 모두 다 잘 알고 있었기 때문이다. 놀랍게도 이 호경기는 단 한 쌍의 결혼식으로 인해 벌어진 일이었다.

모두들 숙식을 해결할 곳을 구하기 위해 발을 동동거리고 있었지만, 따뜻한 양지에 돗자리를 깔고 앉아 있는 패거리들은 전혀 그런 걸 걱정하는 내색이 아니었다. 왜냐하면 그들은 바로 거지들이었으니까.

늙은 거지 하나가 커다랗게 하품을 하더니 투덜거렸다.

"썩을! 세상 참으로 말세로군. 무슨 놈의 결혼식에 사람이 이렇게 많아."

그러자 옆에 비스듬히 누워서 배를 벅벅 긁고 있던 또 다른 늙은 거지가 맞장구를 쳤다.

"그러게 말일세. 천하의 대마두가 결혼한다는데 뭔 연놈들이 이렇게 많이 몰려들 오는지 원……."

"교주한테 잘 보이고 싶어 하는 빌어먹을 놈들이지. 썩을!"

그들이 자리 잡고 있는 곳은 서녕으로 들어오는 동쪽 관도였다. 중원에서 서녕으로 들어오려면 반드시 이 길을 거쳐야 하는 만큼, 관도는 수많은 인파들로 붐볐다.

"하기야 이 많은 사람들을 십만대산에 수용할 수나 있겠나. 서녕에서 결혼식을 올리는 건 정말 잘 생각한 거지."

늙은 거지들의 얘기에 젊은 거지 하나가 끼어들었다.

"덕분에 교주의 결혼식을 우리도 구경을 할 수 있는 거 아니겠습니까?"

"구경은 무슨 얼어 죽을 구경. 드나드는 사람 숫자나 제대로 세!"

서녕으로 들어오는 모든 길목에는 개방의 거지들이 배치되어 밀려드는 사람들을 헤아리고 있는 중이었다. 결혼식에 참석하는 인원을 계산하기 위해서.

그리고 상당수의 거지들이 지금 서녕 안으로 들어가서, 과연 어떤 문파들이 결혼식에 참석하는지를 조사하는 중이었다. 물론 결혼식에 참석하는 사람들의 상당수가 초기단계부터 개방의 이목에 포착되어 꼬리를 달아 놓았기에, 거의 8할 이상은 이미 파악이 끝난 상태였다.

결국 자칫 놓쳤을지도 모를 나머지 2할이 누군지 알아내기 위해 이렇게 서녕까지 파견되어 와서 이 고생을 하고 있는 것이다.

"그나저나 천하제일고수라고 하더니, 참 대단한 사람이지 않습니까?"

젊은 거지의 말에 늙은 거지는 삐딱한 표정으로 이죽댔다.

"그런 말을 꺼내는 의도가 뭐냐?"

"생각을 해 보십쇼. 철옹성이라는 십만대산도 아니고, 이런 외지에 나와서 결혼식을 올릴 생각을 하다니……. 이러다가 만약 기습이라도 당하면 어쩌려고요."

"크크, 말이 되는 소리를 해라. 이 일대에 마교 전투단들이 쫙 깔려 있는데 어떤 놈이 감히 그런 미친 생각을 하겠냐. 그리고 지금 무림맹이 마교하고 싸울 정신이 있는 줄 아느냐."

"그, 그렇긴 합니다만. 어쨌든 대단한 배포지 않습니까?"

"시끄러. 잡소리 그만 하고, 오는 사람들 숫자나 잘 파악해!"

늙은 거지가 젊은 거지를 구박하는 와중에도 사람들은 끊임없이 밀려들고 있었다.

　　　　　*　　*　　*

　결혼식이 거행되는 당일. 묵향을 비롯해 마교의 거의 모든 수뇌부들이 서녕에 도착했다. 결혼식에 필요한 제반사항들은 이미 소무면 장로가 다 준비해 놓은 상태였다.
　묵향은 혼인 예복을 입고 멍한 표정으로 앉아 있었다. 그는 지금까지 남의 결혼식조차 본 적이 없었다. 그런 만큼 자신이 뭘 어떻게 해야 할지 알 수가 없었던 것이다.
　그렇다고 인상을 찌푸리지도 않았다. 이왕 결혼식을 올리기로 한 것, 마화에게 아름다운 추억을 안겨 주고 싶었기 때문이다.
　이때, 홍진 장로가 슬그머니 옆으로 다가왔다.
　"헌헌장부가 따로 없으십니다, 교주님."
　하지만 묵향은 답답해 미치겠다는 표정으로 투덜거렸다.
　"젠장, 이 나이에 이런 옷을 입고 사람들 앞에 나서려니 원. 성질대로 할 수도 없고……."
　투덜거리는 묵향의 모습에 홍진 장로는 쓴웃음을 지으며 주위를 쓱 훑어봤다. 모두들 결혼식 준비로 바쁘게 움직였다. 꼼짝하지 않고 서 있는 사람들은 경비를 책임진 호법원의 고수들뿐이었다. 그들은 날카로운 눈으로 주위를 경계하고 있었다.
　홍진 장로는 입을 열려다 잠시 망설여야 했다. 결혼식 직전인데 이런 말을 해도 될지 고민스러웠던 것이다.
　"저…, 시기가 좀 안 좋기는 합니다만, 보고를 안 드릴 수가 없어서……."
　"무슨 일인데 그러나?"

홍진 장로는 방금 전에 입수된 정보를 묵향에게 전음으로 보고했다. 무영문의 본거지에 대한 정보를 입수했다는 것을 말이다.

순간 묵향의 눈이 휘둥그레졌다.

"정확한 정보인가?"

"확인을 해 보고 싶은 마음은 굴뚝같습니다만 자칫, 정보가 역으로 누출되어 지하로 잠적할까 두려워 고민 중입니다."

잠시 궁리하던 묵향이 입을 열었다.

"확인까지 할 필요가 있을까? 전투단 1개면 완전히 초토화시켜 버릴 수 있을 텐데 말이야. 더군다나 지금은 무림맹 쪽을 걱정할 필요도 없잖아. 뭐, 거짓정보라면 그냥 돌아오면 되는 거고."

묵향의 말도 일리는 있었다. 설혹 무영문이 함정을 파놨다고 해도 그게 무슨 상관이겠는가. 전력에 있어서는 이쪽이 압도적으로 강한데 말이다. 함정 따위는 힘으로 뚫어 버리면 그만이다.

"교주님의 말씀도 옳기는 합니다만, 문제가 있습니다."

"무슨 문제?"

"첫째로, 이 정보가 진짜라면 전투단이 총단에 도착하기도 전에 이미 짐 챙겨서 튀어 버렸을 가능성이 크다는 거지요. 전력이야 이쪽이 월등히 강합니다만, 그놈의 마기 때문에 기습공격이 불가능하다는 문제점이 있습니다. 게다가 무영문 놈들은 냄새 맡는 것에는 일가견이 있지 않습니까."

"흠, 그놈의 마기가 언제나 말썽이로군."

어쩌면 마교가 압도적인 전력에도 불구하고, 지금껏 무림일통을 하지 못하고 있는 가장 큰 원인은 바로 마기 때문일 것이다. 고수라면 수십 리 밖에서도 알아챌 수 있는 마기로 인해 기습공격이 불가능한 마교도들이었기에 언제나 피 튀기는 정면승부만을 감행할 수밖에 없었던 것이다.
 물론 묵향에게는 역대 교주들과 달리 마기를 뿜지 않는 전투단이 있었다.
 "흑풍대를 보내면 되지 않겠나?"
 "흑풍대가 마기를 뿜지는 않습니다만, 몇 백도 아니고 8,000에 가까운 숫자가 움직이는 것을 천하의 무영문이 눈치 채지 못할 리가 없습니다."
 "딴은 그렇군. 그렇다면 두 번째 문제는?"
 "둘째는 이게 놈들의 미끼일 수도 있다는 점이죠. 우리 쪽의 반응을 살펴보기 위한."
 "흠, 반응을 알아보기 위함이라……. 그럴 수도 있겠군."
 묵향은 피식 웃으며 말을 이었다.
 "하기야, 이쪽이 워낙 조용하니 지금쯤 불안해서 똥줄이 타고 있을 게야. 자네 생각은 어떤가? 뭐, 좋은 복안이라도 있나?"
 "속하의 의견을 물으신다면, 시간이 좀 걸리더라도 천천히 단계적으로 확인해 나가는 게 좋을 듯합니다. 그러다 보면 이게 함정인지 아닌지 짐작할 수 있지 않을까요?"
 "뭐, 급할 건 없으니까 놈들이 눈치 채지 못하게 조심해서 확인해 봐. 그럼 이 건은 결혼식이 끝나고 난 다음, 좀 한가해진 후에 다시 얘기하기로 하지."
 "예, 교주님. 그럼 좋은 시간 보내십시오."
 묵향은 말도 안 된다는 듯 투덜댔다.
 "좋은 시간? 헛, 이제 좋은 시간은 다 끝났는데, 무슨 얼어 죽을 좋은 시간!"
 물론 그 말을 곧이들을 홍진 장로가 아니었다. 만약 정말 그렇게 생각했다면, 묵향이 귀찮게 결혼식 따위를 올릴 리 없다는 것을 잘 알고 있었기 때문이다. 아무리 장로들이 입을 모아 강권한다고 해도 말이다.

*   *   *

 총관은 며칠 전에 거행된 교주의 화려했던 결혼식에 대해 옥화무제에게 보고했다.
 소탈한 성격 탓에 평소 남에게 과시하는 것과는 거리가 멀었던 교주가 중원을 들썩이게 만들 정도로 거창한 결혼식을 올린 것은 분명 의외였다.
 하지만 정보 분석을 담당하는 추밀단을 깜짝 놀라게 한 것은 그때 밝혀진 교주의 반려자였다. 놀랍게도 그녀는 이미 그들도 잘 알고 있던 인물이었던 것이다.
 "결혼식에 대한 최종 보고를 받은 추밀단주께서도 꽤나 충격을 받으신 것 같았습니다. 더군다나 그분은 마교 쪽을 대표해 양양성에서 본문과의 접촉을 담당하셨던 분이지 않습니까. 꽤나 능력이 있는 분이라는 것은 알았지만, 설마 그분의 정인일 줄이야……."
 총관의 말에 옥화무제는 입술을 질끈 깨물었다. 마화가 묵향의 정인이라는 사실은 그녀에게도 충격이었던 것이다. 만약 이 사실을 2개월 전에만 알았더라면 사태가 이렇게까지 악화되지는 않았을 것이다. 수단과 방법을 가리지 않고 마화를 구워삶아 교주와 화해하고, 다시 한 번 더…….

"휴우~, 이미 지나간 일이에요."

옥화무제는 아직 미련을 버리지 못하고 있는 자신의 우유부단함을 잊고 싶은지 세차게 고개를 가로저었다. 이미 지나간 일이었다. 이제는 도저히 되돌릴 수 없는.

"참, 비마대에 포섭해 놓은 끄나풀에게서 정보가 하나 들어온 게 있습니다."

비마대라면 마교의 정보단체가 아닌가. 대금전쟁을 거치면서 비마대와는 꽤나 오랜 시간 함께 작전을 수행했고, 그러다 보니 몇 명을 포섭하는 데 성공한 것이다.

"드디어 교주가 움직이기 시작했다는 건가요?"

"그건 아닙니다. 그분이 비마대의 일부를 고려로 파견했답니다."

이 정보를 입수하게 된 것은 운 좋게도 끄나풀이 그 일부에 포함된 덕분이었다.

"흠, 고려라……."

옥화무제는 고개를 갸웃거렸다. 아무리 생각해도 마교에서 고려로 사람을 보낼 이유가 없었던 것이다. 고려에서 생산되는 물품들 중에서 마교에서 탐을 낼 만한 것은 인삼(人蔘)뿐이었다. 그리고 인삼을 대량으로 구입해서 할 만한 짓이라고는 뻔하지 않은가.

"영단(靈丹)이라도 대량으로 제조하려는 걸까요?"

"그게 아니라 고대 발해 문자를 알고 있는 문사들을 찾고 있답니다."

"발해 문자를요? 그런 걸 알아서 어디에다가 쓰게요?"

"그건 잘 모르겠지만 바로 이 문자를 해독할 수 있는 사람을 찾고 있답니다."

 그러면서 총관이 품속에서 꺼내든 것은 괴상한 모양의 문양들이 그려져 있는 종이였다. 놀랍게도 그 문양들은 묵향이 홍진 장로에게 건넸던 것과 똑같은 내용이었다.

 "흠, 정말 괴상한 문자로군요. 이게 고대 발해에서 쓰던 문자였다는 건가요?"

 "예, 그렇답니다."

 "이게 무슨 뜻인지는 알아봤나요?"

 "추밀단주님께 부탁드려 놨으니, 조만간에 알아내실 겁니다. 이게 제대로 된 문자가 맞다면 말입니다."

 "그건 그렇고, 마교 쪽의 반응은 아직 없나요? 미끼를 던졌으니, 지금쯤이면 뭔가 반응이 올 때가 됐는데 말이에요."

 "이상하게도 아무런 반응이 없습니다."

 자신의 예상과는 전혀 다른 상황에 옥화무제는 고개를 갸웃거려야만 했다. 그녀가 알고 있는 묵향의 성격상 조용히 있다는 것이 오히려 이상했던 것이다.

 "그것 참, 이상하네요. 냄새를 맡고 가만히 있을 인간이 아닌데……."

 옥화무제는 모두의 이목이 그의 결혼식에 집중되어 있을 때, 그때를 이용해서 그가 뭔가 획기적인 짓거리를 벌일 거라고 생각했다. 하지만 아직까지도 아무런 반응이 없다니, 이것은 정말 뜻밖이었다.

 "미끼 쪽의 동태는 어떻다고 하던가요?"

 "그쪽도 아무런 이상이 없답니다. 혹시, 냄새를 너무 약하게 풍긴 게 아닐까요? 어쩌면 그분의 결혼식에 신경 쓰느라, 우리 쪽에서 뿌려 놓은 미세한 흔적을 못보고 그냥 넘어가 버린 것일 수도 있습니다."

옥화무제는 고개를 주억거리며 중얼거렸다.

"그 말도 일 리는 있군요. 그렇다면 좀 더 진하게 냄새를 풍겨야 하나?"

하지만 그녀는 곧이어 골치가 아픈지 관자놀이를 지그시 누르며 투덜거렸다.

"그렇게 되면 너무 노골적인데……. 빌어먹을 놈들, 그 정도 흔적을 남겨 줬으면 척하고 알아채야지!"

지금껏 무영문의 총단 위치를 알아낸 문파는 그 어디에도 없었다. 그만큼 비밀 유지에 만전을 기했다는 말이다. 그런데 그런 위치를 알려 주는 흔적을 너무 노골적으로 드러내면 이건 누가 봐도 함정일 거라고 생각할 게 뻔하지 않은가.

"참, 흑풍대는요?"

"흑풍대는 십만대산에서 아예 나오지도 않았습니다. 수라마참대와 천랑대, 염왕대가 서녕 외곽에 배치됐고, 근접 호위는 호법원에서 했던 것으로 추정됩니다."

"마교 고위층의 초상(肖像) 자료는 최대한 많이 입수했겠죠?"

"예. 결혼식에 참석한 자들은 모두 다 그려 놓았습니다."

"일단은 조금만 더 관망을 해 보도록 하죠. 섣부른 행동은 금물이니까 말이에요."

옥화무제는 속이 탔지만, 지금은 마교의 움직임에 촉각을 곤두세우며 조용히 숨을 죽이고 있을 수밖에 도리가 없었다.

*   *   *

　서문세가의 가주 서문길은 오늘 뜻밖의 손님을 맞이했다.
　"가주님, 태극검황께서 찾아오셨습니다."
　"태극검황께서?"
　무림맹에 파견 나가 있는 원로로부터 맹주가 물러났다는 보고는 이미 들었다. 하지만 그가 설마 이쪽으로 올 거라고는 생각해 본 적도 없었다. 서문길의 준수한 인상이 일그러졌다.
　'도대체 무슨 일이지?'
　하지만 그렇다고 마냥 시간을 끌 수는 없는 노릇이었다.
　"이리 드시라고 하게."
　"예."
　잠시 후, 태극검황과 청호진인, 그리고 청수진인이 무사의 안내를 받으며 집무실로 들어섰다. 모두들 무당파가 자랑하는 쟁쟁한 고수들이다.
　"어서 오십시오. 본 세가에 몸소 오시다니 영광입니다."
　"허허, 맹주 자리에서 물러난 쓸모없는 늙은이를 이렇게 환대해 주니 고맙구려."
　"별 말씀을요, 당치도 않으십니다. 자, 이쪽으로 앉으시지요."
　서문길은 태극검황을 상석(上席)으로 안내했다. 가벼운 대화가 오가며 적당히 분위기가 무르익었을 때, 태극검황은 자신이 이곳에 오게 된 용건을 슬그머니 꺼냈다.
　"영존(令尊)은 집에 계시는가?"
　수라도제 얘기가 나오자 지금까지 노련하게 대화를 이끌고 있던 서문길이 크게 동요했다.
"예? 아, 아버님은 왜……?"
"맹에 얽매여 있을 때는 서로가 바빠 제대로 얘기도 나누지 못했지 않은가. 이 근처에 온 김에 이리로 달려온 것은 오랜만에 영존과 담소나 나눌까 해서일세."
태극검황의 말에 서문길은 당혹감을 감추기 어려웠다. 여기서 거절한다는 것은 엄청난 실례였다. 그렇다고 만나게 해줄 수도 없지 않은가.
"왜, 어디 출타라도 하셨나?"
"그, 그건 아니고……."
"허어, 답답하구먼. 속 시원히 말해 보게."
잠시 망설이던 서문길은 한숨을 푹 내쉬며 이실직고했다.
"저, 아직 얘기를 듣지 못하신 모양인데, 지금 아버님을 만나시는 건……."
서문길은 자신의 아버지가 지금 정상적인 상태가 아니라는 것을 밝힐 수밖에 없었다. 숨긴다고 해도, 결국에는 알게 될 게 뻔했다.
더군다나 무림맹 장로회의에서 공수개 장로에 의해 이 수치스러운 사실이 밝혀졌다고 하지 않던가. 그런 걸 뻔히 알면서도 굳이 숨긴다는 것은 상대에 대한 모욕이나 마찬가지였다.
서문길의 얘기를 들은 태극검황은 안타깝다는 듯 말했다.
"허어, 그런 일이 있었다니……. 자네가 마음고생이 크겠구먼."
"이해해 주시니 정말 감사합니다."
"그런데 그런 상태라면 영존을 그냥 놔둘 수 없는 노릇이 아닌가? 어떻게 치료라도……."

"말씀은 고맙습니다만, 도저히 어떻게 할 수 있는 상태가 아닙니다. 아버님께서는 스스로 당신의 몸과 마음이 아주 건강하다 생각하고 계시거든요. 워낙 엄청난 무예를 지니신 분이라 강제로 치료할 수도 없고……."

그렇게 말하며 서문길은 한숨을 푹 내쉬었다.

사실, 말은 이렇게 했지만 그동안 그는 수라도제를 치료하려고 안 해 본 짓이 없었다. 칼 들고 달려들어 사생결단을 내는 것 외에는 다해 봤던 것이다. 심지어 음식에 몰래 산공분(散功粉)까지 투입했을 정도였으니…….

하지만 그 모든 방법들이 전혀 씨알도 먹혀 들어가지 않았다. 수라도제 산전수전 다 겪은 능구렁이기도 했지만, 가장 결정적인 이유는 살짝 맛이 가 버린 후에는 전혀 타인을 믿지 않았기 때문이다.

심지어 진맥하려는 의생마저도 자신에게 해코지하려 든다며 때려죽였을 정도니, 그토록 의심이 많은 인물을 어떻게 제압할 수 있단 말인가.

"허어, 그렇다고 치료를 안 할 수도 없지 않은가. 자네만 괜찮다면 노부가 치료를 하는 데 한팔 거들고 싶은데……."

태극검황의 제의에 서문길은 감동하지 않을 수 없었다. 이렇게 인품이 훌륭하신 분이 왜 맹주 자리에서 쫓겨나듯 물러나야만 했단 말인가.

"이곳입니다."

서문길은 직접 태극검황 일행을 수라도제가 묵고 있는 숙소로 안내했다.

수라도제가 기거하고 있는 곳은 서문세가의 후원에 위치한 커다란 건물이었다. 그들이 가까이 다가가자 풍악 소리와 함께 간드러지는 듯한 여인네들의 교태 어린 웃음소리가 들려왔다. 간혹 가다 무슨 짓을 하는지 야릇한 비음까지 간간히 들려왔다.

"연회라도 즐기고 있는 모양이군."

"……."

저 안에서 무슨 일이 벌어지고 있는지 서문길은 잘 알고 있었지만, 차마 자신의 입으로는 말할 수가 없었다.

문을 열고 건물 안으로 들어간 태극검황 일행의 눈이 휘둥그레졌다. 그들의 눈앞에는 지금껏 본 적이 없는 주지육림(酒池肉林)의 세계가 펼쳐져 있었기 때문이다.

사내들과 반쯤 벌거벗은 계집들이 서로 얽혀 거나하게 술판을 벌이고 있었고, 술자리의 중심에 마련된 무대에는 거의 벌거벗은 거나 다름없는 계집들이 농염한 춤을 추고 있었다. 게다가 주위의 시선 따위에는 전혀 신경 쓰지 않고 정사를 벌이고 있는 음탕스러운 년놈들도 눈에 띄었다.

태극검황 일행이 안으로 들어서자 춤을 추던 계집들 중 하나가 신경이 쓰이는지 잠시 멈칫 했다. 그와 동시에 그녀는 외마디 비명과 함께 픽 쓰러졌다. 그녀의 이마에 젓가락 하나가 깊숙이 박혀 있는 게 보였다.

"누가 춤을 멈추라고 했느냐?"

수라도제의 일갈에 춤을 추는 계집들의 몸놀림이 더욱 농염해졌다. 모두들 남자를 홀릴 듯 교태로운 표정을 짓고 있었지만, 태극검황은 그녀들의 눈동자 속에서 깊은 절망과 공포를 발견했다.
"호오, 이게 누구신가. 맹주께서 이런 누추한 곳에 어쩐 일이시오?"
미쳤다고는 하지만 수라도제는 방문객들이 누군지 한눈에 알아봤다.
태극검황은 떨떠름한 표정으로 대답했다.
"오랜만에 귀하와 얘기나 나눌까 해서 찾아왔소이다."
그러자 좋다는 듯 고개를 끄덕인 수라도제는 주위를 둘러보며 버럭 소리쳤다.
"너희들은 어서 손님을 맞이하지 않고 뭣들 하는 게냐! 귀한 손님들께서 오셨단 말이다!"
수라도제 옆에 앉아 있던 여인들이 허겁지겁 일어서더니 육감적인 몸짓으로 태극검황 일행에 팔짱을 끼며 그들을 술상으로 안내했다.
그녀들의 가슴을 누르고 있는 팔을 통해 가느다란 떨림이 전해졌다. 모두들 음탕스런 미소를 지으며 사내를 홀리려고 노력하고 있었지만, 그녀들의 표정을 자세히 살펴보면 모두들 공포에 질려 제정신들이 아니었다.
이때 술을 마시던 사내 녀석 중 하나가 수라도제의 눈치를 슬금슬금 살피면서 슬그머니 일어나 죽어 있는 계집을 옮기는 게 보였다. 놈이 시체를 질질 끌고 가자, 머리에서 흘러나온 피로 인해 바닥에 혈선이 길게 이어졌다.
무심코 그 흔적을 쳐다보던 청호진인의 눈살이 왈칵 찌푸려졌다. 핏자국을 따라가다 보니, 한쪽 구석에 시체 몇 구가 더 나뒹굴고 있는 게 보였던 것이다.

청호진인은 치솟아 오르는 분노를 도저히 참기 힘들었는지 몸을 부들부들 떨며 중얼거렸다.

"어, 어찌 인간의 탈을 쓰고 이런 만행을……."

태극검황 일행이 자신의 행동에 경악을 하건 말건 수라도제는 전혀 신경도 쓰지 않았다. 아니, 오히려 자랑스럽다는 듯 여인들을 손가락으로 가리키며 자랑을 했다.

"저것들을 데려온다고 근처에 있는 모든 기방들을 다 털었소이다. 어떻소? 그런대로 쓸 만하지 않소이까?"

태극검황 일행은 모두들 전대의 고수들이다. 적지 않은 세월을 살며 경험을 쌓아 왔다고 자부하고 있었다. 하지만 이토록 순수하게 자신의 욕망만을 쫓는 인물은 지금껏 단 한 번도 만나 본 적이 없었다.

그들은 공공대사가 왜 만사불황이라고 불렸는지 그 이유를 오늘에서야 깨달았다. 아마 정신을 차리기 전의 공공대사를 만났더라면 이와 유사한 광경을 볼 수 있었으리라.

수라도제가 주화입마에 빠져서 이런 미친 짓거리를 하고 있다는 것을 잘 알면서도, 태극검황은 도저히 참을 수가 없었다.

챙!

순간적으로 태극검황의 허리에 매여 있던 검이 마치 살아 있기라도 하듯 저절로 뽑혀 나왔다. 그리고는 수라도제를 향해 빛살 같은 속도로 날아갔다.

바로 그 순간이었다. 수라도제의 뒤편 벽에 걸려 있던 그의 애도(愛刀) 또한 움직이기 시작했다.

쾅!

 검과 도가 공중에서 맞부딪쳤을 뿐인데도 강렬한 폭음과 함께 그 충격파에 건물이 뒤흔들렸다. 그 순간, 태극검황의 뒤편에 서 있던 청호진인과 청수진인도 검을 뽑아들고 수라도제를 향해 달려들었다.

 3명의 전대 고수들이 자신의 아버지를 향해 달려드는 모습을 바라보며, 서문길은 착잡한 마음을 금치 못했다. 정상적인 경우라면 아버지를 향해 달려드는 적을 향해 그 역시 도를 뽑아들고 맞서야 했으리라. 하지만 그는 주먹을 불끈 움켜쥐기만 할 뿐, 꼼짝도 하지 않았다.

 "제발 잘되어야 할 텐데……."

 서문길은 그저 간절히 염원했다. 아버지가 큰 상처 없이 태극검황에게 제압당하기를.

또 다른 총단의 위치

27

교
토
삼
굴

"결혼이라는 게 사람을 변화시킨다더니, 확실히 그 말이 맞군요. 신수가 아주 훤해지셨습니다, 교주님."

홍진 장로의 말에 묵향은 과장되게 인상을 찡그리며 투덜거렸다. 하지만 눈을 보면 잔잔한 미소가 어려 있었다.

"쓸데없는 말 말게. 아주 귀찮아 죽겠으니까. 결혼하고 나니까 완전히 내 머리 꼭대기로 기어오르려고 드니 말일세."

"그래도 예전과는 달리 뭔가 분위기가 변하신 것만은 사실입니다."

"객쩍은 소리는 그만하고, 대체 무슨 일인가?"

"예, 이번에 꽤 재미있는 정보가 하나 입수되었기에 보고 드리려고 왔습니다."

안 그래도 요즘 평온한 나날이 지속되자 좀이 쑤시던 묵향이었기에, 재미있는 정보라는 말에 귀가 솔깃한 모양이었다.

"재미있는 정보라……. 뭔가? 흥미가 동하는군."

"전 맹주, 그러니까 태극검황과 청호진인, 청수진인이 수라도제를 잡는다고 추격전을 벌이고 있답니다."

묵향은 이해하기 힘들다는 듯 고개를 갸웃했다.

"그게 대체 무슨 말인가?"

"속하도 어찌 된 연유인가 싶어 조사를 시켰더니, 글쎄 수라도제가 미쳐 버렸다고 하지 않습니까."

순간 묵향의 눈이 휘둥그레졌다.

"수라도제가 미쳤다고?"

"예, 예전에 공공대사가 미쳤었지 않았습니까? 수라도제 역시 그렇게 미쳐 버렸다고 하더군요."

묵향은 미쳐 버린 상태의 공공대사와 싸워 본 전례가 있었다. 그렇기에 현경의 벽에 가로막혀 미쳐 버린 자들의 특징이 뭔지를 잘 알고 있었다.

묵향이 생각하기에 화경급 고수인 태극검황의 능력으로는 결코 수라도제를 제압할 수 없다. 왜냐하면 그를 막다른 골목으로 몰아붙이면 무의식중에 현경급의 무공을 발휘하기 때문이다. 묵향은 그걸 받아 낼 수 있겠지만, 과연 태극검황 일행도 그럴 수 있을까?

거기에 생각이 미친 묵향은 피식 미소 지었다.

'헛수고들 하고 있군.'

"그러니까 미쳐 버린 수라도제를 제압하기 위해 태극검황 일행이 추격전을 벌이고 있다는 건가?"

"예, 그렇습니다."

"소림도 공공대사를 포기했었는데, 수라도제와 별 상관도 없는 그가 왜 사서 고생을 하고 있는 거지?"

"붙잡아서 치료할 생각이 아닐까요? 화경급 고수면 큰 전력이니 말입니다."

"치료라고? 흥! 말이 되는 소리를 해야지."

묵향은 수라도제가 미쳐 버린 것이 단순한 정신병 같은 게 아님을 잘 알았다. 그건 현경의 벽에 가로막혀 의식과 무의식이 충돌하며 벌어지는 현상이었다.

'그 말코는 불가능하겠지만 본좌는 가능하지. 수라도제를 깨우는 게…….'

자만심 가득한 생각이 떠오르는 것과 동시에, 묵향의 뇌리에 공공대사와 무림맹 수뇌부들이 돌격해 올 때의 그 아득하던 절망감이 떠올랐다. 당시 온 몸에 소름이 쫙 돋았었다. 묵향은 죽음을 각오했었다.

결국에는 너무나도 공명정대한 공공대사 덕분에 살아나올 수 있었지만, 그때의 그 절체절명(絶體絶命)의 짜릿했던 감각은 아직까지도 그의 뇌리를 자극하고 있었다. 묵향이 그토록 커다란 위기감을 느낀 순간은 그리 많지 않았으니까.

'녀석을 깨우면 그때의 그 전율(戰慄)을 다시 한 번 경험할 수 있을 거야.'

마음속에서 악마가 속삭이는 듯했다. 이건 더할 나위 없이 강한 유혹이었다. 이제 더 이상 자신의 생명을 위협할 만한 적수가 없어진 묵향에게는. 하지만 묵향은 곧 자신의 생각이 당치도 않다는 듯 필요 이상으로 세차게 고개를 가로저으며 중얼거렸다.

"아서라, 쓸데없이 위기를 자초할 필요는 없지."

묵향의 뜬금없는 말에 홍진 장로는 어리둥절한 표정으로 반문했다.

"예? 그건 무슨 말씀이십니까?"
"아닐세. 어쨌거나 꽤나 재미있는 얘기였네."
"좀 더 자세히 조사해 보라고 시킬까요?"

"그럴 필요 없으니 그냥 놔둬. 헛고생 좀 하라고 말이야."

묵향은 심드렁한 표정으로 대꾸했다. 이미 그의 목소리에서 더 이상의 흥미는 찾기 힘들었다.

헛고생이라고 단정 짓는 묵향의 말에 홍진 장로는 고개를 갸웃하지 않을 수 없었다. 교주는 뭔가를 알고 있는 것이다.

치료가 불가능한 것일까? 하지만 공공대사는 갑자기 제정신을 찾지 않았던가. 그렇다면 시간이 해결해 준다는 걸까? 묵향과 공공대사 간의 일을 모르는 홍진 장로의 머릿속만 복잡해지고 있을 뿐이었다.

하지만 그의 생각은 더 이상 이어지지 못했다. 묵향이 질문을 해왔기 때문이다.

"요즘 금나라는 어떻다고 하던가?"

홍진 장로는 생각해 볼 것도 없다는 듯 곧장 대답했다.

"이제 더 이상 가망이 없다고 사료됩니다."

"장인걸이 요소요소에 배치해 놓은 놈들이 있을 텐데, 자네가 그렇게까지 단정적으로 말하니 좀 의외로구먼. 참, 이름이 뭐였더라? 장인걸이 세운 황제 말이야. 그 녀석 꽤나 능력이 있다고 하지 않았었나?"

"장인걸이 죽고 얼마 지나지 않아 암살당했습니다."

"허~, 그 녀석을 중심으로 똘똘 뭉쳐도 다시 일어설 수 있을까 말까 한 상태일 텐데, 집안싸움까지!"

홍진 장로는 씁쓸한 표정으로 말했다.

"원래 망하는 집구석이 다 그렇죠. 더군다나 북방에서 몽골까지 압박해 들어오니 조만간 멸망의 길로 들어설 것 같습니다."

"자네가 그렇게 말하는 걸 보니, 몽골이 꽤나 선전하고 있는 모양이군."

"예, 교주님."

테무진의 소식에 묵향이 흐뭇해하고 있을 때, 호위를 맡고 있는 무사 한 명이 다가와 보고를 올렸다.

"무슨 일이냐?"

묵향의 질문에 무사는 머리가 바닥에 닿을 정도로 부복한 채 보고했다.

"개방의 거지 하나가 교주님을 만나 뵙기를 청하고 있다 하옵니다."

"개방의 거지가?"

아무리 생각해도 개방의 거지가 자신을 찾아올 이유를 찾을 수가 없었다. 그렇기에 그는 홍진 장로에게 물었다.

"방주가 본좌에게 사자를 보낼 이유가 있나?"

무사는 머리통이 바닥에 닿을 듯 부복하고 있었기에 교주의 시선을 볼 수가 없었다. 그렇기에 그는 그 질문이 자신에게 묻는 것인 줄 알고 더욱 고개를 조아리며 대답했다.

"방주가 보낸 것이 아니옵고, 비육걸개 장로의 명을 받았다고 하옵니다."

"비육걸개라……."

잠시 기억을 되살리던 묵향의 머릿속에 떠오르는 희미한 영상은 살이 뒤룩뒤룩 찐 불결하기 짝이 없던 비만돼지의 모습이었다. 하지만 겉보기와는 달리 제법 유능했었던 것 같기도 했다.

"만나 보기로 하지. 들여보내도록."

"존명!"

약간의 시간이 흐른 후, 호법원 무사의 안내를 받으며 거지 한 명이 들어왔다. 호화로운 태사 위에 앉아 있는 묵향을 보고 어떻게 하는 게 좋을지 거지가 잠시 망설이는 사이, 호법원 무사가 달려들어 다짜고짜 그의 뒷덜미를 잡고는 찍어 눌렀다.

거지는 저항했지만, 호법원 무사의 무공은 압도적이었다. 거지는 자신의 의지와 상관없이 마치 개구리처럼 바닥에 고개를 처박고 부복한 자세가 되어 버렸다.

"네놈은 누구냐?"

"비, 비을걸개(卑乙乞丐) 진곡추(陳哭秋)라고 합니다, 교주님."

"흠…, 비육걸개 장로의 명령을 받고 왔다고? 그래, 무슨 일인데 본좌와의 대면을 청한 것이더냐."

위에서 찍어 누르고 있음에도 불구하고 진곡추는 고개를 억지로 치켜 올려 교주를 쳐다보며 입을 열었다. 목이 아픈데도 그렇게 한 것은 상대의 표정을 살피기 위함이었다.

"교주님께서 무영문의 본거지를 찾고 계신다고 들었습니다."

묵향이 고개를 끄덕이자, 진곡추는 말을 이었다.

"그걸 알려드리겠습니다."

우연찮은 기회에 무영문 총단 위치에 대한 정보를 또 하나 습득하게 된 묵향이다. 너무나도 원했던 정보이기는 했지만, 그렇게 얻기 어렵다는 정보가 며칠 사이 계속 굴러들어오자 뭔가 찜찜한 기분이 드는 것 또한 사실이었다.

묵향은 짐짓 진곡추를 노려봤다. 그럼에도 기가 죽지 않고 오히려 자신을 향해 희번덕거리는 눈빛을 보내오는 것이 꽤나 오기가 있는 놈인 듯했다.

"듣던 중 반가운 소리로구나. 그래, 뭘 원하느냐?"

"정보를 드리기에 앞서 한 가지 교주님께 질문을 드리고자 합니다."

묵향이 뭐라고 답변하기도 전에, 진곡추를 찍어 누르고 있던 호법원 무사가 손아귀에 더욱 힘을 가하며 화가 잔뜩 난 음성으로 으르렁거렸다.

"네까짓 게 감히 지존께 그런 제안을 할 수 있는 처지가 된다고 생각했느냐?"

"아아, 그만. 물러나 있거라."

묵향의 명령에 무사는 황급히 고개를 조아리며 뒤로 물러섰다. 뒤에서 찍어 누르는 힘에서 해방된 진곡추는 이제 독 오른 독사처럼 고개를 번쩍 들고 노골적으로 묵향의 눈을 쏘아보기 시작했다.

"그래, 뭘 알고 싶으냐. 말해 보거라."

"교주님께서 무영문을 찾고 계시는 것은 무영문을 손아귀에 넣고자 하시는 겁니까? 아니면 멸하고자 하시는 겁니까?"

진곡추의 질문에 묵향은 생각할 것도 없이 바로 대답했다.

"멸하고자 하는 것이다. 한 단체가 움켜쥐고 있기에는 그들이 다루는 정보가 너무 위험해."

"하지만 그 정보를 교주님께서 차지하신다면 엄청난 힘이 되겠지요. 어쩌면 무림일통까지도 가능하게 해 줄 정도로……."

진곡추의 말에 묵향은 피식 미소 지으며 대꾸했다.

"무림일통을 하는 데 굳이 그런 수법까지 동원해야 할 만큼 본교의 힘은 약하지 않다. 무림을 일통하려고 했다면, 본좌는 이미 무림의 지존이 되어 있었을 게다. 본좌에게는 그만한 힘과 능력이 있고, 본좌를 위해 목숨도 아끼지 않는 유능한 수하들이 많다. 네놈은 그리 생각하지 않느냐?"

"허면, 왜 아직까지 무림일통의 행보를 시작하지 않고 계시는 것인지 감히 물어도 되겠습니까?"

"그런 헛된 신기루를 이룩하느라 수하들의 목숨을 허비하고 싶지 않아서니라. 그따위 무림을 손아귀에 넣으면 무엇 하겠느냐. 본좌가 천하제일고수가 되었다고 해서 좋은 게 있는 줄 아느냐? 오히려 적수가 없어져 심심할 뿐이니라."

춘릉에서 무림맹에 결정적인 타격을 가할 수 있는 기회가 왔음에도 교주가 그대로 놔둔 것을 진곡추가 모를 리 없었다. 교주가 왜 그렇게 한 것인지는 개방에서도 의아해하고 있는 중이니까. 하지만 오늘 진곡추는 그 이유를 깨달을 수 있었다. 그는 처음부터 무림일통 따위는 할 생각이 없었던 것이다.

어쨌건 교주의 대답은 진곡추의 마음에 꼭 들었다. 묵향이라면 지금껏 그 누구도 이루지 못했던 일을 해낼지도 모른다. 바로 무영문을 멸망시키는 것 말이다.

진곡추는 엎드린 채 품속을 뒤져 지도 한 장을 꺼냈다. 그는 그걸 두 손으로 잡아 머리 위로 받들며 말했다.

"무영문의 총단이 위치한 곳을 기록해 놓은 지도입니다."

진곡추의 뒤에 서 있던 무사가 다가가 지도를 빼앗아 묵향에게 바쳤다. 지도를 살펴보고 있는 묵향에게 진곡추가 부연설명을 했다.

"총단 인근에는 수없이 많은 관찰초소가 있습니다. 제가 알아낸 것들은 모두 다 지도에 기록했습니다만, 기록하지 못한 게 몇 배는 더 많을 거라고 생각합니다."

과연 지도 위에는 총단을 중심으로 그 근처에 수많은 크고 작은 표시들이 흩뿌려져 있었다.

"흐음, 꽤나 그럴듯하군. 그런데 과연 이 지도가 진짜일까? 본좌는 그게 가장 궁금하군. 아무 이득도 없는데 난데없이 뚱땡이가 자네를 이리로 보냈을 리가 없거든."

"교주님께서 의심하시는 건 당연합니다. 하지만 이쪽도 그만한 이유가 있습니다. 현 중원에서 교주님이 아니라면 그 누가 무영문을 말살할 수 있겠습니까."

잠시 교주의 눈치를 살핀 진곡추는 말을 이었다.

"본방과 무영문이 우이마을 사건으로 충돌을 일으켰던 것을 혹시 알고 계십니까?"

잠시 생각해 봤지만 떠오르는 게 없자, 묵향은 옆에 서 있는 홍진 장로에게 물었다. 홍진 장로는 우이마을에서 개방과 무영문이 충돌한 사건에 대해 간략하게 설명했다.

홍진 장로의 설명이 대충 끝났을 때, 진곡추는 다시금 말을 시작했다.

"그때의 충돌로 인해 저는 형제처럼 지내던 분타원들을 모두 다 잃어야만 했습니다. 그 후, 저는 무영문 총단을 찾아 전국을 헤맸습니다. 복수를 위해서 말입니다."

그러자 묵향은 심드렁한 표정으로 대꾸했다.

"본좌는 그 점에서 믿음이 가지 않아. 무명문의 총단을 찾아 헤

맨 문파가 한둘이 아닌데, 자네가 그걸 혼자 찾아냈다는 게 말이야. 아니, 개방이 찾아냈을 수도 있겠지만, 좀 전에 자네는 자네 혼자서 찾았다고 말하지 않았나. 어쨌거나 지금까지 그 누구도 찾아내지 못했던 곳을 자네가 혼자서 그렇게 간단히 찾아냈다는 말을 본좌는 어떻게 받아들여야 할까?"

그 질문에 진곡추는 고개를 가로저으며 대답했다.

"생각하신 것만큼 그렇게 쉽게 찾은 건 아닙니다. 저는 무영문의 총단으로 날아가는 수많은 전서구를 뒤따라갔고, 그곳을 찾아내기 위해 죽을 고비를 몇 번씩이나 넘겨야 했으니 말입니다."

"호오, 전서구를 뒤따라갔다니……. 말은 쉽다만, 그게 그렇게 쉬운 일이었다면 왜 지금까지 수많은 문파들이 무영문의 총단을 알아내지 못했겠느냐."

"그야 첩자들 때문이죠. 그 부분에 있어서는 설혹 천마신교라 하더라도 자유롭지는 못할 겁니다. 이곳 십만대산에서만 생활해야 하는 고수들 안에 첩자가 끼어들기는 힘들겠지만, 중원 곳곳에 산재되어 있는 분타들을 생각해 보면 얘기가 달라지니까요. 외부와의 접촉이 빈번해지면, 날파리들이 끼어들 여지도 높아지지 않겠습니까?"

묵향은 슬쩍 홍진 장로를 바라봤다. 홍진 장로의 얼굴은 창피함으로 인해 시뻘겋게 달아올라 있었다. 홍진 장로는 그제서야 깨달은 것이다. 그토록 찾았는데도 왜 아직까지 무영문에 대한 그 어떤 실마리조차 찾아내지 못한 것인지, 그 이유를 말이다.

"좋아, 내 자네를 믿어 보지. 하지만 자네의 말이 틀릴 경우, 그때는 각오해야 할 거야."

"예, 마음대로 하십시오. 하지만 이것 하나만은 염두에 두고 행동해 주시면 좋겠습니다. 한 번에 끝장내지 못하면, 그들은 재빨리 흔적을 지우고 잠적할 거라는 사실을 말입니다."

"그건 본좌가 알아서 할 테니, 자네가 걱정할 필요는 없다네."

진곡추를 물러나게 한 후, 묵향은 떨떠름한 표정으로 다시 한 번 지도를 쳐다봤다. 그 전에 입수했던 무영문 총단의 위치와는 완전히 다른 곳이었다. 그렇다면 둘 중 하나는 왜곡된 엉터리 정보라는 말이다.

"이게 도대체 어떻게 된 일이지?"

난감한 표정을 짓고 있던 홍진 장로는 황급히 고개를 조아리며 말했다.

"지금 당장 수하들을 풀어 자세히 조사해 보도록 하겠습니다."

"아냐, 그럴 필요 없다."

"예?"

"녀석의 말도 일리가 있거든. 외부와 접촉이 빈번해지면 날파리들이 끼어들 여지가 높아진다는 것 말이야."

묵향의 지적에 홍진 장로는 즉시 고개를 조아리며 대답했다.

"지금 당장 수하들에 대한 대대적인 감사를 실시하도록 하겠습니다."

장인걸을 치는 과정에서 비마대는 무영문과 아주 깊은 협조체제를 갖췄었다. 어쩌면 그러는 와중에 무영문에 포섭된 자가 있을지도 모를 일이었다.

"아니, 지금 감사를 할 필요는 없어. 자칫 무영문에서 눈치 챌 가능성이 있으니 말이야. 운이 좋다면 둘 중 하나는 진짜겠지. 물론 둘 다 가짜일 가능성도 배제할 수는 없겠지만."

"조사도 제대로 안 해 보고 무턱대고 병력을 움직인다는 건 말도 안 됩니다. 더군다나 목표가 두 군데가 아닙니까. 흑풍대의 전투력을 비하할 생각은 없습니다만, 반으로 나눠진 병력으로는 죽도 밥도 안 될 가능성이 너무 큽니다. 더군다나 총단이라고 밝혀진 곳들이 둘 다 산 속이라, 흑풍대로서는 최악의 조건이지 않습니까?"

"흠, 그것도 그렇긴 한데……. 그렇다면 어떻게 하는 게 좋을까? 일단 군사를 불러오게. 흑풍대를 통한 기습작전에 대한 안건도 그 녀석이 만들었으니, 뭔가 괜찮은 계책을 내놓을지도 모르지 않나."

잠시 후, 군사 설민이 허겁지겁 달려왔다. 군사부(軍師部)에서 여기까지 꽁지 빠지게 달려왔는지, 무공을 익히지 않은 그는 연신 거친 숨을 몰아쉬었다.

"어서 오게."

"헉헉, 차, 찾으셨습니까? 교주님……."

"그래, 그렇게 달려올 필요까지는 없었는데……. 자, 이쪽으로 앉게."

설민에게 자리를 권한 뒤 묵향이 부른 용건을 말했다.

"무영문 토벌작전에 있어서 새로운 변수가 등장했다네."

묵향을 대신해 홍진 장로가 좀 전에 들은 진곡추의 얘기를 군사에게 자세히 설명해 줬다.

설민은 홍진 장로가 건네준 지도를 심각한 표정으로 들여다보더니, 이내 흥이 난다는 듯한 어조로 말했다.

"이건 그 전에 획득한 것에 비해 훨씬 더 그럴듯하군요."

"맞아. 그래서 자네를 급히 부른 거야."

"그렇다면 목표물을 이쪽으로 변경하면 어떻겠습니까? 이쪽이 훨씬 무영문의 총단일 가능성이 높아 보이는데요?"

잠시 고심하던 묵향이 대답했다.

"만에 하나라는 말도 있으니, 본좌는 둘 다 때려 부숴 버렸으면 하는데……."

묵향의 말에, 옆에 서 있던 홍진 장로가 끼어들었다.

"이 두 곳의 위치가 너무 많이 떨어져 있는데다, 새로 발견된 곳은 아주 남쪽이지 않습니까. 흑풍대를 반으로 나눠서 보내기에는 너무 위험합니다."

사실, 무영문만을 상대한다면 흑풍대의 절반 정도만 있어도 충분했다. 하지만 무영문이 뭔가 수작이라도 부려서 무림맹과 충돌이라도 일으키도록 만든다면 전멸당하기 딱 좋은 숫자이기도 했다. 새로 알려진 총단이 있는 지점으로 내려가려면 무림맹이 위치한 지역 인근을 통과해야만 하니 말이다.

한참 동안 지도를 노려보며 생각에 잠겨 있던 설민이 갑자기 환하게 웃으며 입을 열었다. 기가 막힌 계책이 떠올랐는지 입을 연 그는 아주 자신만만했다.

"흑풍대를 나눌 필요가 뭐가 있겠습니까. 이쪽은 이쪽대로, 저쪽은 저쪽대로 따로 공격하면 되지요."

"어떻게 그렇게 한단 말인가?"

"바다를 이용하면 됩니다."

"바다를?"

무슨 소리냐는 듯 멍한 눈으로 지도를 바라보던 홍진의 안색이 서서히 밝아졌다. 하지만 그에 비해 묵향의 안색은 핼쑥하게 질렸다. 바다라고 하니 끔찍했던 예전의 기억이 떠올랐던 것이다.

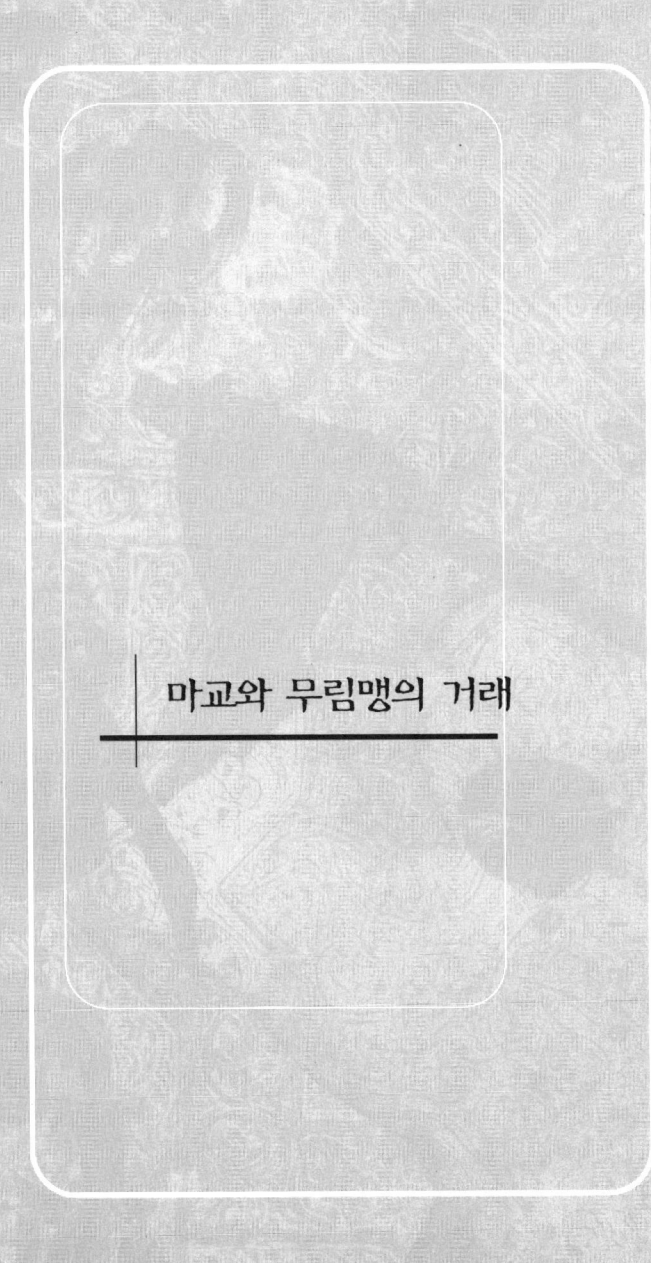

마교와 무림맹의 거래

27

교
토
삼
굴

"드디어 마교가 움직였답니다."

총관의 보고에 옥화무제는 회심의 미소를 지었지만, 내심으로는 크게 안도했다. 상대가 제대로 흔적을 알아먹었는지 몰라 그녀는 꽤나 망설였었다.

그들이 망설이고 있는 줄도 모르고 흔적을 좀 더 노골적으로 보냈었다면, 스스로 다 된 밥에 침을 뱉어 버릴 뻔하지 않았나. 그냥 참고 가만히 있기를 백번 잘한 것이다.

"그래, 어느 길로 내려오고 있나요?"

"그게…, 아직 확실하지가 않습니다."

총관의 대답에 옥화무제는 미간을 찌푸렸다. 그녀는 짜증 섞인 어조로 총관을 질책했다.

"그게 말이 되나요? 비영단원들의 상당수를 1차 탐색지에 물샐 틈없이 배치해 놨는데, 도대체 어디로 빠져나갔다는 건가요?"

옥화무제는 효과적인 감시를 위해, 마교도들이 10일 동안 전속력으로 이동할 수 있는 거리를 기준으로 십만대산에서부터 동심원을 그렸다. 그 동심원의 제일 안쪽이 1차 탐색지, 두 번째가 2차 탐색지, 그런 식으로 탐색지마다 비영단원들을 촘촘히 배치해 놓았던 것이다.

옥화무제의 질책에 총관은 황급히 고개를 조아리며 변명을 늘어놓았다.
"지금까지 마교도들이 이동했었던 지점들을 중심으로 요원들을 중점적으로 배치해 놨었습니다. 그런데 마교도들이 갑자기, 그것도 한밤중에 북쪽을 향해 전속력으로 달려 나갔는지라……."
옥화무제는 한숨을 푹 내쉬며 물었다.
"그렇다면 그들의 규모도 파악하기 힘들었겠군요."
"예, 최소한 수천 명은 되지 않을까 짐작된답니다."
"수천 명이라……?"
자세하지 못한 정보에 옥화무제는 더욱 인상을 찡그렸다.
그녀를 가장 불쾌하게 만든 것은, 아무리 창졸지간에 벌어진 일이라고 하지만 요원들이 그들의 숫자를 파악하는 데 실패했다는 것이었다. 숫자조차 제대로 파악하지 못했다면, 그들 개개인이 내뿜는 마기의 강도가 어느 정도인지 가늠해 볼 여유는 더더욱 없었으리라.
이렇게 되면 이번 작전을 위해 마교에서 투입한 전력이 어느 정도인지는 아예 짐작조차 불가능해져 버리는 것이다.
마교도들의 행적을 놓치기는 했지만, 옥화무제는 아직까지 여유가 있었다. 왜냐하면 그들의 목표가 어딘지 이미 알고 있었기 때문이다.
"이런 일을 두 번 다시 당하지 않도록 조치하세요."
"이미 조치를 취해 놨습니다. 다음에는 그들이 갑자기 다른 방향으로 출발하더라도 이렇게 어이없이 놓치는 일은 결코 없을 겁니다."
총관의 거침없는 대답에 옥화무제는 그제서야 흡족한 듯 고개를 주억거렸다. 그러던 그녀는 문득 생각났다는 듯 화급히 물었다.

"미끼에 문제점은 없겠죠? 혹시나 거기서 엉뚱한 자료라도 새나가면 곤란해요."

"염려 놓으십시오. 제가 직접 가서 확인했습니다. 그곳에 쌓여 있는 문서더미들 중에서 쓸 만한 것은 단 한 장도 없습니다. 그리고 그나마도 적의 공격을 받자마자 모두 불태워 버릴 겁니다. 마교 쪽에서는 자신들이 총단이 아니라 분타를 공격했다는 사실을 절대로 눈치 채지 못할 겁니다."

"잘했어요."

옥화무제의 표정이 한결 느긋해졌다.

잠시 지도를 바라보던 옥화무제가 문득 입을 열었다.

"침투경로는 뻔해요. 북쪽으로 올라가며 우리 쪽의 추적을 따돌린 다음, 아래로 내려오겠죠. 마기를 숨기면서 내려올 만한 길이라고 해 봐야 뻔한 거 아니겠어요? 인적이 드문 곳들을 중점적으로 관찰하라고 비영단주에게 전하세요."

"예, 그렇게 전하겠습니다."

공손히 대답한 총관은 뭔가 좋은 생각이 떠올랐는지 옥화무제에게 조언했다.

"마교의 주력부대가 움직이기 시작했다는 걸 무림맹에도 통보하는 게 어떻겠습니까?"

"그럴 필요가 있을까요? 어차피 우리가 망하는 걸 좋아했으면 좋아했지, 도와줄 리가 없는데 말이에요."

"마교가 본문을 멸망시키려고 한다면 그렇겠지만, 우리 쪽을 흡수하려고 한다면 얘기는 달라지지 않겠습니까?"

총관의 말에 옥화무제는 자신이 뭘 놓치고 있었는지를 깨달았다. 그녀는 고개를 주억거리며 중얼거렸다.
"흐음…, 그건 꽤 괜찮은 계책이로군요. 그렇게 하도록 하세요."
"예, 태상문주님."
"그리고 추밀사를 우리 쪽으로 포섭하라고 문주에게 전하세요."
"추밀사를 포섭할 필요가 있겠습니까? 금나라 쪽에 신경 쓸 필요가 없어진 만큼, 황실에서는 전력을 다해 반란을 진압하려 들 겁니다. 비록 반란군들이 아무리 정예라 해도 결국에는 진압당할 게 뻔합니다."

옥화무제는 음흉한 미소를 지으며 말했다.
"물론 마교가 돕지 않는다면 십중팔구는 그렇게 되겠죠. 하지만 마교가 변수에요. 그런 만큼 혹여 반란이 성공했을 때, 그 달콤한 과실이 마교 쪽으로 넘어가지 않도록 미리 침을 발라둘 필요가 있다는 말이에요."

총관은 그제서야 알겠다는 듯 고개를 조아렸다.
"아, 그렇군요. 즉시 문주님께 전하도록 하겠습니다."
"그리고 무림맹에 마교의 준동을 알릴 때, 그들이 반란군들을 뒤에서 돕고 있다는 것도 함께 전하도록 하세요. 뭔가 흑심이 있지 않고서야 왜 그런 짓을 하겠느냐고 말이에요."

"기가 막힌 계책이십니다. 즉시 그렇게 시행하도록 하겠습니다."
총관이 물러난 후, 홀로 남은 옥화무제는 다시 한 번 지도를 바라보며 콧방귀를 뀌었다.
"흥! 감히 본녀를 없애겠다고? 아직 100년은 이르다."
자신 있게 말하던 옥화무제는 갑자기 흠칫 놀라며 몸을 부르르 떨었다.

지금까지 마교는 십만대산 인근으로 이어져 있는 산맥을 타고 중원으로 내려왔었다. 하지만 이번에는 저 멀리 북쪽으로 돌아오는 길을 택했다. 아무리 그런 꼼수를 쓴다고 해도, 결국에는 산맥을 타고 내려와야 하는 만큼 내려올 길은 뻔하다고 생각했었다. 하지만 그게 아니라는 생각이 번쩍 든 것이다.

"아차! 그 방법이 있었구나."

그것은 바로 귀식대법이었다. 이미 장인걸의 수하들이 사용하여 그 유용성을 확실히 입증했다. 백량 장로가 이끄는 종남파 고수들을 상대로 말이다. 기습부대는 완벽하게 함정에 빠졌고, 철저히 궤멸 당했다. 그 이후, 무림맹 쪽에서는 최대한 조심했기에 똑같은 수법에 두 번 다시 당하지는 않았다.

하지만 귀식대법에 관한 정보를 마교 쪽에는 알려 주지는 않았다. 왜냐하면 장기적인 안목으로 봤을 때, 마교가 그런 수법을 쓰게 되면 골치 아파지는 것은 정파 쪽이었으니까.

확실하게 정보 통제를 해 왔기에, 귀식대법을 이용한 편법을 마교 쪽에서는 아직까지도 모르고 있을 거라고 그녀는 생각했었다. 왜냐하면 대금전쟁을 봐도 마교 쪽에서 귀식대법을 이용한 적이 단 한 번도 없었으니까.

하지만 지금 생각해 보니 그 교활하기 짝이 없는 놈이 모르는 척하며 일부러 써먹지 않았을 확률도 배제할 수 없었다. 언젠가 결정적인 순간에 써먹을 요량으로 말이다.

이렇게 되면 마교도들이 어디로 내려올지 알 수가 없게 된다. 수없이 많은 관도들을 이용할 수도 있었고, 선편을 이용해 강을 따라 내려올 수도 있었다.
그렇다고 마교도들이 어떤 방법을 쓰던 알아내는 게 불가능하다는 것은 아니었다. 왜냐하면 상대의 수법을 옥화무제가 뻔히 알고 있었으므로.
"우마차를 이용하는 대규모 상단도 조사하라고 해야겠어. 호호홋! 가소롭기는……. 겨우 그런 얄팍한 수로 본녀의 뒤통수를 칠 수 있다고 생각했다니."
옥화무제는 묵향의 일그러진 얼굴이 눈에 보이는 듯하자, 그동안 가슴에 맺혀 있던 응어리들이 한 번에 풀리는 것만 같았다. 그래서 더욱 소리 높여 웃을 수 있었다. 쌓여 있던 모든 것들을 다 풀어 버리기라도 하듯.

*   *   *

오랜 세월 마교의 압박 아래에서 어떻게 하면 살아남느냐로 고심했었던 곤륜파였다. 하지만 지금 곤륜파는 개파 이래 최고의 중흥기를 맞이하고 있었다. 곤륜무황이 맹주로 선출되었고, 꿈에도 그리던 중원 진출도 실행되고 있는 상황이었기 때문이다.
그들은 중원 진출을 내세우며 분타를 건설하고 있었지만, 사실 그 속셈은 따로 있었다.
「마교와 정면충돌을 벌이는 미친 짓은 두 번 다시 하기 싫다!」
지금껏 마교와 충돌하며 숱한 피를 흘렸던 그들의 자그마한 꿈이었다. 문파의 명운을 걸고 사투를 벌이는 것도 한두 번이지, 마교가 발흥할 때마다 화살받이로 그 짓을 하자니 죽을 지경이었던 것이다.

 더군다나 지금 마교의 교주는 대단히 뛰어난 능력을 갖춘 인물이었고, 그의 수하들 또한 막강했다. 지금은 평화를 가장하고 있지만, 그가 언제 역대의 교주들처럼 중원정벌을 단행할지는 그 누구도 모르는 일이었다.

 그리고 그가 그런 결심을 하는 순간, 곤륜파는 멸문당할 가능성이 컸다. 교주는 그만한 능력을 지니고 있었으니까.

 그렇기에 곤륜파는 마교와 가급적이면 멀리 떨어져 있고, 또 마교가 중원에 진출하더라도 그 진격로에서 벗어난 지역으로 옮겨가기를 원했다.

 그래서 선택한 곳이 바로 호남성 북부에 자리 잡고 있는 천자산이었다. 곤륜산에서 그토록 멀리 떨어져 있는 천자산에 분타를 만들고 있는 이유가 바로 그것이었던 것이다.

 하지만 본거지를 통째로 옮기는 것은 극비사항이었다. 무림의 다른 문파들은 아직까지도 곤륜파가 방파제 구실을 해 주기를 원했기 때문이다. 만약 곤륜파가 분타를 건설하는 게 아니라, 아예 짐을 싸서 이사 갈 생각이라는 걸 그들이 눈치 챈다면 무슨 짓을 해서라도 방해할 게 뻔했다.

 그렇기에 겉으로 봤을 때, 곤륜파는 예전과 비교해서 전혀 변화가 없는 듯 보였다. 하지만 내부를 보면 꽤나 많은 변화가 진행되고 있는 중이었다.

 먼저, 곤륜파가 자랑하던 핵심고수들의 태반 이상이 천자산 분타와 무림맹으로 자리를 옮긴 상태였다.

 오늘도 곤륜파의 수뇌부들은 어떻게 하면 몰래 기반을 천자산으로 옮길 수 있을까 모여서 회의를 하고 있는 중이었다.
"송인 장로, 출발 준비는 제대로 되고 있는가?"
무원(戊元) 장로의 질문에 송인 장로가 공손히 대답했다.
"예, 사숙. 이미 준비는 끝마쳤습니다."
"화물에 이상이 없도록 주의해야 할 것이야."
"염려 마십시오, 사숙."
똑 부러지는 대답에 흡족하다는 듯 웃은 무원 장로는 고개를 돌려 장문인을 바라보았다.
"장문인."
"예, 말씀하십시오, 장로님."
장문인은 무원 장로의 호명에 공손하게 허리를 조아렸다. 하기야 공손하지 않을 수 없었다. 그는 장문인의 사조뻘이었으니까.
다른 문파들 같았으면 무(戊)자배나 송(松)자배는 오래전에 은퇴하여 느긋하게 우화등선 할 준비나 하고 있어야 했겠지만, 곤륜파는 모든 이들이 현역으로 뛰고 있었다. 왜냐하면 한 명이라도 더 많은 고수가 필요했기에, 곤륜파에서는 은퇴라는 게 용납되지 않았기 때문이다.
그래서 곤륜파는 장로들의 연배가 다른 문파들에 비해 비정상적으로 높다는 특징을 가지고 있었다. 물론 나이는 많았지만, 산속에서만 생활해서 그런지 세속에 물든 중원의 도인들에 비해 훨씬 더 순박하기는 했지만 말이다.
"본문의 오랜 꿈이 이뤄지려는 중요한 시점이니, 제자들의 입단속에 더욱 신경 쓰도록 하시구려."
"염려 놓으십시오. 자나 깨나 조심하도록 하고 있습니다."

이때, 문도 한 명이 허둥지둥 달려 들어왔다. 그는 공손히 장로들에게 먼저 인사를 건넨 후, 장문인에게 고개를 조아리며 보고했다.

"마교에서 사자(使者)가 도착했습니다."

"사자가?"

예전 같았으면 불문곡직하고 바로 내쫓아 버렸을 것이다. 사자랍시고 찾아와서 놈들이 하는 소리야 언제나 뻔했으니까. 사자에 따라 표현하는 방식에 약간씩의 차이가 있긴 했지만, 결국 요지는 「목숨만은 살려 줄 테니 항복하라」는 것이었다.

하지만 지금은 다르다. 태사조(太師祖)께서 교주와 약간의 친분을 쌓았다고 하지 않던가. 그런데 그들이 이해하기 힘들었던 것은 태사조께서 맹주가 되어 무림맹으로 갔다는 것을 마교에서도 이미 알고 있을 텐데, 왜 맹으로 사신을 보내지 않고 이쪽으로 보냈느냐 하는 것이었다.

장문인은 조용히 지시를 기다리는 듯 무원 장로를 바라봤다. 갑작스런 상황에 당황했는지 무원 장로는 허둥지둥 말했다.

"이리로……. 아니지, 접객원(接客院)으로 그 시주를 모시도록 하거라."

"예, 장로님."

"장문인은 나와 함께 가십시다. 그가 만나기를 원하는 것은 장문인일 터이니."

무원 장로의 말에 장문인은 고개를 조아렸다.

"예, 장로님."

장문인이 무원 장로와 함께 접객원에 도착했을 때, 그곳에는 이미 마교의 사신이 당도해 있었다.

사신에게서 뿜어져 나오는 가공할 만한 기세에, 이런 인물을 사신으로 보낸 교주의 저의를 두 사람은 의심하지 않을 수 없었다.

굵은 눈썹에 사각진 턱, 게다가 얼굴 한 가운데를 가로지르는 지렁이 같은 흉터들까지. 안 그래도 험악한 인상에 가공할 만한 마기까지 풀풀 뿜어대고 있는 걸 보니, 이건 공포 분위기를 조성하여 공갈 협박하려고 왔다는 오해를 하기 딱 좋은 상황이었다. 시비를 걸겠다는 건지, 아니면 알아서 기라는 건지.

상대의 기세에 밀리지 않기 위해 마음을 다잡으며 장문인이 위엄 어린 목소리로 물었다.

"커흠, 천마신교에서 오셨다 하셨소이까?"

그러자 장문인의 예상과 달리, 사신은 재빨리 일어나 정중하게 포권을 하는 것이었다. 생긴 것과는 사뭇 다른 정중함이었다.

"저는 천마신교의 좌외총관 여진이라고 합니다. 지존의 명을 전하기 위해 귀 문파를 방문하게 되었습니다."

"험한 길을 오시느라 수고가 많으셨소이다."

서로 간에 인사가 오고 간 후, 장문인은 소박한 다과를 권했다.

"산속의 도량이다 보니, 대접할 만한 것이 없구려."

"괜찮습니다."

"그래, 무슨 일로 이 먼 곳까지 발걸음을 하시었소?"

"예, 이것을 전해 드리려고 오게 되었습니다."

여진은 품속에 손을 넣어 두툼한 책자를 하나 꺼내 장문인에게 건넸다.

책자를 받아든 장문인은 왜 이런 걸 주냐는 식의 얼굴을 하며 물었다.

"이게 무엇이오?"

"본교에서 소장하고 있는 정파 비급의 목록입니다."

"정파 비급의 목록이요?"

그 말에 무심결에 책장을 펼치던 장문인의 두 눈이 휘둥그레졌다. 얼마나 놀랐는지 책장을 쥐고 있는 손까지 부들부들 떨리고 있었다.

함께 배석해 있던 무원 장로는 혹, 상대가 암습이라도 한 게 아닌가 싶어 걱정스런 어조로 급히 물었다. 혹시 책장에 독이라도 묻혀놨나?

"장문인, 괜찮으시오?"

"괘, 괜찮습니다."

그렇게 말하면서도 책에서 눈을 떼지 못하는 장문인을 보고 나서야 무원 장로는 충격을 준 것이 바로 책에 쓰여 있는 내용이라는 것을 눈치 챘다.

그는 장문인 뒤편으로 슬금슬금 다가가 어깨 너머로 책의 내용을 훔쳐봤다. 그리고 곧이어 그의 얼굴 또한 장문인의 표정과 비슷하게 변해 버렸다.

오랜 세월 도를 닦아 정심하던 그들의 정신을 혼미하게 만든 것은 책자에 기록되어 있는 무공들의 이름들이었다. 그 중에는 곤륜파에서 오래전에 실전된 것으로 알려진 무공들도 다수 끼어 있었는데 특히, 태허검보(太虛劍譜)는 다시 얻을 수만 있다면 목숨을 걸어도 전혀 아깝지가 않을, 곤륜이 자랑하던 절학이었다.

장인걸과의 전쟁이 격화되고 있을 때, 무황과 교주 간에 모종의 밀약이 오갔다는 것은 그들도 알고 있었다. 자세한 내용은 몰랐지만, 뭔가를 해 주는 대가로 마교가 수집해 놨던 정파 비급들의 사본을 제공해 준다는 것쯤은 알았다.

그 얘기를 듣고 얼마나 기대감에 부풀었던가. 하지만 곧이어 그 기대는 산산이 부서졌다. 전쟁 막바지에 벌어진 돌연한 무림맹의 배신. 그런 상황에서 마교가 비급을 줄 리 없다는 것은 당연한 추측이었다.

그런데 갑자기 사람을 보내 자신들이 소장하고 있는 비급들의 목록을 보여 주는 저의가 도대체 뭐란 말인가? 이걸 줄 테니 또 다른 밀약이라도 맺자는 건가? 아니면……. 머릿속이 복잡해질 수밖에 없었다.

장문인보다 먼저 정신을 수습한 무원 장로가 여진에게 의문이 담긴 시선을 보내며 침중한 어조로 물었다.

"이걸 보여 주는 이유를 알고 싶소."

장문인도 아니고, 자신을 장로라고 소개한 인물이 두 눈을 부릅뜨고 질문을 던지자 여진은 당혹감을 감추지 못했다. 마교 쪽 입장에서 봤을 때, 장로가 아무리 연배가 높다고 해도 교를 이끄는 지존은 교주였다. 그렇기에 그는 무원 장로가 장문인을 앞에 두고 불쑥 끼어들었다는 게 매우 불쾌했다. 그는 무원 장로를 무시하고 장문인에게 말했다.

"예정대로라면 5일 후, 목록에 적힌 비급들이 모두 다 이곳에 도착하게 될 겁니다. 맹주께서 여기까지만 운반해 주면 그 뒤는 귀문파에서 책임지고 무림맹까지 운반할 것이라고 하셨다면서요. 혹시 변동사항이 있습니까? 장문인."

주겠다는 데야 반론의 여지가 있겠는가. 혹시 교주의 마음이 바뀌어, 주지 않겠다고 할까 두려웠던 장문인은 황급히 고개를 가로저었다.

"어, 없소. 응당 그렇게 해야지요."

장문인과 무원 장로는 그 후로 여진과 무슨 얘기를 주고받았는지 하나도 기억하지 못했다. 둘 다 정신이 딴 데 가 있었기 때문이다.

용무를 마친 여진이 돌아간 지 한참이나 지났건만, 장문인은 아직까지도 정신이 몽롱한 상태였다. 지금 자신이 달콤한 꿈을 꾸고 있는 것만 같았던 것이다.

결국 장문인은 슬그머니 자신의 허벅지를 꼬집어 봤다. 고통이 밀려오는 걸 보면 꿈은 아닌 모양이었다.

이때, 옆에 앉아 있던 무원 장로가 감격스런 어조로 중얼거렸다.

"허허, 말로만 들었던 태허검보를 볼 수 있게 될 줄이야. 이게 꿈은 아니겠지요? 장문인."

태허검법은 곤륜이 자랑하던 최고의 검법들 중 하나였다. 꽤나 난해한 상승무공으로서 익힌 사람도 몇 되지 않았다고 했다. 하지만 지난번 마교동란 때 검보는 어디론가 사라져 버렸고, 그 무공을 익힌 사람도 모두 다 전사해 버려 맥이 끊어져 버린 것이다. 이에 곤륜의 후인들은 안타까움을 금하지 못했었다.

"참, 이러고 있을 게 아니라 사숙께 이 기쁜 소식을 전하는 게 먼저겠구려."

무원 장로가 그렇게 말하고 허둥지둥 일어설 무렵, 문인들이 달려와 장문인에게 고했다.

"무림맹에서 전령이 도착했습니다."
문인들의 안내를 받으며 전령이 도착했다.
"맹에서 왔느냐?"
"예, 장문인. 이것을 전하라고 하셨습니다."
전령은 품속에서 서신 한 장과 서책 한 권을 꺼냈다. 장문인이 서책을 펼쳐 앞부분을 보니, 방금 전에 사신이 전해 준 것과 똑같은 내용이었다. 곤륜무황이 장문인에게 마교와의 밀약에 대해 통보하기 전에, 마교 쪽에서 먼저 사신이 도착했던 것이다.
서신을 쭉 읽은 장문인은 그것을 무원 장로에게 건네줬다.
"맹주께서는 이미 이 일을 알고 계시군요."
"그렇다면 방금 전에 사신이 와서 5일 후에 물건이 도착할 거라고 했다는 것을 맹주께 알리는 게 급선무이겠소이다. 빨리 전서구를 날리도록 하시오."
"알겠습니다, 장로님."

*　　*　　*

옥화무제의 예상과는 달리, 마교도들의 모습은 쉽사리 발견되지 않고 있었다.
"도대체 무슨 꿍꿍이인 거지? 미끼를 던져 줬으면 달려들어야 할 거 아냐."
집무실 안을 왔다 갔다 하면서 옥화무제가 짜증스런 어조로 투덜거리고 있을 때, 총관이 허겁지겁 달려들어 오는 게 보였다.
"찾았나요?"

"그게 아니라, 십만대산에서 대규모 치중대(輜重隊)가 출발했다고 합니다."

"치중대라고요? 혹시 그 안에 고수들을 숨겨 놓은 게……?"

총관은 고개를 가로저으며 말했다.

"그럴 가능성은 없습니다. 치중대 주위를 거의 3,000여에 달하는 마인들이 호위하고 있으니 말입니다. 만약 이게 고수들을 어딘가로 빼돌리는 것이었다면, 이렇게까지 눈에 띄는 수법은 동원하지 않았겠지요."

"그렇다면 치중대의 내용물은……?"

잠시 고심하던 옥화무제의 머릿속에 번쩍 스치는 게 있었다.

"비급! 비급이로군요."

"추밀단주께서도 그럴 것 같다는 예상을 하셨습니다."

옥화무제는 고개를 갸웃하지 않을 수 없었다.

"왜 이제야 비급을……?"

전쟁이 끝난 지가 언젠데 지금에서야 약속했던 비급을 제공할까? 더군다나 막판에 뒤통수를 친 무림맹에 말이다. 그녀조차도 교주가 당연히 비급을 주지 않을 거라 생각하고 있었다.

총관이 조심스럽게 자신의 의견을 개진했다.

"혹시 무림맹의 이목을 혼란시키기 위한 미끼가 아닐까요?"

"미끼라구요?"

"예. 우리 쪽에서 마교의 움직임에 대해 무림맹에 제보하지 않았습니까. 갑작스런 마교의 움직임에 대해 무림맹에서는 우려의 목소리가 터져 나오고 있던 참이었습니다. 그런데 이런 식으로 비급을 풀어 놓으면, 자연히 욕심에 눈이 멀어……."

옥화무제는 더 이상 들을 필요가 없다는 듯 총관의 말을 끊었다.
"그건 말도 안 돼요. 그렇게 하면 맹에서는 오히려 더욱 의심할 거예요. 맹의 수뇌부들이 얼마나 닳고 닳은 것들인데, 그런 얄팍한 수법에 넘어가겠어요."
이렇게 말한 옥화무제는 확신 어린 어조로 외쳤다.
"이건 분명히 뭔가 협잡이 있는 거예요."
"협잡…, 이라니요?"
"그러니까 본문의 일을 눈감아 주는 대가로 교주가 맹주에게 주는 선물이라는 거죠."
그 말을 들은 총관의 눈이 휘둥그레졌다.
"그렇다면 이미 맹주와 밀약이 체결되었을 거라는 말씀이십니까?"
"분하지만, 그렇게 밖에는 추론할 수 없어요. 교활한 놈, 이렇게까지 나온다 이거지!"
그녀는 홧김에 총관을 향해 신경질적인 음성으로 외쳤다.
"그놈의 비급들을 탈취하던지 불살라 버리도록 하세요."
"태상문주님의 마음을 모르는 바는 아니지만, 불가능합니다. 마교의 정예 3,000명이 지키고 있습니다. 더군다나 이쪽에서 방해 공작을 가해 올 걸 예상하고 있을 게 뻔한데, 그게 먹혀들어가겠습니까?"
"흥, 탈취하는 거라면 몰라도 불사르는 거라면 가능하겠지요. 빈틈을 노리다 보면 최소한 한 번쯤은 기회가 올 거예요. 십만대산에서 무림맹까지는 아주 먼~~ 길이니까."
총관은 안타깝다는 듯 고개를 흔들며 말했다.

"죄송하지만 그럴 가능성은 거의 없습니다. 이동로를 미뤄 봤을 때, 그들의 목적지는 무림맹이 아니라 곤륜산인 듯합니다. 아마도 곤륜파에 비급들을 넘겨줄 모양입니다."

"곤륜파라고요?"

"예."

"이런 약아빠진 놈!"

그러고 보니 맹주와 밀약을 맺었다면 묵향으로서도 선물을 곤륜파에 던져 주는 게 맞을 것이다. 맹주로서도 선물이 자신의 손아귀에 들어온 셈이니 안심할 수 있을 테고 말이다.

물론 옥화무제도 곤륜파의 손에 들어간 비급에 손을 댈 만큼 멍청하지는 않았다. 마교는 물론이고, 정파까지 적으로 만들어 놔서는 무림에서 살아남을 방법이 없으니까.

뽀드드득!

'언젠가는 갚아 주고 말 거야.'

옥화무제가 원독에 사무쳐 묵향은 물론이고, 맹주에게까지 마음속으로 저주를 퍼붓고 있을 때, 그녀의 눈치를 살피던 총관이 조심스럽게 입을 열었다.

"참, 일전에 그 발해 문자 말입니다. 추밀단에서 조사 결과가 나왔습니다."

순간 옥화무제의 두 눈에 호기심이 어렸다. 교주가 알고 싶어 하는 내용이 뭔지 아주 궁금했던 것이다.

"그래, 뭐라던가요?"

총관은 쪽지 한 장을 그녀에게 전하며 말했다.

"이런 뜻이랍니다."

옥화무제가 쪽지를 보니, 「천하제일을 논하고 싶다면 백두산(白頭山)으로 오라」라고 쓰여 있었다.

"백두(白頭)…, 흰 머리라……? 아마도 만년설이 덮인 산을 뜻하는 것 같은데, 천산(天山)을 말하는 건가요?"

"속하가 알아본 결과로는 장백산을 그곳 토착민들이 그렇게 부르고 있답니다."

옥화무제는 자신의 이마를 가볍게 치며 말했다.

"참, 발해 문자라는 것을 깜빡 했네요. 동이족이 가장 숭상하는 산이 바로 장백산이라는 말을 어딘가에서 읽어 놓고도 이런 착각을 하다니……."

그렇게 말하며 옥화무제는 다시 한 번 쪽지를 바라봤다. 왠지 천하제일이라는 글자가 눈에 거슬렸다. 동이족도 그들 나름대로 조상 대대로 전해져 내려오는 무술을 익힌다는 것쯤은 알고 있었지만, 그런 잡술로 감히 천하제일을 논할 수 있을까? 아마 그건 아닐 것이다. 그렇다면 여기에 쓰여 있는 천하제일은 과연 무엇을 뜻하는 것일까?

"이해하기가 힘든 말이네요."

"그래서 비영단주께 청해 1개조를 그쪽에 파견하기로 했습니다. 일단 한번 훑어본 다음에, 뭔가 걸리는 게 있으면 추후에 인원을 좀 더 투입하는 게 좋지 않겠습니까?"

"지금으로서는 그게 최선이겠지요. 안 그래도 인력이 부족한 상황이니까요."

무영문의 위기

27

교
토
삼
굴

마교가 자신들을 흡수하려 한다는 무영문의 제보는 무림맹의 수뇌부를 바짝 긴장시키기에 충분했다. 맹주가 된 지 얼마 되지도 않은 시점에서 곤륜무황의 지도력이 시험대에 오른 셈이었다. 곤륜무황이 맹주가 된 후 처음으로 개최하는 장로회의에서 이 안건이 정식으로 다뤄졌다.

"마교가 무영문을 흡수하려 한다는 제보가 들어왔습니다. 최창 분타주."

최창은 무영문에서 무림맹과의 연락업무를 원활히 하기 위해 파견해 놓은 인물이었다. 호명당한 그는 앞으로 나와 장로들에게 마교가 어떤 식으로 무영문을 흡수하려는지 장황하게 설명했다.

최창 분타주의 말이 끝나자마자 앉아 있던 장로들 중에서 가장 호전적인 종남파의 백량(白諒) 장로가 더 이상 생각해 볼 것도 없다는 듯 큰 소리로 외쳤다.

"지금 당장 조사단을 파견해야 합니다."

그러자 서문세가의 서문정 장로가 심드렁한 어조로 반박했.

"조사단을 파견해서 대체 뭘 어떻게 하자는 말씀이십니까? 십만대산에 조사단을 파견하자는 겁니까? 아니면 무영문 총단에 파견하자는 겁니까?"

빈정거리는 그의 말투에 조사단을 파견하자고 제안했던 백량 장로의 얼굴이 순식간에 벌겋게 달아올랐다. 둘 다 불가능함을 그도 잘 알기 때문이었다. 하지만 그가 계속해서 억지스럽게 이유를 주워 삼키는 걸 보면 자신의 주장을 굽히기 싫었던 모양이다.

"그렇다고 이대로 손 놓고 있을 수만은 없지 않소이까. 만약 마교가 무영문을 흡수하게 되면……."

"무영문의 총단이 어디에 있는지도 모를 텐데 뭔 걱정을 그리 하시는지. 그냥 놔두면 제풀에 수그러들 거요."

서문정 장로의 반박에 종리세가의 종리권 장로가 슬그머니 거들었다. 혼인으로 맺어진 사이인 만큼, 두 문파를 대표하는 그들도 꽤나 공조를 잘하고 있었다.

"그건 서문정 장로의 말씀이 옳은 듯하오. 사실, 말이 나왔으니 하는 말이지만, 마교가 무영문을 흡수하려 한다는 것도 순전히 그쪽의 주장일 뿐이지 않소이까. 진짜로 마교가 그런 의도를 지니고 있는지부터 파악하는 게 올바른 순서라고 저는 생각합니다."

곤륜파의 무정(戊正) 장로도 동의를 표했다.

"옳소이다. 지금 교주는 역대 교주들 중에서도 가장 평화적인 인물이오. 현재 마교가 역대 최강의 전력을 보유하고 있다는 것에는 여기 계신 장로분들 중 그 누구도 이의가 없을 것이외다. 그런데도 그자는 지금까지 단 한 번도 무력을 앞세워……."

이때, 누군가의 이죽거리는 소리가 들려왔다.

"말은 똑바로 하셨으면 좋겠습니다. 그렇다면 화산파를 박살냈던 건 마교가 아닌 혈교였습니까?"

사실, 무정 장로는 화산파 멸문의 비화 같은 건 몰랐다. 하지만 이런 되먹지 못한 소리를 한 지파천에 비한다면 자신은 연륜만을 따져도 월등한 전대 고수였다. 그런데 감히 어디서 이딴 개소리를 지껄일 수 있단 말인가. 분노한 무정 장로는 지파천 장로를 노려보며 으르렁거렸다.

"지금 노부에게 시비 거는 거요?"

무정 장로에게서 뿜어져 나오는 무시무시한 기운에 지파천 장로는 곧바로 꼬리를 말 수밖에 없었다.

"아, 그…, 그런 것은 아니었습니다. 본의는 아니나, 그렇게 느끼셨다면 정말 죄송합니다."

분위기가 이상하게 흘러가려는 순간, 조용히 앉아 있던 공수개 장로가 입을 열었다.

"자자, 진정들 하십시다. 우리끼리 싸워서야 쓰겠습니까. 옥화 봉공께서 도와달라고 하셨지만, 솔직히 그 말을 곧이곧대로 믿을 수가 없는 것 또한 사실입니다. 본방에 연락해서 알아봤는데…, 마교가 움직였다는 정보는 어디에서도 들어온 적이 없다고 하더군요."

백량 장로는 허탈하다는 표정을 지으며 황급히 물었다.

"그럼 그게 다 헛소리다, 이 말씀이시오?"

"현재까지는 그럴 수도 있다는 말이외다."

장로회의의 분위기가 묘하게 흘러가자 황당하다는 표정을 짓고 있던 최창 분타주가 뭐라고 반론을 제기하려고 하는 순간이었다. 조용히 장로들의 언쟁을 듣고만 있던 맹주가 기나긴 침묵을 깨고 입을 열었다.

"마교가 움직이고 있는 건 사실이오."

순간 모든 장로들의 눈길이 맹주를 향해 집중되었다.

"감찰부에서 마교의 움직임을 포착했다고? 말도 안 돼."
공수개 장로는 맹주의 말을 믿을 수 없다는 듯 중얼거렸다. 그런데 그 말이 맹주의 귀에 들린 모양이었다.
"감찰부에서 마교의 움직임을 포착한 건 아니라오, 공수개 장로."
"그, 그렇다면······?"
"교주가 노부에게 양해를 구해 왔기에 알고 있는 거요."
"맹주님께 양해를 구해 왔다고요? 그게 대체 무슨 말씀이십니까?"
"교주는 무영문이 금나라와의 전쟁 막바지에 우리를 배신하고 이적행위를 했다고 주장했소."
그러자 최창 분타주가 도저히 참지 못하겠다는 듯 자리에서 벌떡 일어서며 외쳤다.
"그건 말도 안 되는 중상모략입니다."
"노부도 처음에는 그렇게 생각했소. 하지만 감찰부에 일러 자세히 조사해 본 결과, 마교의 주장에도 일리가 있다는 보고를 받게 되었소."
그러면서 맹주는 한쪽 구석에 앉아 있던 감찰부주에게 슬쩍 눈짓을 했다. 신임 감찰부주는 무림맹 감찰부에서 성장해 잔뼈가 굵은 인물이었다. 곤륜무황으로서는 자신의 동문을 감찰부주로 삼고 싶었지만, 감찰부의 특성상 그럴 수 없다는 것이 안타깝기만 했다. 시골 산속에서 도만 닦던 순진하기 이를 데 없는 도사에게 맡기기에는 너무나도 추잡스런 세계였던 것이다.
감찰부주는 장로들에게 깊숙이 고개를 숙여 예를 표한 뒤, 교주가 보낸 서신과 그 증거물들을 차분한 어조로 설명했다. 그런 다음

이러한 증거들을 토대로 감찰부에서 조사한 결과를 신중한 어조로 보고했다.

조금 전까지 중상모략이라며 기세등등했던 최창 분타주의 안색은 어느 순간 새하얗게 질려 있었다.

감찰부주의 보고가 끝났을 때, 장로들의 마음은 어느 정도 무영문을 떠나 버린 상태였다. 하지만 그럼에도 그들은 무영문을 포기할 수가 없었다. 무영문의 강력한 조직과 정보들이 마교에 넘어가는 것은 원하지 않았기 때문이다.

"이런 이유로 교주는 무영문의 이적행위에 대한 응징을 가하겠다며 노부에게 허락을 구했소."

맹주의 말에 지파천 장로가 퉁명스런 어조로 물었다.

"그렇다면 장로회의를 거치지도 않고, 맹주님 독단으로 그걸 허락하셨다는 말씀이십니까?"

지파천 장로의 도전적인 눈빛에 맹주는 씁쓸한 웃음을 지으며 대답했다.

"물론 노부는 그렇게 처리하지 않았소이다. 그래서 오늘, 그 사안을 표결에 붙일까 하오."

그 말이 떨어짐과 동시에 여기저기에서 반대한다는 소리들이 터져 나왔다. 하지만 맹주가 손을 쓱 들자 모두들 입을 다물었다.

"각 문파 간의 은원에 관계된 일에 대해서는 본맹이 가급적이면 간섭을 자제해 왔던 것을 여러 장로들께서도 잘 아실 거외다. 하지만 이 사안은 본맹의 소속 방파들 간의 일이 아니라 마교와 무영문 즉, 외인(外人)과 한 식구 간에 벌어진 알력이라 노부로서도 고심하지 않을 수 없었소."

그 말에 여러 장로들이 고개를 주억거리며 동의했다.
"이에 교주는 성의를 표시한다며 전임 맹주와의 밀약 때 사용되었던 그것을 다시 한 번 더 제안했소. 그게 뭔지는 이 자리에 앉아 있는 장로분들도 잘 아실 거외다. 그건 바로 그동안 마교가 노획해 간 비급의 사본이었소."
장로들은 저도 모르게 마른침을 꿀꺽 삼켰다.
이때, 무영문의 최창 분타주가 악의에 찬 어조로 외쳤다.
"교활한 교주의 말을 어떻게 믿습니까? 그전에도 주겠다고 했다가, 입을 싹 닦은 전례가 있지 않습니까."
"물론 그 경우도 노부는 생각해 뒀소. 귀하도 상부에 문의해 보면 알 수 있을 거요. 마교에서 비급을 실은 치중대가 이미 곤륜산을 향해 출발했다는 것을."
최창 분타주는 그 사실을 전혀 모르고 있었던 모양이다. 인상이 왈칵 일그러지는 것을 보면 말이다.
"자자, 오늘 표결의 결과를 교주에게 알려 주기로 했소. 간섭하지 않는다면 비급은 약속대로 곤륜산에 도착하게 될 거요. 하지만 우리 쪽에서 거부한다면 십만대산으로 되돌아가겠지요. 과연 여러분의 선택이 뭔지 궁금하구려."
맹주의 말에 장로들은 저마다 옆에 앉은 장로들과 수군거렸다.
"허, 거참. 교주의 수법이 정말이지 악랄하기 짝이 없구만."
"아무리 교주가 그딴 제의를 했다고 하더라도, 나는 절대로 그런 사악한 것들의 손을 들어줄 생각이 없소. 아니, 당문 전체가 내 생각과 같다는 것을 장담하오."
"점창의 이름을 걸고, 그런 악마들과의 거래는 용납할 수 없소이다."

무슨 말도 안 되는 소리냐는 듯 저마다 반대의사를 표현하는 장로들의 모습을 바라보던 맹주는 희미한 미소를 지은 채 그저 바라보기만 했다. 머잖아 그들도 자신과 뜻을 같이 할 것을 이미 알고 있다는 듯.

"무정 장로, 준비해 온 것을 나눠 주게."

"예, 맹주님."

무정 장로는 자리에서 일어나 회의실 문을 열었다. 그러자 문 앞에는 뭔가가 기록되어 있는 종이를 든 문관들이 일렬로 서서 대기하고 있었다.

그들은 문이 열리자마자 재빨리 안으로 들어와 각 장로들 앞에 들고 있던 종이를 놓았다. 종이에 쓰여 있는 내용은 저마다 달랐다. 어떤 장로 앞에 놓인 것에는 꽤나 많은 글이 적혀 있었고, 어떤 장로 앞에 놓인 것에는 단 몇 줄만이 적혀 있었다.

"헉! 이, 이게……?"

장로들은 저마다 자신의 앞에 놓인 종이를 미친 듯이 읽었다. 어떤 장로는 흥분을 감추지 못하고, 온몸을 부들부들 떨기까지 했다.

"지금 나눠드린 것은 장로분들이 소속되어 있는 각 문파들이 이번 일에 대한 대가로 얻게 될 비급의 목록이오. 물론 이것보다 더 많은 양이 오게 되겠지만, 거기에 해당되는 문파들은 맹에 장로를 파견하지 못했기에 표결에 참여할 자격이 없소이다."

종이를 몇 번이고 바라보며 얼이 빠져 있는 장로들의 얼굴을 찬찬히 훑어본 뒤 맹주는 희미한 미소를 지으며 말했다.

"만약 거부하신다면, 그 문파들의 원성에 대한 책임은 반대하신

분들이 지셔야 할 거요. 자, 그럼 이제 표결을 하겠소이다. 찬성하시는 분은 손을 들어 주시구려."

최창 분타주는 입술을 질끈 깨물며, 두 눈을 아예 감아 버렸다.

　　　　＊　　＊　　＊

최창 분타주를 통해 전해진 무림맹이 마교의 손을 들어 줬다는 소식은 옥화무제의 입맛을 쓰게 만들었다. 어느 정도 예상은 하고 있었지만 맹주가 이렇게 노골적으로 교주의 손을 들어 줄 거라고는 미처 예상하지 못했던 것이다.

하지만 그렇다고 해서 옥화무제가 절망한 것은 아니었다. 아직까지 그녀에게는 믿는 구석이 있었으니 말이다. 지금의 맹주는 아직 세상물정이 어두워 무영문이 지니고 있는 정보의 가치가 얼마나 대단한지 모르기 때문에 이런 짓을 하지만, 결국에는 무영문에 손을 내밀 수밖에 없을 것이다. 지금까지의 역대 맹주들이 그러했듯이…….

문제는 맹주가 자신을 필요로 할 때까지 살아남아 있어야 한다는 점이었는데, 그것도 그리 걱정하지 않았다. 마교가 아직까지 총단 위치조차 파악하지 못하고 있는데, 무슨 용빼는 재주가 있어서 무영문을 멸할 수 있다는 말인가.

옥화무제는 교주가 아무리 잔대가리를 굴려 봐야 자신의 손바닥 위에서 놀 거라 자신했었다. 하지만 북쪽으로 행방을 감춰 버린 마교 전투단의 종적을 찾아내는 것에 있어서 예상외로 난항을 겪자, 조금씩 자신감이 사라지고 불안한 마음이 들기 시작하는 중이었다.

아무리 멀리 돌아 요동쯤에서 남하해 온다 해도, 지금쯤이면 행적이 노출되어야 할 게 아니겠는가. 혹시 자신이 예측을 잘못하고 있는 건 아닌지 하는 불안감에 옥화무제의 마음은 점점 더 초조해졌다.

'마교도들이 북동쪽으로 우회한 것이 아니라 서남쪽으로 우회한 것이 아닐까? 지금이라도 늦지 않았어. 비영단 몇 개조를 그쪽으로 파견한다면……'

하지만 옥화무제는 애써 고개를 가로저었다. 그만한 여유 인력이 없었기 때문이다. 마교 쪽에서 귀식대법을 쓸 경우를 가정해 화물운송로까지 점검하다 보니 인력이 턱도 없이 모자랐다. 만약 다른 곳으로 인원을 빼려면 뺀 곳은 커다랗게 구멍이 뚫리는 셈이었다. 이러지도 못하고 저러지도 못하는 상황이 지속되자, 옥화무제는 속이 타 죽을 것만 같았다.

그렇게 시간이 흘러, 어느덧 2개월이 다 되어 갈 무렵이었다. 정기보고를 하기 위해 자신을 찾아온 총관에게 옥화무제는 초조한 안색으로 물었다.

"뭔가 새로운 소식이 있나요?"

"흥미로운 정보가 하나 입수되었습니다."

옥화무제는 기대에 찬 어조로 다급히 물었다.

"그, 그게 뭔가요?"

"만통음제 대협으로 추정되는 인물을 우연히 발견했답니다. 현재 거리를 두고 관찰 중이라고 하는데……"

변방 골짜기들을 이 잡듯 집중적으로 뒤지다 보니 얻어 낸 성과이기는 했지만, 옥화무제의 입장에서는 때늦은 정보였다. 필요할 때는 코빼기도 안 보이더니……. 그녀는 왈칵 짜증 어린 어조로 질책했다.
"지금 때가 어느 땐데 그따위 일까지 신경을 쓴다는 거예요? 쓸데없는 데 인원을 낭비하지 말고, 맡은 일이나 제대로 처리하라고 하세요!"
"아, 알겠습니다."
총관이 찔끔해서 대답하는 것을 보고는, 그녀도 말이 조금 심했다고 생각했는지 급히 덧붙였다.
"만통음제 건은 이번 일이 끝난 다음에 확인해 보도록 하세요."
"그렇게 처리하겠습니다."
총관은 결제받기 위해 가지고 들어온 문서를 옥화무제 앞에 내려놓았다.
"이건 부문주님께서 보내신 겁니다. 추밀사에 대한 포섭작업이 순조롭게 진행되고 있다는 중간보고입니다."
손녀가 어떻게 일처리를 했는지 궁금했던 모양이다. 방금 전 드러났던 옥화무제의 짜증 어린 표정이 순식간에 사라졌다. 매영인은 그녀가 사랑하는 손녀였으니까. 보고서를 훑어보던 옥화무제의 얼굴에 따사로운 훈기가 감돌았다. 아마도 매영인이 제법 일처리를 잘해 놓은 모양이었다.
바로 그때였다. 밖에서 요란한 발소리가 들려오더니 누군가가 집무실 문을 황급히 두드리는 소리가 들려왔다. 갑작스러운 일에 총관이 안절부절 못하고 있는 순간, 옥화무제가 새침한 표정으로 쓱 턱짓을 했다. 총관은 즉시 문 쪽으로 달려갔다. 그가 문을 열자마자, 문 앞에 초조한 얼굴로 서 있던 문관이 소리쳤다.

"흑풍대를 찾아냈답니다."

문관의 보고에 총관은 깜짝 놀랐다. 흑풍대는 또 언제 십만대산에서 튀어나갔단 말인가. 그러다 일전에 옥화무제가 흑풍대를 예의 주시하라는 명령을 내렸다는 것을 떠올리고는, 그녀의 선견지명에 내심 감복하지 않을 수 없었다.

옥화무제는 환한 얼굴로 문관에게 물었다. 교주가 어떤 계책을 써서 미끼를 공격할지 알 수가 없어서 찜찜했었는데, 이제야 두 다리를 편히 뻗고 잘 수 있게 된 것이다.

"어디에서 찾았다고 하던가요?"

"황토고원의 동쪽 끝단, 대동(大同) 인근이라고 하옵니다."

문관은 가지고 온 전서를 총관에게 넘겨준 다음, 공손히 인사하고는 돌아갔다.

총관은 건네받은 전서를 즉시 옥화무제에게 전했다. 급히 전서를 읽어 내려가던 옥화무제가 갑자기 입술을 지그시 깨물었다. 전서의 내용 중에 관지 장로와 함께 이동 중인 교주를 발견했다는 내용이 있었기 때문이다.

그녀의 표정이 심상치 않았기에 총관이 급히 물었다.

"뭔가 심기가 불편하신 점이라도 있으십니까?"

"교주를 발견했다는군요."

"그분께서 흑풍대와 함께 움직이고 계시다는 겁니까?"

옥화무제는 자신도 모르게 이빨을 뽀드득 갈았다. 교주가 몸소 흑풍대와 동행하고 있는 이유는 뻔했다. 직접 자신의 목을 자르겠다는 의미이리라.

'망할 새끼! 그렇게도 내 목을 자르고 싶었단 말이지?'

옥화무제는 표정을 평온하게 유지하려 애썼지만, 불쾌해진 기분은 쉽사리 가라앉지 않았다.
"그분이 함께 있는 걸 보면 흑풍대가 마교의 주공(主攻)임에 분명합니다. 사실, 흑풍대의 전력만 하더라도 본문을 쓸어 버리는 데는 충분할 테니까요."
총관의 말에 옥화무제의 머릿속을 스치는 게 있었다. 그녀는 급히 총관에게 물었다.
"참, 십만대산 쪽에서는 연락이 들어온 게 없었나요?"
"아직까지는 없습니다."
십만대산에서 빠져나갔다는 수천 명에 달하는 마인들이 교주가 투입한 주공격대라고 그녀는 판단했었다. 하지만 흑풍대와 함께 이동 중인 교주가 발견된 이상, 그들은 흑풍대가 외부로 비밀리에 빠져나가기 위한 바람잡이일 가능성이 크다고 봐야 했다.
빠르게 머릿속을 정리한 옥화무제는 결단을 내렸다.
"비영단주에게 북쪽으로 파견했던 요원들을 모두 철수시키라고 전하세요. 대신, 미끼 쪽으로 들어오는 모든 통로들에 대한 감시를 더욱 강화하라고 하세요. 귀식대법을 썼을 가능성도 무시하기는 힘드니까요."
"그렇게 전하겠습니다."
총관이 물러간 후, 옥화무제는 한숨을 푹 내쉬며 다시 한 번 지도를 살펴봤다. 그녀도 자신의 성격이 뭐가 문제인지는 잘 알고 있었다. 과도할 정도로 완벽성을 추구하는 그녀의 성격은 거의 병적일 정도였다. 이런 집착에서 벗어나기 위해 무던히도 애를 쓰고는 있었지만, 그게 마음먹은 대로 되지는 않았다.

만약 마교 쪽에서 이런 옥화무제의 성격을 이용하기 위해 마인들을 어딘가에 숨겨놓은 거라면, 그건 제대로 그녀의 약점을 찌른 것이라고 할 수 있었다. 이성적으로는 연막전술을 펼치기 위한 병력이라는 것을 알면서도, 이번 미끼건이 마무리될 때까지 옥화무제는 계속 찜찜한 기분을 금할 수 없을 테니까 말이다.

*　　*　　*

공격목표가 2개인만큼, 묵향은 2개의 공격집단을 구성했다. 첫 번째 집단은 묵향이 직접 지휘하는 흑풍대였다. 그리고 두 번째 집단은 철영이 지휘하는 3개 전투단으로 구성했다. 두 번째 공격집단의 규모가 이토록 엄청난 이유는 이들의 이동경로가 그만큼 험난했기 때문이다.

십만대산을 벗어난 묵향과 그 수하들은 곧장 북진했다가, 방향을 동쪽으로 돌려 타클라마칸 사막을 관통한 다음, 몽골 벌판으로 들어갔다.

공격대는 거기에서 헤어져, 묵향과 흑풍대는 아래쪽으로 남하하여 금나라 영토 쪽으로 들어갔다. 타국의 영토인 만큼 아무래도 그쪽이 무영문의 감시가 소홀할 거라는 생각에서였다.

그리고 철영 부교주가 지휘하는 2번째 집단은 몽골 벌판을 통과하여 요동으로 들어갔다. 묵향이 이계에서 돌아왔을 때 처음 접촉했던 둥루젠족(나중에 설민에게 물어보니 이들이 바로 동여진족이었다.)의 영토로 들어가기 위해서였다. 철영과 그의 수하들이 사막과 대초원을 가로지르며 기가 막힌 고생을 해야만 했던 이유는, 무영문의 이목을 속이고 이동하기 위해서는 달리 대안이 없었기 때문이다.

물론 동여진족이 묵향을 기억할 리가 없었다. 그들이 만난 것은 묵향이 아니라 다크였으니까. 하지만 철영과 그 수하들에게 있어서 그런 것은 아무런 장애가 되지 않았다. 그들은 동여진 야만족들의 반발 따위는 단숨에 잠재워 버릴 수 있을 정도의 막강한 무력이 있었으니 말이다.

철영이 이끄는 전투단은 연해주(沿海州) 지역에 도착했다. 이 일대가 바로 야만적인 해적들의 집단, 동여진족의 영토였다. 혹독하기 짝이 없는 자연 조건으로 인해 식량의 자급자족은 불가능했다. 그렇기에 그들이 식량수급을 위해 선택한 방법이 바로 해적질이었는데, 가장 큰 희생자는 바로 왜국이었다.

1차 목적지에 도착한 철영과 그 수하들은 그곳에서 후지와라 영주가 보내 준 배에 올라탔다. 물론 마사코가 영주에게 연락을 했기에 그곳에 도착하게 된 전선(戰船)들이었다. 전선을 이끌고 온 장수는 마교 고수들이 내뿜는 무시무시한 기운에 질려 감히 얼굴도 제대로 들지 못했다. 한눈에 봐도 엄청난 강자들임에 틀림없었기에, 철영을 대하는 그의 태도는 너무나도 정중했다.

전선을 이끌고 온 장수가 하는 말을 왜인 통역관이 전했다.

"여기서 목적지까지는 대단히 먼 길입니다. 요시와라 장군께서는 재수가 없으면 폭풍을 만나 커다란 피해를 입을 수도 있으니, 그에 대한 대비를 미리 해 두는 것이 좋을 거라고 조언하셨습니다."

통역관의 말에 철영이 미간을 찌푸렸다. 왜군과 접선해서 배만 타면 고생이 끝날 거라고 생각했는데, 그게 아닌 듯하니 짜증이 밀려왔던 것이다.

"피해라면…, 구체적으로 어떤 피해를 말하는 것이냐?"

"최악의 경우 배가 침몰할 수도 있답니다."

최악의 경우 한두 척이 아닌 함대 전체가 침몰할 수도 있었지만, 통역관은 그 얘기까지는 하지 않았다. 한눈에 봐도 배를 타 본 적이 없는 무사들이었다. 바다를 모르는 무사들에게 폭풍의 무서움에 대해 떠들어 봐야 이해할 수 있을 리가 없었다.

게다가 함대가 통째로 침몰할 정도로 강한 폭풍이 그렇게 자주 부는 것도 아니지 않은가. 괜히 온갖 얘기를 다 떠들어놓고, 정작 도착할 때까지 폭풍을 만나지 못한다면 자신만 거짓말쟁이가 되는 것이다.

통역관은 비교적 가벼운 강도로 설명해 준 것이었건만, 철영과 장로들이 받은 충격은 예상외로 컸다. 침몰할 가능성이 있다는 것 하나만으로도, 그들은 대비책을 고심하지 않을 수 없었던 것이다. 무조건 이 일은 성공해야만 했으니까.

만약 배가 침몰한다면 그 안에 타고 있는 사람들이 과연 살아남을 수 있을까? 마교 고수들의 대부분은 수영이라고는 할 줄도 모르는 돌덩이나 다름없었다. 게다가 망망대해에서 배가 침몰한다면 제아무리 수영의 대가라 하더라도 죽을 수밖에 없으리라.

"어허, 이건 전혀 예상치 못한 일이로군요. 배가 침몰할 수도 있다니 말입니다."

천진악 장로가 걱정된다는 듯 중얼거리자 철영이 퉁명스럽게 대꾸했다.

"배가 침몰할 것 같으면 경공술을 전개해 옆 배로 옮겨 타면 될 건데, 걱정할 필요가 뭐가 있겠나."

"부교주님, 그건 바다가 잔잔할 때 얘기지요. 더군다나 멀쩡한 배가 아무 이유도 없이 침몰하겠습니까? 폭풍 같은 걸 만나지 않는다면 말입니다."

"그렇지, 폭풍이 있었군."

철영은 통역관에게 물었다.

"배가 침몰할 수도 있다고 얘기한 건 폭풍 때문이었나?"

"예, 지금은 바다가 이렇게 잔잔하게 보이지만, 폭풍이 불면 파도가 엄청나게 거칠어집니다. 물론 전선이 상선보다는 훨씬 더 튼튼하게 건조되어 있긴 합니다만, 그래도 안전하다고는 할 수가 없습니다."

"그렇다면 배가 가라앉기 전에 옆 배로 옮겨 타면 되지 않겠나?"

"파도가 거칠어지면 충돌을 방지하기 위해 최대한 함선 간의 간격을 띄우게 됩니다. 그런 상황에서 바다에 빠진 사람을 구출한다는 것은 거의 불가능한 일이지요."

바다가 거칠어진 상황에서, 서로의 거리까지 더욱 벌어진다면 옮겨 탄다는 것은 거의 불가능에 가까운 작업이리라.

천진악 장로가 잠시 궁리하더니 말했다.

"최대한 피해를 줄이는 것 외에는 방법이 없을 듯합니다."

"어떻게 말인가?"

"전투단별로 승선할 게 아니라, 모두 섞어서 골고루 승선시키는 게 좋겠습니다. 재수가 없어서 혈랑대원들이 타고 있는 배가 침몰하기라도 한다면 어떻게 되겠습니까?"

당연히 혈랑대원 100명과 천랑대원 100명의 목숨값이 똑같을 수는 없었다.

"자네 말이 일리가 있군. 그렇게 시행하도록 하게."

"예, 부교주님."

함대는 동해를 거쳐 대마도 인근을 통과해 황해로 빠졌다. 도중에 고려의 순시선을 몇 번 만났지만 그들은 근처에도 접근하지 않고 멀어져 갔다. 해적선도 아니고, 후지와라 대영주의 깃발을 높게 달고 있는 대규모 함대에 접근해서 제 무덤을 팔 이유가 없었던 것이다.

통역관이 멀리 수평선에 아스라이 보이는 섬을 손가락으로 가리키며 설명했다.

"저기 보이는 게 주산군도(舟山群島)입니다. 넉넉잡아도 1시진 후에는 목적지에 도착할 겁니다."

"드디어……."

철영은 지독했던 그동안의 고생을 생각하면 두 눈에 습기가 차오를 정도였다. 극마급에 이른 그가 이토록이나 죽음에 대한 공포에 떨어야만 했다니. 벅찬 감격에 전율하던 철영은 문득 떠오른 생각에 통역관에게 다급하게 물었다.

"그러고 보니 오늘이 며칠이지?"

통역관의 대답을 들은 철영의 안색이 창백해졌다. 당초 계획보다 무려 3일이 늦어 버린 것이다. 2개의 목표를 동시에 가격해야 하는 만큼, 시간을 철저히 엄수해야 한다고 설민이 몇 번이나 강조하지 않았던가. 그 때문에 철영은 서둘렀고, 배를 탈 때까지만 해도 2주일 정도의 여유시간까지 확보해 놓은 상태였다. 하지만 오는 도중에 예상치 못했던 폭풍에 휘말리면서 오히려 3일이나 늦어 버린 것이다.

통역관은 철영의 안색을 살피며 걱정스런 어조로 물었다.

"무슨 일이십니까?"

"아니, 아무 일 없네. 자네는 수고했다고 요시와라 장군에게 전해 주게."

"예, 그렇게 하겠습니다."

"그리고 바다에서 대기하다 한밤중에 육지로 접안해 주면 좋겠구먼."

통역관은 철영의 말을 그대로 옆에 서 있던 선원에게 전달하였다. 그런데 그 선원이 딱딱하게 굳은 얼굴로 연신 고개를 가로저었다. 뭐라 말하는 것인지는 몰랐지만 안 된다고 의미라는 것은 금방 알 수 있었다.

"한밤중은 너무 위험하답니다. 그 이유는 어디에 암초가 숨어 있는지 찾아낼 수가 없기 때문이라고 하는군요. 더군다나 이 근처 바다로 와 본 적이 없어서 얼마나 많은 암초가 있는지조차도 모른다고 합니다."

"그렇다면 어쩔 수 없군. 인적이 드문 곳을 골라 해질녘쯤에 배를 대주게."

"예, 그렇게 전하도록 하겠습니다."

철영은 다른 배에 타고 있는 장로들에게 손짓으로 모일 것을 명령했다. 재수 없으면 폭풍을 만나 배가 침몰할 수도 있다는 말에 철영은 출발하기에 앞서 대원들을 각 전선에 고르게 승선시켰다. 그 덕분에 폭풍을 만나 3척의 전선이 침몰하고 8척이 크게 파손당하는 피해를 입었음에도, 전력의 핵심인 혈랑대 전원이 사망하는 최악의 사태는 피할 수 있었다. 물론 각 전투단이 골고루 인명피해를 입기는 했지만 말이다.

손짓을 보고 전선 3척이 철영이 타고 있는 대장선으로 접근해 왔다. 대장선과 적당한 거리까지 접근하자 각 전선에 타고 있던 장로들이 갑작스럽게 몸을 움직였다. 그들은 난간을 박차고 뛰어올라 마치 날개라도 달린 듯 허공을 가로질러 대장선에 도착했다. 왜인들은 그런 장로들의 모습을 보며 너무 놀라 벌어진 입을 다물지 못했다.

"무슨 일이십니까? 부교주님."

"목적지가 코앞에 다가왔다."

"드디어……."

모두의 눈가에 습기가 차올랐다. 겨우 무영문 따위를 없애기 위해 이토록 지독한 고생을 해야만 했다니…….

마교의 최정예로서 지금껏 두려움을 모르고 살아왔던 그들이었다. 하지만 지금은 뼈저리게 알게 되었다. 대자연의 힘이 얼마나 무서운지를. 물 한 방울 찾을 수 없었던 열사의 사막. 가도 가도 끝이 보이지 않던 광활한 초원. 그리고 자신들보다 약해 보이기만 하면 약탈을 서슴지 않았던 호전적인 야만족들까지. 그 모든 난관을 돌파하고 배에 올라탈 때만 해도 그들은 이 배를 타기만 하면 목적지까지 편안하게 이동할 수 있을 거라고 착각했었다.

하지만 배를 타고 바다로 나와 보니 지금까지의 고난은 새 발의 피에 지나지 않았다는 것을 곧이어 깨닫지 않을 수 없었다. 바다가 뒤집어지는 듯했던 거대한 폭풍에 비한다면 전선은 마치 가랑잎처럼 작고 왜소한 존재였던 것이다. 제아무리 무공이 강하다고 해도 망망대해에서 배가 침몰하면 살아남을 수 없다는 것을 그들은 직접 경험을 통해 깨달아야만 했다.

거친 폭풍 속에서 3척의 배가 침몰했고, 그 속에 타고 있던 수하들은 그야말로 개죽음을 당했다. 배들이 침몰했다는 것도 나중에 바다가 어느 정도 잠잠해진 후에야 파악했을 정도니, 물에 빠진 수하들을 구해 준다는 것은 그야말로 하룻강아지들의 야무진 꿈이었던 것이다.

그 당시를 생각하면 장로들은 아직도 몸서리가 처질 정도였다.

"요시와라 장군에게 말해 뒀으니, 함대는 해질녘에 육지에 접안할 거다. 상륙하는 즉시, 목표를 향해 돌격한다."

"약속시간보다 3일이나 늦었는데 이대로 강행합니까?"

한중평 장로의 물음에 철영은 굳은 표정으로 대꾸했다.

"강행하지 않으면 딴 방법이 있나? 십만대산으로 그냥 돌아갈 수도 없으니, 죽이 되던 밥이 되던 부딪쳐 봐야지. 목표지점까지 최대한 빨리 진격해서 시간을 버는 것 외에는 다른 방법이 없지 않겠나."

"부교주님의 말씀이 옳습니다."

철영은 동방뇌무 장로에게로 시선을 돌리며 말했다.

"특히 자네가 이끄는 혈랑대의 역할이 중요하네. 무슨 일이 있어도 늙은 여우의 목을 베야 해."

"기필코 해내겠습니다."

"한중평 장로, 자네는 혈랑대가 최고의 속도를 유지할 수 있도록 뒤를 받쳐 주게."

"옛, 최선을 다하겠습니다."

"천진악 장로, 자네는 후위를 담당하며 남은 적들을 철저히 소탕하도록 하게."

"옛, 기대에 부응할 수 있도록 최선을 다하겠습니다."

장로들에게 지시를 내린 철영은 육지 쪽을 바라보며 굳은 안색으로 말했다.

"상대는 무영문이다. 잠시의 빈틈만 줘도 지하로 잠적해 버릴 것이야. 놈들을 전멸시킬 수 있는 최선의 방법은 정신을 차릴 여유조차 주지 않고 몰아붙이는 것이다. 알겠나?"

"명심하겠습니다."

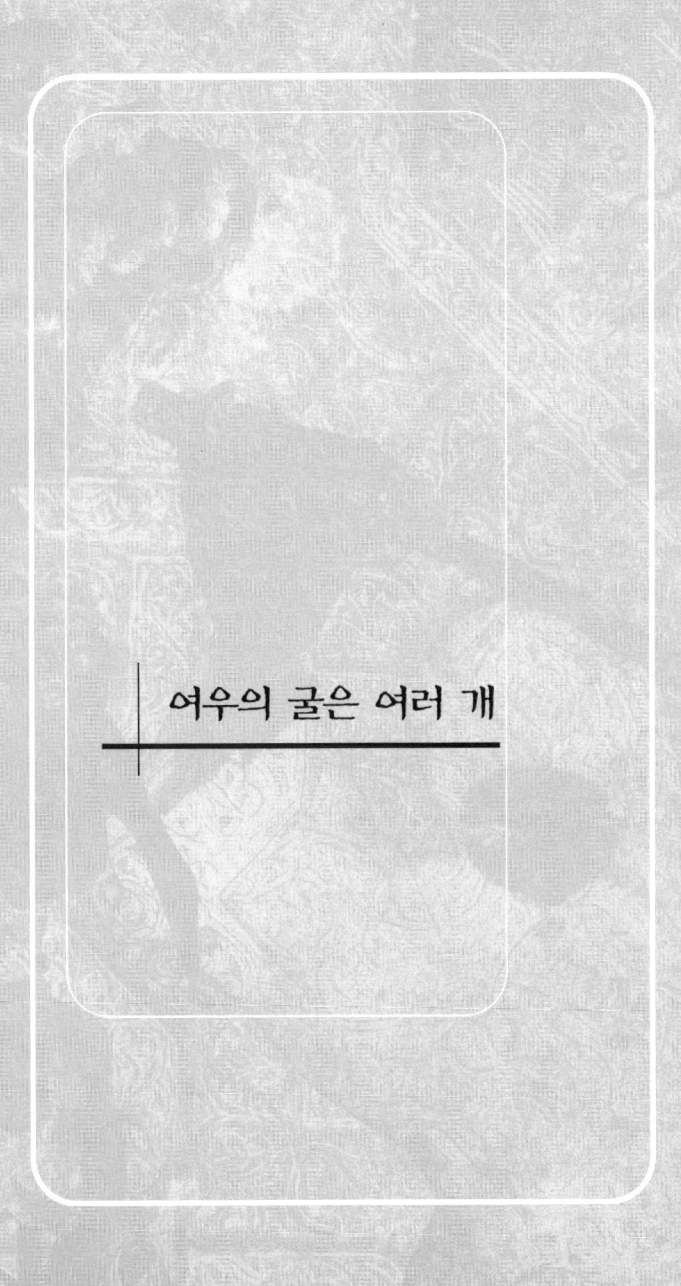

여우의 굴은 여러 개

27

교토살굴

흑풍대는 옥화무제가 예측했던 대로 움직이고 있었다. 다만 그녀의 예상보다 훨씬 더 교묘하게 움직이고 있었다는 점이 달랐을 뿐이다.

그들은 관도를 따라서 당당하게 이동했다. 어떤 이는 상인으로, 어떤 이는 유람객으로, 또 어떤 이는 이웃 마을에 놀러가는 한량처럼 행동했다. 이동하면서 그들은 서로를 모르는 척했다. 그렇지 않아도 사람들로 북적거리는 관도 위를 일반인들과 섞여서 이동하다 보니, 그들의 움직임을 이전부터 추적해 오지 않았다면 깜빡 속아 넘어갈 수도 있었을 것이다.

"흑풍대의 움직임에 대해, 본문에서 예상하지 못했던 것들에 대한 보고서입니다."

"수고했어요. 진격 속도로 봤을 때, 벌써 시작되었겠죠?"

"아직 전서가 도착하지는 않았습니다만, 이틀 전에 미끼를 물었을 겁니다."

총관의 대답에 그녀는 아쉬운 듯 입맛을 다셨다.

"본녀가 직접 가서 보는 건데 그랬네요. 먼 길을 도는 수고까지 마다하지 않고 기세등등하게 들이닥쳤는데 건진 게 하나도 없다면, 그는 과연 어떤 표정을 지을까요? 그 똥 씹은 표정을 생각만 해도 아주 통쾌하네요."
 말은 그렇게 했지만, 교주의 얼굴을 보러 갈 생각은 전혀 없었다. 가짜 총단에 제대로 된 전투원이 있을 리 없었다. 적들의 기습에 허둥대며 중요한 문서를 소각하고 도망치는 무영문의 나약한 모습이 연출되도록 그럴듯하게 꾸며 놓은 곳인데, 거기에 뭘 볼 게 있다고 가겠는가.
 "이번 일로 본문을 조금만 더 얕잡아 보게 되면 좋을 텐데……. 아니, 이런 한심한 버러지들을 없앤다고 괜한 시간을 낭비할 필요가 없다는 생각을 가졌으면 더 이상 바랄 게 없을 텐데……. 내가 너무 많은 걸 바라고 있는 건가요?"
 "아닙니다. 충분히 그런 생각이 들 수 있도록 꾸며 놨습니다."
 "잘되어야 할 텐데……."
 "잘될 겁니다, 태상문주님. 너무 심려하지 마십시오."
 비릿한 미소를 짓고 있던 옥화무제가 총관을 향해 물었다.
 "참, 보고서는 언제쯤 올라오죠?"
 "오늘쯤 전서들이 들어오기 시작할 테니, 정리가 되는대로 곧바로 보고 드리도록 하겠습니다."
 "한시라도 빨리 보고 싶군요."
 "옛, 추밀단주님께 그렇게 전해 드리겠습니다."
 "좋아……."
 기분 좋게 고개를 끄덕이며 말하던 옥화무제가 갑자기 고개를 획 돌렸다. 무슨 일인가 싶어 총관 역시 그녀의 시선을 따라 고개를 돌려봤지만, 보이는 거라고는 벽뿐이었다. 그렇다고 그 벽에 옥화무제가 경악한 표정을 짓고 볼 만한 것이 걸려 있느냐 하면 그건 절대로 아니었다. 아름다운 수묵화 몇 점만이 벽면을 장식하고 있을 뿐이었으니 말이다.

옥화무제의 눈빛이 매섭게 빛났다.

"뭔가 문제가 있군요."

중얼거리며 손을 쭉 뻗자, 평소 그녀가 앉는 자리의 뒷부분을 장식하고 있던 고풍스런 보검이 마치 살아 있는 것처럼 움직이며 그녀에게로 날아왔다. 검을 손에 쥔 옥화무제는 딱딱하게 굳은 음성으로 명령을 내렸다.

"지금 당장 추밀단주에게 달려가 특급대피령을 전하도록 하세요."

"특급대피령이라니요, 태상문주님? 갑자기 그런 말씀을 왜……."

"미세한 마기가 저쪽 방향에서 느껴져요. 하나 둘도 아니고, 엄청난 숫자가! 빨리 움직여요."

지시를 내린 옥화무제의 신형은 한순간에 어디론가 사라지고 없었다. 총관은 다급히 추밀단 본부로 달려갔다. 그에게 인사를 건네는 무사들에게 총관은 정신없이 외쳤다.

"지금 당장 특급대피령을 발호하고, 황색 신호탄 3개를 터뜨려라. 이건 태상문주님의 명령이시다!"

"예? 옛!"

지시를 내린 총관이 건물 안으로 달려 들어가니, 거의 100여 명이 넘는 문사들이 문서를 정리하며 분주하게 일하고 있었다. 사방 벽면에는 수없이 많은 문서들이 층층이 쌓여 있었다. 그 외에 몇 개의 방에 이런 자료들이 잘 정리된 채 쌓여 있었다. 그들은 거기에서 문서들을 꺼내어 읽기도 하고, 혹은 자신들이 정리해 놓은 문서를 그 안에 집어넣기도 했다. 이 방대한 양의 자료들이 바로 무영문이 가지고 있는 최고의 재산이었던 것이다.

"특급사태다! 지금 당장 가장 중요한 자료만을 챙겨서 이곳을 벗어나라!"

그러자 한쪽 구석에 앉아 뭔가를 살펴보고 있던 한 노인이 벌떡 일어서서 총관에게 다가왔다.

"특급사태라니, 도대체 무슨 일인가? 총관."

"추밀단주님, 급히 피하셔야겠습니다. 마교가 침입한 모양입니다."

"마교가? 무슨 그런 말도 안 되는 소리를 하는가. 그들이 이곳을 알아낸다는 건 불가능해!"

"지금 당장 대피하라는 태상문주님의 명령이 있었습니다. 중요한 자료만을 챙기고, 나머지는 빨리 소각해 주십시오."

갑작스런 사태로 얼이 빠져 멍하니 자리에 앉아 자신을 바라보는 문사들을 향해 총관이 외쳤다.

"특급대피령이란 말이다! 모두들 빨리 움직여라! 빨리!"

그제서야 문사들은 자리에서 벌떡 일어나 중요한 문서들을 꺼내 자루에 담는 한편, 밖에서 커다란 상자를 들고 와 그 안에 있는 통들을 꺼냈다. 통 안에는 기름이 가득 채워져 있었다. 가지고 갈 특급 기밀문서를 제외한 문서더미에 기름을 끼얹는 그들의 두 눈에는 안타까움에 어느 샌가 닭똥 같은 눈물이 흘러내리고 있었다.

기감(氣感)은 저들이 마교도라고 속삭이고 있었지만, 옥화무제는 도저히 자신의 감각을 믿을 수가 없었다. 어떻게 마교도들이 이 곳에 나타날 수 있단 말인가. 그렇기에 그녀는 위험하다는 것을 뻔히 알면서도 자신의 눈으로 직접 확인하기 위해 달려가고 있었던 것이다.

처음에는 미약하게 느껴졌던 마기들이 점점 더 강하게 느껴졌다. 서로가 쌍방을 향해 달려가고 있는 중이었기에, 마기의 강도가 강해지는 속도는 대단히 빨랐다.

그녀는 인정하고 싶지 않았지만, 인정하지 않을 수 없었다. 저렇게 많은 강력한 마기 덩어리들이 코앞에서 느껴지고 있는데, 그것을 어찌 엉터리라고 치부할 수 있단 말인가.

이제는 눈으로 확인할 필요도 없을 정도였다. 마교도가 아니라면, 아니 마교에서 키운 절정고수들이 아니라면 어찌 인간이 저토록 강한 기운을 뿜어낼 수 있겠는가.

그녀는 걸음을 멈췄다. 그리고 발걸음을 되돌려 돌아가려고 했다. 그때, 그녀는 볼 수 있었다.

콰꽝!

"으아악!"

총단의 외곽을 경비하고 있던 무사들이 공포에 질려 미친 듯 도망치고 있는 장면을. 하지만 그들은 뒤쫓고 있는 4명의 마인들을 따돌릴 수가 없었다. 거리가 금방 줄어들더니, 그녀가 보는 앞에서 하나씩, 하나씩 처참한 비명을 지르며 시체가 되어 나뒹굴었다.

무공 수준이 하늘과 땅 정도의 차이만큼이나 크다 보니 그건 당연한 결과였다. 그런 광경을 지켜보는 옥화무제의 심사가 좋을 리만무했다.

"이, 이런 쳐죽일 놈들이!"

옥화무제는 빠르게 주위를 둘러봤다. 수십 개가 넘는 마기 덩어리들이 주위에 산재해 있었다. 하지만 저 빌어먹을 4명을 죽이고 튀는 것이라면, 그리 어려울 것 같지는 않아 보였다. 생각은 짧았고, 행동은 빨랐다. 마음을 굳히자마자 옥화무제의 신형은 그들을 향해 전속력으로 달려갔다.

마교도들은 지금까지 옥화무제의 위치를 파악하지 못하고 있었지만, 그녀가 전속력으로 달려가는 그 순간, 모두들 그녀의 존재를 깨달았다. 사방으로 흩어져 무영문의 무사들을 주살하고 있던 마교도들은 옥화무제를 포위하기 위해 미친 듯이 내달리기 시작했다.

옥화무제가 4명의 마인들을 해치우는 데 걸린 시간은 예상보다 훨씬 길었다. 아무리 그녀가 화경에 이른 고수라고 해도, 일문의 장로급에 해당하는 무공을 보유하고 있는 고수들을 순식간에 해치운다는 것은 어불성설이었기 때문이다. 더군다나 기습공격도 아니었고, 그녀가 전력을 다하기 위해 공력을 최대한도로 끌어올린 그 순간에 모두들 그녀의 존재를 파악해 버린 상태였다. 미리 응전할 준비를 갖춘 고수들을 해치우는 것은, 아무리 화경급이라고 하지만 그녀로서도 쉬운 일이 아니었던 것이다.

"이런 젠장! 생각보다 시간이 너무 많이 걸렸어."

머릿속으로는 지금이라도 당장 전역(戰域)을 이탈하는 게 좋다는 것을 알고 있었지만 그녀는 차마 그러지 못했다. 한 놈이 아직 살아남아 있었기 때문이다. 그것도 3번째 녀석을 해치울 때 함께 받은 충격으로 인해, 입 주위로 핏물까지 흘리고 있는 놈이었다. 그런 놈을 그냥 놔두고 간다는 것은 너무나도 아까웠다. 옥화무제는 악마의 유혹을 이기지 못하고, 비틀거리는 놈을 향해 달려들었다.

 멀쩡한 상태에서도 도저히 상대가 불가능한 옥화무제를, 내상까지 입은 상태에서 버틸 수 있겠는가. 하지만 그는 자신이 지닌바 최선을 다해 옥화무제를 상대했다. 마침내 옥화무제의 검에 자신의 목이 떨어져 나갈 때, 그의 눈은 웃고 있었다. 동료들이 자신의 복수를 해 줄 것이라 굳게 믿고 있다는 듯.

 마지막 녀석의 명줄을 끊어 놓은 옥화무제는 내심 아차 싶었다. 너무 시간을 지체한 것이다. 이미 수십 명이 넘는 마기들이 주변에 내달리고 있었고, 그중 서넛은 코앞까지 들이닥친 상황이었다. 그녀는 생각할 것도 없이 뒤돌아서서 내달리기 시작했다.

 직접적인 공격을 하기에는 거리가 조금 멀었지만, 암기로 공격하기에는 그리 먼 거리가 아니었다. 뒤따라 붙은 마교도들은 저마다 품속에서 암기를 꺼내들었다.

 피유웅~!

 무시무시한 파공성을 흘리며 사방에서 암기들이 날아왔다. 가느다란 우모침과 달리 파공성까지 흘리면서 날아오는데도 그녀는 암기들을 피할 수가 없었다. 쫓아오는 놈들이 워낙에 고수들이었기에 자신이 발출한 암기를 기를 통해 조종했기 때문이다. 그것도 어기선회(御氣旋回)처럼 완만하게 꺾어지는 게 아니라, 이기어검(以氣御劍)에 근접할 정도로 아주 급격한 각도로 움직이고 있었다. 그도 그럴 것이 도검처럼 육중한 무기도 어기동검술(御氣動劍術)을 통해 자유자재로 움직일 수 있는 놈들인데, 하물며 작고 가벼운 암기를 다루지 못하겠는가.

수십 개가 넘는 암기들이 이리저리 날아다니니, 이건 당문 최고의 암기술이라는 만천화우보다 더 피하기가 힘들었다. 이리저리 몸을 비틀기도 하고, 검과 손으로 쳐내기도 했지만 도저히 막을 방법이 없었다.

"이런 젠장!"

그녀는 내력 소모가 좀 크더라도 강공으로 나가는 편이 좋겠다고 생각했다. 그 순간 옥화무제의 보검이 마치 불이라도 붙은 듯 붉게 달아올랐다. 그리고 그와 동시에 붉은 궤적을 그리며 공간을 가르기 시작했다.

고오오오―――.

옥화무제가 검을 휘두른 궤적을 따라 마치 안개와도 같은 희뿌연 파동이 사방으로 퍼져 나갔다.

퍼퍼펑!

놀랍게도 그 희뿌연 안개 같은 것과 맞부딪친 암기들이 사방에서 터져 나가기 시작했다. 과연 화경급 고수라는 이름에 걸맞은 놀라운 한수였다.

하지만 아쉽게도 그녀가 퍼뜨린 거대한 강기의 파동은 마교도들에게 그 어떤 피해도 주지 못했다. 너무 폭넓게 퍼져서 날아갔기에, 개개인에게 안겨 준 충격은 그리 크지 않았던 것이다. 마교도들은 제각기 자신에게로 뿜어져 날아온 강기를 손쉽게 막아내 버렸다.

'이걸로 암기는 막아낼 수 있겠지만, 저들을 저지하는 데는 역부족이구나.'

날아오던 암기를 몽땅 다 파괴해 버렸기에 아주 잠시 동안이기는 했지만, 그녀는 전속력으로 도망칠 수가 있었다. 하지만 곧이어 수십 개가 넘는 암기들이 또다시 그녀를 향해 날아왔다. 결국 그녀는 또다시 강기의 파동을 내뿜어야만 했다.

암기만으로는 도저히 옥화무제를 저지할 수 없다는 것을 느낀 마교도들 중 몇몇이 자신의 무기를 그녀에게 집어던졌다. 그것들은 암기에 비해 비교도 할 수 없을 만큼 무거웠고, 그만큼 강력한 힘을 내포하고 있었다.

옥화무제에게는 그래도 다행이라면, 무기를 소유한 자들이 생각보다는 그리 많지 않다는 것 정도일까?

천마혈검대의 경우 천마혈검이라는 희대의 마검 100자루가 있었기에 아예 무기를 통일해 버렸지만, 대다수의 마교도들은 무기를 사용하기보다는 권장법을 선호했다. 역혈의 심법을 통해 막강한 내공을 보유하고 있는 만큼, 골 복잡한 무기술보다는 내공을 뿜어내는 권장법이 훨씬 더 익히기가 용이했기 때문이다.

또다시 옥화무제의 검에서 강기의 파동이 퍼져 나갔다.

고오오오---.

하지만 무기들은 암기와 달리 강기의 파동을 뚫고 나왔다. 일회용인 암기에 비한다면 비교도 할 수 없을 정도로 두껍고 무게도 무거울 뿐더러, 훨씬 더 강한 무기들이었기 때문이다.

사방에서 무기들이 쏟아져 들어오자, 옥화무제의 움직임이 더욱 바빠졌다. 달려가기도 해야 했지만, 자신을 향해 날아오는 무기들을 쳐내기도 해야 했기 때문이다.

미친 듯 달려가던 옥화무제는 검 한 자루가 바로 등 뒤에 도착할 때까지 기다렸다가 상체를 뒤로 틀며 강하게 쳐냈다.

파캉!

어기동검에 의해 날아오던 검은 그녀가 휘두른 불타오르는 듯한 보검에 맞고 두 조각으로 쪼개졌다. 하지만 그게 끝이 아니었다. 두 조각으로 나눠진 검은 제각각 살아 있는 듯 움직이며 그녀를 또다시 공격해 왔던 것이다.

"끈질긴 놈들!"

옥화무제는 문득 날아오는 검을 막을 게 아니라, 무기를 조종하는 마교도들을 공격하여 그들이 어기동검에 집중하지 못하게 하는 게 훨씬 더 효율적일 거라는 생각이 들었다. 그 생각이 들자마자 그 즉시 그녀의 검에서는 10여 가닥에 이르는 강기다발이 사방으로 힘차게 뻗어 나갔다.

파창!

요란한 쇳소리와 함께 옥화무제를 공격하던 검 조각들이 힘없이 땅바닥에 떨어져 내렸다. 그뿐만 아니라 마교도들은 저마다 자신들에게 날아오는 강기를 처리하느라 잠시 발걸음을 늦췄다. 하지만 그것은 주위의 10여 명이었을 뿐, 나머지 20여 명이 넘는 마교도의 공격 속도는 전혀 줄지 않았다.

그들은 순차적으로 옥화무제를 향해 공격을 가했다. 그리고 옥화무제는 내심 욕설을 퍼부으면서도 그 공격을 받아 낼 수밖에 없었다. 이런 식으로 공력 소모가 계속되면 결코 좋을 게 없다는 걸 뻔히 알고 있었지만, 그녀로서도 어쩔 수가 없었던 것이다.

"빌어먹을!"

마교도들은 그녀의 발목을 잡기 위해 최선을 다했다. 하지만 그게 쉬운 일은 아니었다. 화경급 고수가 결코 만만한 상대가 아님을 과시하듯, 옥화무제는 생명을 건 술래잡기에서 어떻게든 버텨 나가고 있었던 것이다.

그런데 아슬아슬하게 균형을 유지하던 전장에 갑자기 변화가 찾아왔다. 지금까지와는 비교도 안 될 정도로 강력한 기운이 그녀를 덮쳐오고 있었던 것이다.

온 몸에 전율이 흐른 옥화무제는 재빨리 그 기운과 자신 간의 거리를 가늠했다. 거리를 재던 그녀가 허리를 틀며 정체불명의 기운을 힘껏 쳐냈다. 그리고 그녀는 보았다. 자신의 검에 튕겨 나가고 있는 불타오르는 듯한 기운을 뿜어내고 있는 장검 한 자루를.

'이, 이기어검!'

상황은 최악으로 흘러가고 있었다. 드디어 이기어검술을 구사할 수 있는 고수가 모습을 드러낸 것이다. 그나마 다행인 것은 아직은 이곳에 도착하지 않았다는 것이다. 아마도 자신의 발목을 붙잡기 위해 검을 먼저 쏘아 보낸 것이리라. 옥화무제는 이를 질끈 깨물었다. 그가 여기에 도착하기 전에 무슨 짓을 해서라도 진법이 펼쳐져 있는 곳까지 가야 했다. 그것만이 그녀가 살길이었다.

옥화무제와 죽음의 경주를 벌이고 있던 마교도들은 황당한 경험을 해야만 했다. 바로 코앞에서 달려가고 있던 옥화무제가 갑자기 사라져 버린 것이다. 그리고 그와 동시에 자신을 향해 돌진해 들어오는 동료들의 모습에 경악할 수밖에 없었다.

"이런 젠장!"

욕을 하며 서로를 피하는 그들. 워낙에 반사신경들이 뛰어난 인물들이었기에 집단으로 정면충돌하는 추태는 벌어지지 않았다.

"이게 도대체 어떻게 된 거야?"

모두들 서로의 얼굴을 멀뚱멀뚱 바라만 볼 뿐, 명확하게 대답해 주는 이는 하나도 없었다. 그중 한 명이 못 참겠다는 듯 다시 한 번 옥화무제가 사라진 곳으로 달려갔다. 그리고 그들은 볼 수 있었다. 갑자기 어느 지점에서 그의 뒷모습이 사라지는가 싶더니, 다시금 튀어나와 자신들에게로 달려오는 그의 모습을.

"진법인가? 그냥 일직선으로 달렸을 뿐인데……."

문제는 이곳에 모여 있는 마교도들 중에서 진법에 해박한 사람은 단 한 명도 없다는 점이다. 그렇기에 이 비교적 수월한 진법이, 그들에게는 난공불락의 성벽이 되어 앞을 가로막은 것이다.

어떻게 해야 할지 몰라 모두들 당혹스런 표정으로 웅성거리고 있을 때, 동방뇌무 장로와 함께 철영 부교주가 도착했다.

"무슨 일인가?"

"진법입니다."

수하들의 대답에 그들은 앞을 세심하게 살펴봤다. 하지만 아무런 이상도 발견할 수가 없었다.

"진법이라고?"

철영은 수하들이 가리킨 곳을 향해 직접 달려가 봤다. 앞으로 쭉 달렸을 뿐인데, 갑자기 눈앞의 풍경이 바뀌며 뒤쪽에 있어야 할 수하들이 그의 눈앞에 나타났다. 정말 귀신에 홀리지 않았나 싶을 정도였다. 아마 총단의 위치를 드러내지 않도록 사냥꾼이나 약초꾼 따위가 접근하지 못하게 설치해 놓은 진법인 것 같았다.

"이거 큰일이군요. 전투단 중에 진법에 밝은 놈은 단 한 명도 없는데……. 이럴 줄 알았으면, 문관이라도 몇 명 데려올 것을 그랬습니다."

 물론 무영문을 공격함에 있어 주위에 진법이 설치되어 있을 것이라 예상하기는 했다. 하지만 워낙 위험한 여로였기에 무공도 익히지 않은 약골인 문관을 데려올 수는 없었던 것이다.

 "어쩔 수 없지. 잘될지는 모르겠지만 한 번 시도해 보는 수밖에."

 철영은 다시 한 번 진법이 설치되어 있는 곳으로 몸을 날렸다. 한 번 들어가 봤던 경험이 있는 만큼 진법의 중간쯤 왔다는 생각이 들자 멈춘 뒤, 있는 대로 공력을 끌어올려 발밑은 물론이고 주위를 향해 무자비하게 장력을 퍼부었다.

 콰콰콰쾅!

 그의 장력이 땅바닥과 충돌하며 요란한 굉음과 함께 흙먼지가 날아올랐다. 코앞도 보이지 않을 정도였다.

 "히이익!"

 설마 철영 부교주가 이렇게 단순무식한 방법으로 진법을 파괴하려 들 거라고는 생각하지 못했던 수하들은 불시에 흙먼지를 뒤집어써야만 했다.

 시간이 조금 지난 후, 흙먼지가 서서히 가라앉았다. 방금 전의 폭발로 인해 진세는 파괴되어 버린 모양이었다. 앞에 보이던 경치가 완전히 바뀌어 있었다. 옅은 안개가 끼어 있는 울창한 숲 사이로 사람들이 다녔음직한 길이 드러났다. 이미 그곳에서 철영의 모습은 찾아볼 수가 없었다. 아마 진법을 박살냄과 동시에 안쪽으로 달려 들어간 모양이었다.

 "과연 부교주님이시군."

모두들 철영의 무위를 칭송하고 있을 때, 동방뇌무 장로는 뒤쪽을 힐끗 돌아봤다. 수라마참대원들이 뿜어내는 마기를 느끼며, 그 거리를 가늠해 보는 것이다. 그리고 아무래도 그들이 합류하기를 기다리는 것보다는 부교주의 뒤를 따르는 게 나을 것 같다는 판단을 내렸다.
"부교주님의 뒤를 따른다. 모두 돌격!"
동방뇌무 장로의 명령에, 혈랑대는 앞으로 돌격해 들어갔다.

길을 따라 달려 들어가며 동방뇌무 장로는 의아함을 감추기 힘들었다. 꽤나 들어온 것 같은데, 아직까지 총단 건물이 보이지 않았던 것이다.
"이상하군. 지도상으로 봤을 때는 별로 멀지 않았던 것 같은데……."
이때, 저쪽에서 달려오는 무영문의 무사들이 보였다. 모두들 갈색 경장을 입고 있는 것이, 한눈에 봐도 적이라는 것을 알 수 있었다. 그들은 겁을 상실했는지 감히 병장기를 뽑아들고 흉흉한 살기를 날리고 있었다.
"큿! 하룻강아지 범 무서운 줄 모른다더니……."
동방뇌무 장로는 수하들을 향해 외쳤다.
"무영문도들의 씨를 말려 버려라!"
그의 명령에 수하들이 일제히 병장기를 뽑아들고는 마주 달려 갔다.
"우와아아!"
곧이어 양쪽 집단이 서로 뒤엉켜 전투를 벌이기 시작했다. 그런데 무영문도들의 무공이 형편없을 거라는 예상과 달리, 그들은 대단한 무위를 지니고 있었다. 무영문도들의 수는 겨우 500여 명밖에 안 되었지만, 마교의 최정예인 혈랑대에 밀리지 않으며 팽팽한 접전을 벌였다.

'이상하군. 무영문도들의 무공이 이렇게 대단했었나?'

하지만 그런 놀라움도 잠시, 순간 뭘 떠올렸는지 동방뇌무 장로는 다급히 외쳤다.

"본좌는 동방뇌무 장로다. 모두들 싸움을 멈추고 서로 떨어져라!"

웅혼한 그의 외침에 뒤엉켜 싸우던 무사들의 전투는 순식간에 멈췄다. 적들과의 격전이 진행되는 와중에 말도 안 되는 명령이 떨어졌지만, 마교도들은 전투를 멈추고 일제히 뒤로 물러섰다. 상관의 명령은 목숨을 바쳐서라도 지켜야만 했으니까.

그런데 그런 빈틈을 노려 돌격해 들어올 줄 알았던 무영문도들 역시 일제히 뒤로 물러서는 것이었다. 이 예상치 못한 광경에 모두들 어리둥절한 표정을 지었다.

"그쪽에 한중평 장로 있는가? 본좌는 동방뇌무 장로다. 이리로 오게."

그 말에 방금 전까지 엄청난 무위를 발휘하던 무영문도 한 명이 흠칫하는가 싶더니, 조심스럽게 다가왔다. 그는 적당한 거리를 둔 상태에서 멈춰선 뒤 질문을 던졌다.

"정말 차석 장로님이십니까?"

"노부가 동방뇌무가 맞네. 우리는 저 멀리 동여진에서부터 배를 타고 함께 폭풍을 헤쳐 온 사이가 아닌가."

그러자 그 무사는 안심이 된다는 듯한 표정을 지었다.

여우의 굴은 여러 개　251

"차석 장로님이 맞으시군요. 정말 큰일 날 뻔했습니다."

"그러게 말일세. 세상에 이런 진법이 있을 줄은 꿈에도 몰랐구먼."

"그래도 차석 장로님께서 빨리 눈치를 채셔서 다행히 사상자가 없었습니다. 이거야 원……. 이렇게 사람 헷갈리게 만드는 환영진이 있다니."

그 말에 동방뇌무 장로는 질린다는 듯 인상을 찌푸리며 대꾸했다.

"예전에 연경전투에서도 환영진에 걸려 크게 고생했던 적이 있었기에 다행히 눈치를 챌 수 있었다네. 그때는 생전 처음 보는 괴물들이 득실거렸었는데, 이번에는 아군들이 모두 적으로 보이는구먼. 허참~, 정말 무서운 진법이야."

"그러게 말입니다."

한중평 장로는 맞장구를 쳤다. 그러면서도 그는 믿어지지 않는다는 듯 동방뇌무 장로를 다시 한 번 살펴봤다. 지금 그의 눈에 동방뇌무 장로는 붉은 옷을 입고 있는 무영문도로 보였던 것이다. 평상시 그에게서 뿜어져 나오던 무시무시한 마기는 전혀 느껴지지 않았다. 대신 절정의 무위를 지닌 정파 고수처럼 보였다. 한중평 장로는 소름이 끼쳤다. 이토록 교묘하게 아군끼리 상잔(相殘)하도록 유도하는 진법이 있다니…….

한동안 진법을 돌파하기 위해 헤맸지만, 모두들 진법하고는 담을 쌓은 무골들이다 보니 도저히 벗어날 재간이 없었다. 눈에 보이는 거라고는 드넓은 숲과 짙은 안개, 그리고 끝도 없이 뻗어 있는 오솔길이 전부였다.

"이 상태로는 도저히 안 되겠네. 진법을 파괴하는 수밖에!"

"예? 진법을 파괴하는 건 위험하지 않겠습니까? 그러다가 자칫 기관장치라도 건드리면……."

"더 이상 나빠질 게 뭐가 있겠나? 이대로 멍하니 있느니, 모험을 하는 게 낫다고 보네. 이러다 적들의 공격이라도 받게 된다면 더 위험해. 연경에서는 그 망할 놈들이 우리를 진속에 가둬 놓고 화살비를 퍼부어댔었지."

동방뇌무 장로의 말에 한중평 장로의 등에서 식은땀이 흘러내렸다.

동방뇌무 장로는 주위를 둘러보며 수하들에게 명령했다.

"모두들 병장기를 뽑아들고 주위에 있는 나무나 돌 등…, 눈에 걸리는 것들은 모두 다 파괴해 버려라!"

"존명!"

수하들은 사방으로 흩어져 주위의 경물들을 닥치는 대로 파괴해 나가기 시작했다. 꽤나 오랫동안 진 내부를 무작정 파괴하고 있을 때, 누가 뭘 어떻게 건드렸는지는 알 수 없지만 갑자기 진세가 깨져 버렸다. 안개 낀 숲 속 풍경이 갑자기 사라지더니 저 멀리서 화광이 충천하는 전각들이 모습을 드러냈던 것이다.

그것을 보자마자 동방뇌무 장로는 장검을 뽑아들며 달려갔다.

"저기다! 모두 돌격하라!"

운 좋게 진법을 탈출하는 데 성공한 마교도들은 곧바로 총단 수색에 들어갔다. 하지만 여기저기를 들쑤시며 아무리 무영문도들을 찾아봐도 전혀 소득이 없었다. 아직까지도 맹렬하게 불타고 있는 전각 속을 무슨 용뺄 재주가 있어서 수색을 한단 말인가. 적들도 저 불속에 들어 있을 리가 없으니, 이미 오래전에 탈출했을 게 뻔했다.

동방뇌무 장로는 분통을 터트리지 않을 수 없었다.

"이런 뱀도 없는 잡것들! 반항조차 안 하고 튀어 버리다니!"

설마 적이 총단에 쳐들어왔는데도 싸우려 하지 않고 곧바로 내빼 버렸을 것이라고는 상상도 하지 못했던 동방뇌무 장로였다.

이때, 저쪽에서 철영 부교주가 터덜터덜 돌아오는 게 보였다. 싸움을 한 흔적이 없는 걸 보면, 옥화무제를 찾아내지 못한 모양이었다. 동방뇌무 장로를 발견한 철영이 그에게 다가왔다.

"뭔가 소득은 있나?"

동방뇌무 장로는 난처한 듯 어깨를 으쓱거렸다.

"어디로 숨었는지 도저히 알 수가 없습니다. 아마도 저 밑 어딘가에 지하통로가 있는 것 같은데……."

그렇게 말하며 손가락으로 가리킨 곳은 화염이 충천하고 있는 건물의 잔해들이었다. 저 건물들 지하 어딘가에 통로가 있을 듯도 한데, 화염이 앞을 가로막고 있으니 도저히 그 밑을 살펴볼 방법이 없는 것이다. 결국 저 불이 꺼진 다음에나 손을 쓸 수 있을 거라는 말이었다.

"아마 자네 말이 옳을 걸세. 오면서 살펴봤는데, 밖으로 연결되는 험준한 소로(小路) 하나 없더구먼. 짐승들이 지나다니는 길이라도 하나쯤은 있을 법도 한데, 그것조차 보이지 않았어."

이때, 철영 부교주가 되돌아온 것을 보고 한중평 장로가 다가왔다. 그 역시 자신이 거느리고 있는 수라마참대원들을 닦달하여 무영문도들의 흔적을 찾고 있었지만, 아무런 소득도 없었던 모양이다.

"이래서는 안 되겠습니다, 부교주님."

"뭔가 좋은 생각이라도 있나?"

"불이 꺼질 때까지 손 놓고 있을 게 아니라, 주변을 수색해 보는 건 어떨까요? 두더지가 아닌 이상, 수백 리씩이나 땅굴을 파지는 못했을 거 아닙니까. 운 좋으면 밖으로 연결되어 있는 통로를 찾아낼 수 있을지도 모릅니다."

그 말에 철영은 난감하다는 표정을 지으며 대꾸했다.

"내 그 생각도 안 해 본 건 아닐세. 하지만 녀석들이 통로들을 그냥 놔뒀을 리 없잖은가. 아마 철저하게 위장을 해놨겠지."

"땅굴 입구야 위장을 해 놨겠지만, 길까지 그렇게 하지는 못했을 겁니다. 이 정도 규모라면 하루에 소모되는 물자만 해도 엄청날 게 아니겠습니까."

철영은 한중평 장로의 말에 자신의 생각이 모자랐음을 깨달았다.

"자네 말이 옳으이. 본좌가 미처 거기까지는 생각하지 못했군."

실마리가 주어지자, 철영은 동방뇌무 장로와 한중평 장로에게 명령했다.

"지금 당장 사방으로 수색대를 파견하여, 산 쪽으로 연결되어 있는 길이 있는지 찾아보도록 하게. 그리고 혹, 산행을 하는 자들이 보이면 남김없이 잡아들이도록. 알겠나?"

"존명!"

"그리고 사람을 보내서 천진악 장로도 불러들이게. 쓸데없는 곳에서 시간낭비 하지 말고 이쪽으로 와서 도우라고 말이야."

* * *

무영문 총단에서 외부로 연결되어 있는 땅굴은 20개가 넘는다. 그리고 그중에 4개는 손수레도 통과할 수 있을 정도로 그 폭이 넓었다. 물론 경사도가 가팔랐기에 손수레를 이용하지는 못했고 등짐을 져서 옮겨야 했지만, 부피가 큰 짐이라도 옮기는 데는 문제가 없었다.

땅굴을 그렇게 많이 파놓은 이유는 평상시에 한 곳으로 너무 많은 인원이 들락거리다 보면 외부에 발각될 가능성이 높기 때문이었다. 그리고 지금처럼 유사시에 탈출하기에도 용이했다. 그리고 총관이 무사들의 호위를 받으며 걸어가고 있는 이 땅굴은 무영문의 간부급 요인들의 탈출을 위해 특별히 조성해 놓은 곳이었다.

뭔가 골똘히 생각에 잠겨 있는 듯 멍한 표정으로 걸음을 옮기고 있던 추밀단주가 문득 총관에게 물었다.

"도대체 총단 위치를 어떻게 알아냈을까?"

"단주님께서 모르시는 일을 제가 어떻게 알겠습니까."

"그건 그렇구먼."

추밀단주씩이나 되는 인물이었기에 총관의 말을 곧이곧대로 받아들인 것이리라. 그렇지 않았다면 '지금 네놈이 나를 기망하려는 것이냐?' 하고 화를 벌컥 낼 수도 있는 일이었다.

"그런데…, 진짜로 적이 오기는 온 건가?"

그건 총관도 모르는 일이었다. 그리고 간부급 요인들을 호위하여 이곳으로 내려온 무사들 또한 모르기는 매한가지였다. 그들은 옥화무제의 특급대피령에 따라 행동하고 있을 뿐이었다.

"태상문주님께서 그렇게 말씀하셨으니, 사실일 겁니다."

"그럴까?"

그 말을 끝으로 추밀단주는 또다시 뭔가 깊은 생각에 잠겼다. 초점 없는 눈으로 그저 습관적으로 걸음을 옮기고 있을 뿐이었다.

이때, 동굴이 울리며 뭔가가 부셔지는 듯한 요란한 굉음이 뒤에서 들려왔다.

"뭐, 뭔가?"

모두들 두 눈이 동그래졌을 때, 무사들을 이끄는 지휘자가 살짝 고개를 숙이며 사죄했다.

"지나온 통로를 파괴하는 소리니 걱정하실 필요 없습니다. 미리 통보를 해 드렸어야 했는데…, 죄송합니다."

"아니, 괜찮네."

총관 일행이 들어간 땅굴은 아주 길었기에 통과하는 것만으로도 꽤나 시간이 걸렸다. 그동안 무사들은 3번에 걸쳐 통로를 파괴해, 혹시 뒤쫓아 올지도 모를 추격을 미연에 방지했다.

인위적으로 뚫은 땅굴에는 무너지는 걸 방지하기 위해 상판과 기둥들이 설치되어 있었다. 그런데 어느 순간, 그런 시설물들이 보이지 않았다. 자연적으로 형성된 동굴에 들어선 것이다.

동굴은 그렇게 길지 않았다. 반각(7.5분) 정도 걸어가자, 동굴 안이 넓어지며 사람들이 생활할 수 있는 여러 가지 시설과 집기들이 준비되어 있었다.

"다 왔습니다."

하지만 그곳에는 이미 먼저 온 사람이 있었다.

"누, 누구냐?"

무사가 외치는 순간, 눈이 휘둥그레진 총관이 앞으로 달려 나가며 외쳤다.

"태상문주님! 이게 어떻게 된 일이십니까?"

총관이 경악할 만도 했다. 옥화무제의 꼴이 말이 아니었던 것이다. 헤어질 때만 해도 아름다웠던 비단옷이 지금은 여기저기 찢어져 속살을 드러내고 있었던 것이다. 물론 호신강기로 보호되고 있었던 그녀의 몸에는 아무런 이상도 없었다.

"이, 이것이라도 급한 대로……."

총관이 자신의 겉옷을 벗으려고 했지만, 옥화무제는 그것을 막으며 말했다.

"이럴 시간이 없어요. 지금 당장 탈출해야 해요."

"지금 당장 말입니까?"

"조만간에 그들은 땅굴의 존재를 눈치 챌 거예요. 그 전에 여기에서 탈출해야만 해요."

옥화무제의 예상은 적중했다.

"저쪽에 관도(官道)가 있습니다."

산 뒤쪽으로 정찰을 나갔던 수하들의 보고에 철영은 아연한 표정을 짓지 않을 수 없었다. 이런 깊은 산골짜기에 관도가 뚫려 있다니, 그게 말이 되는가?

"그럴 리가……."

하지만 그건 사실이었다. 철영이 달려가 보니, 험준한 산맥을 뚫고 꾸불꾸불 연결되어 있는 길이 보였다. 우마차(牛馬車)가 이동할 수 있을 정도로 제법 폭넓게 뚫어 놓은 관도 위를 수많은 사람들이 오가고 있는 중이었다. 알고 보니 이 산길은 복건성과 강소성을 연결하기 위해 관에서 뚫어 놓은 도로였다.

이때, 철영의 눈에 도로에 접해 있는 커다란 객잔이 보였다. 아마도 산길을 통과하는 객들이 쉬어 가는 곳인 모양이었다.

하지만 곰곰이 생각해 보니 뭔가 수상쩍었다. 동굴이 이쪽으로 연결되어 있다고 가정한다면, 그 출구가 위치하기 딱 좋은 곳에 건물이 세워져 있었기 때문이다.

"도로에 접해 있는 모든 건물들을 샅샅이 뒤져라!"

"존명!"

수하들을 먼저 탈출시킨 후, 옥화무제는 그리 멀지 않은 곳에 숨어 사태를 관망하고 있었다. 적들이 자신의 예상보다 빨리 이 도로를 찾아낼 수도 있었다. 만약 그렇게 되면 자신은 수하들이 도망칠 만한 시간을 벌어 줘야 했다.

다행이 마교도들이 산길을 알아낸 것은 수뇌부들이 다 탈출하고 난 다음이었다.

"제법 눈치가 빠르군. 하지만 너무 늦었어."

말은 그렇게 하면서도 그녀는 자리를 뜨지 못했다. 수뇌부는 여기를 탈출하는 데 성공했지만, 절대다수의 무영문도들은 아직까지도 이곳 여기저기에 숨어 있었기 때문이다.

"제발 눈치 채지 못해야 할 텐데……."

하지만 그녀의 바램은 이뤄지지 않았다.

"이런 젠장!"

마교도들이 뭔가 냄새를 맡은 모양이었다. 그녀의 예상보다 마교쪽 지휘자의 감각이 예민했던 것이다.

마교도들은 즉각 관도를 틀어막았다. 몇몇 도주하는 인물들이 보였지만 마교도들의 손길에서 벗어나지는 못했다. 모두들 굴비 엮듯 줄줄이 붙잡혀 버렸다.

그 다음 마교도들이 행한 것은 관도 상에 위치한 건물들을 뒤지는 것이었다. 그것까지 보고 그녀는 등을 돌릴 수밖에 없었다. 더 이상은 차마 보고 있을 수가 없었던 것이다.

"내 이것들을……."

옥화무제는 분노를 감추기 힘들었다. 손이 부들부들 떨릴 정도였다. 하지만 그녀는 수하들을 구하러 가지 않았다. 아니, 못했다고 하는 게 옳을 것이다. 그녀가 아무리 화경을 깨달았다고는 하지만, 저 안에 들어가서 포위당하는 날에는 그날로 끝장이었던 것이다.

그런데 바로 그때였다. 저 멀리서 무시무시한 존재감이 느껴졌다.

"이게 도대체 사람이 내뿜을 수 있는 기세란 말인가?"

화경을 깨달은 그녀에게조차 공포감을 안겨 줄 정도의 강력한 존재감이었다. 그리고 그 존재감은 급속도로 거리를 좁혀오고 있었다. 누군가가 엄청난 속도로 달려오고 있는 모양이었다.

"교주로군."

묵향이 흑풍대를 거느리고 그녀가 만들어 놓은 미끼를 덮친 게 3일 전이었다. 아마 그곳을 박살낸 다음, 곧바로 이쪽으로 달려온 모양이었다. 그곳에서 여기까지의 거리가 얼마나 먼데…….

옥화무제는 경악감을 감출 수가 없었다.

"그 거리를 3일 만에 달려올 수 있다는 말인가? 말도 안 돼!"

*　　*　　*

관도 뒤쪽으로는 마치 산불이라도 난 것처럼 시커먼 연기가 하늘을 향해 치솟고 있었다. 하지만 관도를 걷던 사람들은 그쪽을 힐끔 바라봤을 뿐, 더 이상의 행동은 하지 않았다. 아니, 발걸음을 옮기는 속도가 조금 더 빨라졌을 뿐이다. 그들은 산불이 난 줄 알았던 것이다. 그랬기에 혹여 산불이 이쪽까지 번져오기 전에 산을 벗어나기 위해 발걸음을 서두르고 있었다.

하지만 그들은 얼마 가지도 못하고 멈춰서야 했다. 무시무시한 분위기를 풍기는 험악한 자들이 길을 틀어막고 있었기 때문이다.

"모두들 가만히 서 있어라. 검사에 협조한다면 아무 일도 없을 거다. 하지만 반항하거나 도망친다면 그 뒤에 일어나는 사태에 대해서는 각자가 책임져야 할 거다."

곧이어 검문검색이 시작되었다. 그 순간 칼을 차고 있던 2명의 장한이 쏜살같이 도망쳤다. 그들은 도저히 사람이라고 할 수 없을 정도의 빠른 속도로 달아났다.

"무, 무림인?!"

사실 무림인을 직접 목격한 사람은 극히 드물다. 일반인들이 보는 앞에서 무공을 사용한 결투를 벌이는 것을 가급적이면 자제하기 때문이다. 때문에 일반인들의 시선으로는 마치 신선처럼 생각되는 그런 인물들이었음에도 불구하고, 그들은 곧바로 붙잡혀 왔다. 마치 흠씬 두들겨 맞은 것처럼 몰골이 엉망으로 변한 채.

그 광경을 본 행인들의 안색은 새파랗게 질려 버렸다. 지금 자신들을 겁박하고 있는 저 괴이한 자들은 단순한 산적 나부랭이가 아니라 무림인이라는 것을 알아차린 것이다.

그 이후, 행인들은 짐을 수색하는 데 있어서 대단히 협조적으로 나왔다. 품속에 가지고 있던 것은 몽땅 다 꺼내 보였으며, 질문에 대해서는 즉각 대답했다.

이때, 무시무시한 기운을 뿜어대는 인물이 다가왔다. 동방뇌무 장로였다.

"어떻게 됐느냐?"

"아직까지는 찾지 못했습니다."

그러자 동방뇌무 장로는 한쪽 구석에 쓰러져 있는 인물들을 가리키며 물었다.

"저놈들은?"

"무영문도는 아닌 것 같습니다. 품속에서 나온 소지품으로 미뤄 봤을 때, 비월문(飛月門)이라는 방파에 소속된 인물들인 것 같은데……."

"일단 잡아 둬. 나중에 심문해 보면 알 수 있겠지."

"존명!"

이때, 멀리서 어마어마한 존재감을 과시하며 묵향이 달려왔다. 처음에는 엄청난 고수의 등장에 바짝 긴장하는 듯했지만, 상대가 교주라는 것을 알게 되자 모두들 자신이 맡은 일에 열중했다.

동방뇌무 장로가 제일 먼저 묵향에게로 달려왔다.

"어서 오십시오, 교주님."

곧이어 철영 부교주도 도착했다. 그는 교주의 갑작스런 등장에 몸 둘 바를 몰라 했다. 아직까지 뭔가 보여 줄 만한 실적을 올린 게 전혀 없었기 때문이다.

"여기는 진짜던가?"

"옥화무제와 맞닥트린 것으로 보아, 진짜인 듯합니다."

"무슨 대답이 그런가? 진짜면 진짜고, 가짜면 가짜지."

철영은 묵향에게 지금까지 자신이 겪었던 상황을 자세히 보고했다. 무영문의 전각에는 들어가 보지도 못했고, 도착해보니 이미 불타고 있었다고 말이다.

"내가 간 쪽과 비슷한 상황이군. 그렇다면 이쪽도 가짜인가?"

이때, 주변의 가옥들을 뒤지러 간 마교도들이 속속 모습을 드러내기 시작했다. 그들은 한눈에 봐도 100여 명이 넘는 사람들을 굴비 엮듯 끌고 왔다. 책임자인 듯한 무사가 달려와 철영에게 보고했다.

"무영문도들이 확실합니다."

"오오, 드디어 잡아냈군. 철저하게 심문해서 새로운 정보들을 파악해 내."

묵향과 철영은 꽤나 고무되었지만, 그것으로 끝이었다. 그들이 잡아들인 무영문도들 중에서 쓸 만한 고위급 인물들은 단 한 명도 없었던 것이다.

그들을 심문해 본 결과, 무영문이 지독할 정도로 철저하게 점조직으로 운영되고 있었다는 점이 밝혀졌을 뿐, 더 이상의 소득은 없었다. 비영단은 예외였지만, 그 외 집단들의 경우 소속된 지점을 벗어나 다른 곳으로 전출되는 경우가 극히 드물었던 탓이다.

"고위급의 인물은 없던가?"

"그들은 따로 움직인 모양입니다."

묵향의 질문에 철영이 송구스럽다는 듯 고개를 숙이며 대답했다.

완전히 헛물만 켠 게 확실했다. 그야말로 도마뱀이 꼬리를 자르고 도망가 버린 형국이었다. 결국 총단 건물을 파괴한 것 외에, 그 어떤 실리도 얻은 게 없었다.
"참, 그게 있었지."
뭔가 생각난 듯 묵향은 철영에게 지시했다.
"총단으로 전서를 보내 주는 중계지점이 있다고 하지 않았나? 그곳을 쑤셔 봐."
총단을 점령하고, 또 잔당들을 잡아내기 위해 정신이 없었던 철영은 미처 그것까지는 신경 쓰지 못했던 모양이다. 그는 천진악 장로를 불러 그곳으로 대원들을 급파하라고 지시했다.
"전서구들 확보에 최선을 다해라. 여기서 키운 전서구도 있겠지만, 각 분타에서 키운 것도 있을 게야. 그것들만 확보할 수만 있다면 분타들을 찾아내는 것은 그리 어렵지 않은 일이다."
하지만 곧이어 철영은 자신이 왜 진작에 그곳을 생각하지 못했는가 하는 한탄을 해야만 했다. 그들이 총단을 치고 있는 동안, 전서구를 중계하던 지단은 폐허가 되어 있었던 것이다. 독약을 살포했는지 수없이 많은 비둘기들의 사체가 땅바닥에 나뒹굴고 있었다. 그곳에서 건진 게 있다면, 아직 총단에서 변고가 일어나기 전에 각 분타들에서 띄운 전서구들이 여기저기에서 계속 날아들고 있었다는 점이다.
천진악 장로는 수하들을 시켜 전서구들의 발에 묶여 있는 전서들을 모두 수거했다. 하지만 그 내용은 전혀 파악할 수 없었다. 모두 암호로 기록되어 있었기 때문이다.
약이 바짝 오른 묵향은 무려 한 달 이상의 시간을 투자해 총단 주변을 샅샅이 뒤졌다. 하지만 도로에 접해 있는 건물들 속에서 찾은 무영문도들을 제외한다면, 더 이상의 수확은 없었다. 모두들 땅굴을 파고 들어앉아 있다 보니, 그들을 찾아낼 방법이 없었던 것이다.
마침내 묵향은 결단을 내렸다는 듯 외쳤다.
"더 이상은 시간낭비다. 철수하도록 한다."
"원통합니다, 교주님. 그토록 커다란 피해를 감수하며 여기까지 왔는데……."
물론 이것은 연극이었다. 철수하는 척하면, 혹시 숨어 있던 놈들이 기어 나올까 하는 기대감에서 하는.

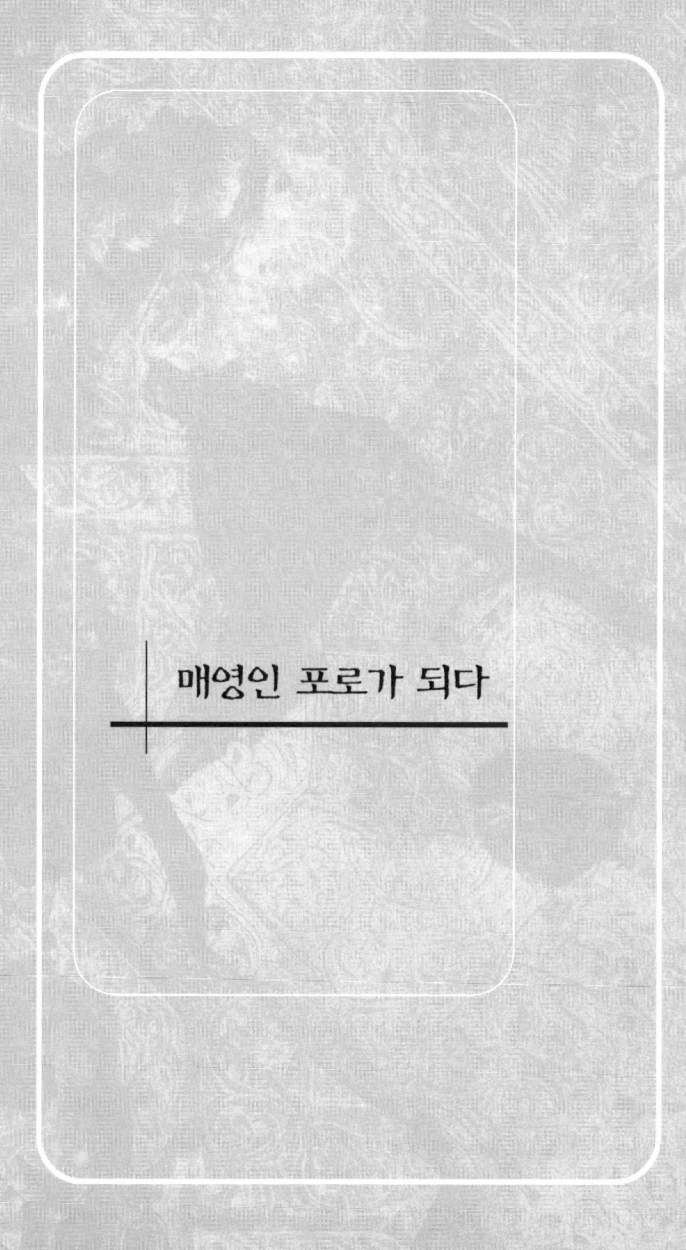

매영인 포로가 되다

27

교토삼굴

옥화무제를 비롯한 수뇌부는 이미 가장 가까운 분타로 자리를 옮긴 상태였다. 물론 그 분타도 지금까지 있던 자리를 포기한 채 어딘가로 잠적해 버린 상태였기에, 그들을 찾아내는 데 꽤나 애를 먹어야만 했다.

"도대체 어떻게 이런 일이 생길 수 있는 거죠?"

옥화무제의 질책에 추밀단주는 아무런 대답도 하지 못했다. 그로서도 도저히 이해할 수 없는 사태였으니까.

"피해는 어느 정도인가요?"

그 질문에 추밀단주가 서류를 살펴보며 조심스럽게 대답했다.

"급히 대피를 하느라 총단에 보관되어 있던 자료의 거의 대부분을 소각해 버려야 했습니다. 물론 각 분타들이 축적하고 있는 자료가 있기에 대략적인 복구는 가능합니다만, 그 사본을 모두 넘겨받고 다시 정리하려면 엄청난 시간과 인력이 소요될 겁니다."

옥화무제는 씁쓸하게 미소 지으며 말했다.

"그나마 복구가 가능하다는 게 불행 중 다행이기는 하네요."

"그리고 황색인장이 발령된 만큼, 전서구 통신망을 완벽하게 새로이 정비해야 한다는 것이 문제입니다."

총단에서 황색 신호탄 3개가 날아오르면, 그 즉시 전서구 관리

소에서는 중원 각지의 분타에 황색인장을 달고 있는 전서구 10마리씩을 날린다. 그런 다음 남은 전서구는 몽땅 다 죽여 버린 뒤 그곳을 불사르고 대피하도록 되어 있었다.

그리고 각지의 분타들은 황색인장을 받는 즉시, 현재 분타를 버리고 딴 곳으로 자리를 옮겨야만 했다. 즉, 지금까지 운용되던 전서구 통신망이 완전히 파괴되어 버렸다는 말이다.

"전서구 통신망을 재구축하려면 얼마나 많은 자금과 시간이 들어가게 될지, 현재로서는 짐작조차 할 수 없는 상황입니다."

추밀단주의 보고에 옥화무제는 입술을 질끈 깨물었다. 이렇게나 치명적인 피해를 입다니. 아마 무영문이 과거처럼 제대로 움직이려면 최소한 몇 년의 시간이 필요하리라. 아니, 몇 년의 시간이 흘러도 예전과 같기는 힘들었다. 통신망은 복구하더라도, 분타로부터 넘겨받은 자료를 재정립하고 분석하려면 몇 년의 시간으로는 어림도 없으니 말이다.

입술을 잘근잘근 씹던 옥화무제가 이번에는 총관에게로 시선을 돌렸다.

"인명피해는 어느 정도인지 알 수 있나요?"

"그건 아직 파악이 불가능합니다. 마교도들이 버티고 있어, 그들이 물러난 다음에야 확인이 가능할 것 같습니다."

"식량은 충분하겠죠?"

"각 토굴마다 6개월 치의 비상식량이 비축되어 있습니다."

"그래도 한 곳에 인원이 많이 몰리면 그전에 소비될 수도 있잖아요?"

"그 부분에 대해서는 걱정하실 필요가 없습니다. 모두 각자의 등

급에 맞는 토굴을 숙지하고 있으니 말입니다."

"제발 인원피해라도 좀 적었으면 좋겠네요."

이때, 분타주가 달려 들어오며 희소식을 전했다.

"비영단과의 연락에 성공했습니다."

비영단은 무영문의 행동대였다. 그들과 연락에 성공한 이상, 지하에 잠적해 버린 분타들을 찾아내어 무영문을 정상화시키는 것은 그리 어려운 일이 아닐 것이다.

"먼저 문주부터 찾아내세요. 그리고 이번 일이 어떻게 된 것인지도 자세히 알아보도록 하세요."

"옛, 즉시 그렇게 전하도록 하겠습니다."

한 번 잠에 빠져 버린 무영문을 다시 깨우는 것은 쉬운 일이 아니었다. 기본적으로 황색인장이 발령된 후에는 1개월 동안 외부와 일체의 연락을 주고받지 못하도록 되어 있었기 때문이다. 그렇기에 총관은 무영문의 분타들을 몽땅 다 깨우는 것은 포기한 채, 총단 인근에 위치해 있는 분타들부터 우선적으로 찾기 시작했다.

총단이 파괴당한 후, 2주일이 지난 다음에야 겨우 옥화무제는 마교도들이 어떤 방식으로 그녀의 코앞에 나타나게 되었는지를 알 수 있었다. 그리고 그에 따른 정확한 피해까지도.

"어떻게 그들이 남쪽에서 올라올 수가 있었던 거죠?"

무영문의 총단은 무제산맥(武弟山脈) 속에 감춰져 있었다.

십만대산에서 무제산맥으로 들어오려면 사천성에서 호남성에 이르는 산악을 타고 내려와 남령산맥(南嶺山脈)을 통해 들어오는 길과 대파산맥에서 대별산맥을 거쳐 아래로 남하해 내려오는 길이 있다. 물론, 그 두 갈래 길은 최악의 험로였지만, 마교도들이 짙은 마기를 감추면서 이동할 수 있는 최선의 선택이기도 했다. 그리고 그 이동로 주위에는 어김없이 무영문의 고정첩자들이 자리 잡고 있었다.

그 외에 다른 수많은 길에도 무영문의 촉각들이 널리 퍼져 있었기에, 어떤 길로 들어온다 해도 마교의 고수들처럼 눈에 띄는 자들이라면 그 즉시, 그들의 동태가 총단으로 보고 될 수밖에 없었다.

그런데 마교는 지금까지와는 달리, 아래쪽에서 달려 올라왔다. 첩자들을 통해 알아본 결과, 그들의 모습이 처음으로 포착된 것은 온주(溫州) 근처라는 것을 알아냈다.

"산맥을 타고 내려온 게 아니라, 해로(海路)를 통해서 들어온 게 분명합니다. 그것 외에 다른 방법은 생각할 수가 없습니다."

그 말에 옥화무제는 털썩 자리에 주저앉았다. 지금껏 마교도들이 이동했던 육로만을 잘 감시하고 있으면 된다고 생각했었는데, 완전히 허를 찔린 것이다.

"도대체 그 많은 배가 어디에서 났죠? 수천 명을 실어 나르려면 한두 척 가지고는 어림도 없었을 텐데……. 마교도를 발견했다는 항구도 없었을 뿐더러, 다수의 배가 누군가에게 동원되었다는 정보조차 입수된 게 없잖아요."

"일전에 태상문주님께 보고를 올리지 않았습니까. 누군가가 왜국과 대규모로 밀거래를 하고 있는 것 같다고 말입니다."

총관의 말에 옥화무제는 아연한 표정으로 중얼거렸다.

"설마, 그게 그들이라는 말인가요?"

"그렇게 봐야 모든 아귀가 맞아떨어집니다. 일전에 그분을 돕겠

답시고 왜구 10만이 상륙한 전례도 있지 않습니까. 그걸 간과한 게 치명적이었습니다. 그분은 왜와 통하고 있는 만큼, 몇 천씩이나 되는 인원이라 할지라도 얼마든지 해로로 이동시킬 수 있다는 점을 염두에 뒀어야 했습니다."

상대를 너무 얕잡아봤기에 치러야 했던 값비싼 대가였다.

"조사해 본 결과, 마교 쪽은 꽤나 정확한 정보를 입수한 상태로 움직였습니다. 온주에서부터 시작해서 총단에 이르는 노상에 배치되어 있던 모든 고정 첩자망이 파괴되었습니다. 그리고 총단의 동남쪽에 배치되어 있던 경비대 역시 전멸 당했습니다."

피해가 너무 컸기에 머리를 감싸 쥐고 주저앉은 채 옥화무제가 자책하고 있을 때, 갑자기 밖이 소란스러워졌다.

"태상문주님께서는 무사하시느냐?"

저음의 중후한 음성. 그 목소리를 들은 옥화무제는 힘이 솟는 걸 느꼈다. 그만큼 그녀는 그 목소리의 주인공을 신뢰했던 것이다.

곧이어 장대한 체구를 지닌 사내가 실내로 성큼성큼 걸어 들어왔다. 무공으로 다져진 군살 한 점 없는 탄탄한 체구만 봐도 듬직함이 느껴지는 사내, 비영단주였다. 비영단주는 옥화무제를 보자마자 안타까운 어조로 말했다.

"아이구, 어떻게 이럴 수가 있습니까. 소식을 듣자마자 급히 달려왔습니다."

옥화무제는 처연하게 미소 지으며 말했다.

"어서 오세요. 내 꼴이 정말 우습게 되어 버렸군요."

"우습게 되다니요, 천부당만부당한 말씀이십니다."

잠시 옥화무제를 위로하던 비영단주는 자리에 앉으며 말했다.

"하마터면 길이 엇갈릴 뻔했습니다. 장백산으로 갈까 하던 차에 소식을 들었으니까요."

"장백산이요? 비영단주가 장백산에 왜……?"

"일전에 태상문주님께서 장백산을 조사해 보라고 지시하셨지 않았습니까?"

"그랬지요. 하지만 그 정도 일로 비영단주가 직접 나설 필요까지야……."

"사실, 문제가 좀 있었습니다."

비영단주는 장백산에서 벌어진 일에 대해 옥화무제에게 자세히 설명했다. 장백산에 1개조의 수하들을 투입한 후, 얼마 지나지 않아 전서들이 날아오기 시작했다.

"보고에 의하면 장백산에 신선이 산다고 하더군요."

비영단주의 말에 옥화무제는 실소하지 않을 수 없었다.

"지금 농담하는 건가요?"

옥화무제의 어처구니없다는 반응에도 비영단주는 진중한 표정으로 대꾸했다.

"진담입니다. 토착민들 중에서 신선을 봤다는 사람이 아주 많았습니다. 물론 그중에는 직접적으로 신선의 도움을 받았다는 사람도 있었고요. 목격자들의 진술을 종합해 분석해 보니, 아주 허무맹랑한 소리는 아닌 것으로 판단됩니다."

이게 질 나쁜 농담이 아니라면, 가능성은 한 가지밖에 없었다.

"신선으로 보일 만큼 제법 실력 있는 고수가 은거해 있는 모양이군요."

"예, 그런데 조금 이해하기 힘들었던 게…, 그 신선을 봤다는 사람들의 시대 폭이 좀 과하게 넓다는 점이었지요."

"시대 폭이요?"

"요 근래에 봤다는 사람부터 시작해, 아주 어렸을 때 봤다는 사람도 있었습니다. 심지어는 자기 아버지, 혹은 할아버지가 어렸을 때 봤다는 사람도 있는 것으로 보아, 그들의 말대로라면 몇 백 년을 살아 있어야 가능하다는 점이 좀 의아스럽기는 합니다."

옥화무제는 잠시 고개를 갸웃하더니 입을 열었다.

"그곳에 문파가 들어앉아 있다면 그런 말이 나올 수도 있지 않을까요?"

아무리 화경급 고수라고 해도 몇 백 년을 살 수는 없다. 그렇기에 같은 복장을 하고 있는 문도들의 모습에 목격자들이 헷갈렸을 거라 생각한 것이다.

"문제는 목격자들이 본 신선의 인상착의가 동일인이었다는 점입니다."

"그, 그건 좀 믿기 힘들군요."

"속하도 그렇게 생각했었습니다. 그런데 곧이어 무슨 일인지는 몰라도 파견했던 수하들로부터 연락이 갑자기 끊겨 버렸습니다."

"흐음…, 그건 조금 심각한 문제군요."

은잠과 침투에 있어서는 타의 추종을 불허하는 게 비영단 요원들이다. 그렇기에 그들이 실종되었다는 것은 그곳에 범상치 않은 집단이 은둔하고 있을 가능성이 크다는 뜻이었다.

"그래서 제가 직접 알아보려 했던 것입니다."

잠시 고민하던 옥화무제는 이윽고 결단을 내렸다.

"일단 장백산에 대한 조사는 중단하세요."

"혈교가 숨어 있을 가능성이 큽니다."

옥화무제도 비영단주와 같은 생각을 하고 있었다.

"그래서 안 된다는 거예요. 그 발해 문자는 마교에서 흘러나온 거죠. 즉, 마교가 그들의 뒤를 쫓고 있다는 말이에요. 이 시점에서 장백산에 뭔가가 있다는 것을 알아낸 것만 해도 우리로서는 충분해요."

"혹시 마교에 흘리실 생각이신가요?"

"맞아요."

"하지만 혈교라면 그들에게도 대비할 시간적 여유가 필요하지 않겠습니까? 예전에 혈교가 재기하기 직전에 쉽게 무너져 버린 이유도, 제대로 준비가 갖춰지기 전에 찬황흑풍단의 기습을 받았기 때문이 아니겠습니까."

물론 그 정보를 흘린 것은 무영문이었다. 혈교는 일전에도 위치가 사전에 노출되어 치명타를 입은 만큼, 이번에는 더욱 만전을 기울일 게 분명했다. 아마 그것 때문에 위험을 무릅 쓰고, 비영단주가 직접 혈교의 상황을 살펴보려고 했던 모양이다.

"괜히 조사한다고 얼쩡거리다, 그쪽에서 눈치 채고 잠적해 버릴 가능성도 있어요. 그러니 그냥 놔두도록 하세요. 무엇보다 지금은 혈교 따위에 신경 쓸 여유가 없으니까요."

"예, 알겠습니다."

      * * *

묵향의 지시에 의해 천랑대는 십만대산으로 철수했다. 600여

명에 가까운 포로들을 압송하기 위해서였다. 하지만 혈랑대와 수라마참대는 철수하는 척하고서는, 기척을 감출 수 있을 정도의 거리까지만 물러선 뒤 그곳에서 대기했다.

무영문의 총단을 감시하기 위해 남은 것은 묵향과 철영 단, 두 명뿐이었다. 마기를 완전히 감출 수 있는 사람이 둘뿐이었기에 선택의 여지가 없었다.

처음에는 얼마 기다리지 않아도 놈들이 튀어나올 거라고 생각했다. 하지만 그건 묵향의 오산이었다. 하루, 이틀이 지나고 다시 1주일, 2주일이 지났다. 그리고 한 달이 되었을 때, 묵향은 더 이상은 참고 못하고 자리에서 일어섰다.

"이렇게까지 기다렸는데 안 움직이는 걸 보면 벌써 다 도망친 모양이군."

"그렇게 빨리 도망칠 수 있을까요? 총단의 규모로 봤을 때, 2~3,000명은 족히 거주했을 텐데요."

"그렇긴 하지만 녀석들이 땅굴을 얼마나 더 뚫어 놨는지 알 수가 없으니 그게 문제지. 저기에 있는 건물들에 연결되어 있는 땅굴만 해도 몇 개던가. 우리가 찾아낸 것만 해도 벌써 6개였어. 놈들의 땅굴이 자네가 쳐놓은 포위망 저 뒤쪽까지 뚫려 있다면, 포위망 자체가 의미 없지 않겠나."

"그, 그럴 수도 있겠군요."

"더 이상 이곳에 매복해 있는 건 의미가 없는 것 같으니, 여우의 뒤통수를 한 대 갈겨 준 것 정도로 만족하고 철수하지."

"그래도 이대로 돌아간다는 것은……."

그냥 물러나기에는 아쉽다는 듯 철영이 주저하자 묵향이 퉁명스럽게 말했다.
"홍진 장로에게 연락해 이곳에 비마대를 깔아 놓으면 될 게 아닌가?"
"그렇게 하면 되겠군요. 곧바로 홍진 장로에게 연락하겠습니다."
결국 이렇게 마교의 무영문 총단 습격은 일단락되었다.

* * *

무영문의 문주는 남경 분타에 머물고 있었다. 자신의 어머니인 옥화무제가 총단을 장악하고 있는 만큼, 그녀는 필요에 따라 여러 분타들을 떠돌며 현장에서 지휘 업무를 맡고 있었던 것이다.
금나라와의 전쟁이 일단락되었기에 원래는 총단으로 돌아가는 게 옳았지만, 군부에서 반란이 일어났기 때문에 그녀는 아직까지도 남경에 머물고 있었다.
"총단이 공격당했습니다."
남경 분타주가 전한 급보에 문주는 경악하지 않을 수 없었다.
"그럴 리가……."
"방금 전에 도착한 전서입니다."
남경 분타주가 그녀에게 전한 것은 손바닥 크기만 한 전서였다. 전서에는 몇 줄의 내용이 암호로 기록되어 있었다. 그런데 문제는 그 내용이 아니었다. 제일 마지막에 찍혀 있는 조그마한 인장. 별것 아닌 문양이 새겨져 있는 이 황색의 인장이 바로 문제였던 것이다.
도저히 믿어지지 않는다는 듯 황색인장을 노려보는 문주. 그녀의 손은 무의식중에 부들부들 떨리고 있었다. 문주는 자신에게 이게 전달될 것이라고는 상상조차 해 본 적이 없었다. 그만큼 그녀의 놀라움은 컸다.

그런 문주를 향해 분타주가 채근했다.

"이러고 계실 때가 아닙니다. 지금 당장 분타를 떠나야 합니다, 문주님."

문주는 시간이 조금 지나서야 어느 정도 놀라움을 가라앉혔다. 냉정을 회복하자마자 그녀는 분타주에게 명령했다.

"총단 인근에 있는 분타에 전서구를 날려, 지금 당장 총단을 살펴보라고 전하세요."

"그건 불가능합니다. 황색인장이 전 분타에 배포된 이상, 모든 분타주는 외부와 연락을 단절하고 대피하는 게 규칙이지 않습니까?"

"당장 영인이를 불러들이세요."

부문주 매영인은 지금 추밀사 섭평과 만나고 있는 중이었다.

하지만 매영인은 합류하지 않았다. 그녀에게 파견된 전령을 통해 상황을 대충 전해 들은 매영인이 곧바로 마교 총단으로 달려갔던 것이다. 전령에게서 그 얘기를 전해 들은 문주는 하늘이 무너지는 것만 같았다.

"이, 이 바보 같은 놈이……."

어머니의 말만 듣고, 딸에게 제대로 된 상황을 알려 주지 않은 게 지금처럼 최악의 결과를 만들어 낼 줄은 미처 예상하지 못했던 것이다. 딸아이는 교주에게 사정하면 어떻게 될 거라고 생각한 모양이지만, 현실은 전혀 그렇지 못했다. 지금 교주는 아예 무영문의 뿌리를 뽑을 작정을 하고, 손을 쓴 상황이니까.

"왕 타주!"

"예, 하명하십시오. 문주님."

"지금 당장 영인이에게 사람을 보내서 돌아오라고 전하세요."

"그건 불가능합니다. 지금 본타에는 부문주님을 따라잡을 수 있을 정도로 경공이 뛰어난 고수도 없을 뿐더러, 황색인장이 발령이 된 이상 다른 분타에 도움을 청할 수도 없는 상황이 아닙니까."

문주의 두 눈에서 눈물이 주르륵 흘러내렸다. 딸아이가 사지로 들어가는 걸 뻔히 알면서도 말릴 방법이 없다니, 참으로 통탄할 지경이었던 것이다.

묵향이 지금 어디에 있는지 매영인은 알지 못했다. 그렇기에 그녀는 무작정 십만대산으로 달려갔다. 그곳에 가면 그를 만날 수 있을 거라는 기대감에서였다.

남경에서 십만대산까지 가려면 무려 1만 리에 달하는 거리를 건너뛰어야만 했다. 그 엄청난 거리를 패력검제는 겨우 7일 만에 주파해 버렸지만, 매영인으로서는 언감생심 꿈도 꾸지 못할 속도였다.

매영인은 일단 말을 구입했고, 그 말을 타고 달리기 시작했다. 달리다 말이 지치면 팔아치우고, 또 다른 말로 바꿔 이동했기에 예상보다는 꽤나 빠른 속도로 이동할 수 있었다.

하지만 모든 여정을 그렇게 이동한 것은 아니다. 산맥이나 계곡 따위가 가로막고 있어 빙 돌아가야만 할 때, 그녀는 곧바로 말을 버린 뒤 경공으로 그곳을 가로질렀다. 그런 다음 관도를 다시 만나면, 말을 구입해 타고 가는 방식으로 이동했다. 아무리 무공이 뛰어난 그녀라 해도 경공만으로 그 먼 거리를 달려갈 자신이 없었기에 그렇게 했던 것이다.

꽤나 강행군을 했음에도 불구하고 매영인은 38일이라는 시일이 흘러서야 십만대산에 도착할 수 있었다. 이미 지리를 알고 있는 그녀는 곧바로 정문을 향했다.

정문 주변의 경비는 무사들이 하고 있었지만, 방문객을 맞이하는 것은 제법 나이를 먹은 문사였다. 그는 노련한 눈썰미로 매영인을 판단했다. 말을 타고 있는데다가, 복장이 꽤나 고급스럽다. 더군다나 그녀의 허리에는 아주 고색창연한 보검이 걸려 있었다. 그것만 봐도 그녀의 신분이 범상치 않다는 것을 한 눈에 알 수 있었다.

그런데 조금 의외인 것은 그런 그녀가 단 한 명의 종자도 거느리지 않고 왔다는 점이었다. 매우 피곤해 보이는 얼굴만 봐도, 그녀가 꽤나 먼 거리를 강행군해서 온 것 같은데 종자조차 없다니 이상하지 않은가.

수상하다는 생각을 하면서도 문사는 정중하게 예를 갖춘 다음 질문을 던졌다.

"어떻게 오셨습니까?"

"교주님을 뵙게 해 주세요."

교주를 만나러 왔다는 말에, 문관은 살짝 긴장했다. 신분이 높은 사람일 거라는 것은 짐작했지만, 설마 교주를 만나러 왔을 거라고는 생각하지 못했으니까.

"누구시라고 전할까요?"

"무영문의 부문주, 매영인이라고 전해 주세요."

"무영문이라구요?"

방명록을 기록하고 있느라 고개를 숙이고 있었기에 그녀는 보지 못했지만, 문관의 눈이 그 순간 묘하게 번쩍였다. 지금 무영문과 전쟁 중이라는 것을 모르는 사람이 누가 있겠는가. 그런데 무영문의 부문주가 제 발로 찾아왔으니, 앉아서 공을 세우게 된 것이다.

"상부에 연락을 드리긴 하겠습니다만, 지금 당장 교주님께서 부문주님을 만나 주실지는 저도 잘 모르겠습니다. 일단, 묵으실 곳으로 안내해 드리겠습니다. 그곳에서 기다리시면 차후에 연락이 갈 겁니다."

문관은 그렇게 말한 후, 매영인을 직접 황룡각(黃龍閣)으로 안내했다. 마영각이 극빈을 위해 만들어 놓은 곳이라면, 황룡각은 그 아랫단계의 손님을 위해 만들어 놓은 곳이었다. 마영각에 비해 훨씬 더 많은 손님들을 숙박시켜야 하는 만큼, 건물의 규모는 훨씬 더 컸다. 건물 여기저기에 황금으로 도금해 놓은 용의 형상이 아로새겨져 있어, 꽤나 고급스러운 분위기를 자아내고 있었다.

문관은 매영인을 황룡각으로 안내한 뒤 곧바로 경비대에 보고했다. 먹잇감이 제 발로 기어 들어왔다고 말이다. 문관의 보고를 받은 정문 경비대장은 이 사실을 외총관에게 급히 전했다.

"혼자 왔다는 게 사실이냐?"

"옛, 틀림없는 사실입니다."

외총관은 자신이 앉아서 공을 세우게 되었다는 사실이 믿어지지가 않았다. 그는 즉시 자리를 털고 일어서 그녀가 묵고 있는 황룡각으로 갔다.

"귀하가 무영문의 부문주이시오?"

"예."

소무면 장로는 인자한 미소를 지으며 포권했다.

"처음 뵙겠소이다. 노부는 본교의 외총관직을 맡고 있는 소무면이라고 하오."

"처음 뵙겠습……."

매영인도 마주 포권하며 인사했지만, 그녀의 말은 더 이상 이어지지 못했다. 그녀가 포권하며 고개를 숙이는 그 순간, 소무면 장로가 기습공격을 가해 왔기 때문이다.

어렸을 때부터 온갖 영약을 섭취한데다가, 할머니인 옥화무제로부터 직접 무공까지 배웠다고 하지만 그녀는 기본적으로 온실 속에서 자라온 화초였다. 피 튀기는 지옥 속에서 성장해 온 소무면 같은 거마에 비한다면 실전경험에서 상대가 안 될 것은 자명한 사실이다. 더군다나 기습까지 당한 상태가 아닌가. 처음 한 방을 허용한 것만으로도 그녀는 이미 끝장난 것이나 다름없는 상태였다.

소무면 장로는 매영인을 제압해서 지하감옥에 처넣어 버렸다. 그런 뒤 고문기술자를 불러 그녀가 알고 있는 것은 몽땅 다 실토받으라고 명령했다.

일처리를 깨끗하게 끝낸 소무면 장로는 공치사도 할 겸, 보고도 할 겸 해서 수석장로를 찾아갔다. 마침 수석장로는 설민과 얘기를 나누고 있는 중이었다.

"어서 오게, 외총관."

"오, 군사도 있었구먼. 마침 잘되었네. 자네에게 따로 통보할 필요가 없어졌으니 말이야."

"좋은 일이라도 있으신 모양이군요. 무슨 일이십니까?"

소무면 장로는 자리에 앉으며 수석장로에게 자랑했다.

"제가 방금 전에 기가 막힌 계집을 하나 잡았지 뭡니까."

수석장로는 그가 애첩이라도 하나 장만한 줄 알았다.

"이거 섭섭하구먼. 노부에게는 언질도 주지 않고 기방에 가다니 말이야."

"기루라니요?"

잠시 무슨 말을 하는가 싶어 어리둥절한 표정을 짓던 소무면 장로는 이내 크게 웃으며 말했다.

"하하핫! 제가 수석장로님을 빼놓고 그런 곳에 혼자 갈 리 없지 않습니까. 제 말은 그게 아니라 제 발로 걸어 들어온 무영문의 계집을 하나 붙잡았다는 거지요."

이때, 옆에서 듣고 있던 설민이 끼어들었다.

"무영문도라구요?"

"지금 감옥에 처넣고, 주리를 틀고 있는 중일세. 기대해도 좋네. 부문주씩이나 되는 계집이니, 제법 쓸 만한 걸 토설할 게야."

"부문주라면……?"

옥화무제의 손녀인 매영인이 분명했다. 그녀라면 예전에도 몇 번 교주를 만나러 온 것을 본 적이 있었다. 물론 외총관은 모를 것이다. 그녀가 교주를 찾아온 것은 십만대산이 아니었으니까. 문제는 교주도 매영인을 꽤나 마음에 들어 했다는 점이었는데……. 그런 그녀를 붙잡아 주리를 틀어도 뒤탈이 없을까?

"이건 아무래도 좀 문제가 있는 것 같습니다."

설민은 매영인과 교주의 관계를 그들에게 설명했다. 외총관은 뜻밖의 정보에 난감한 기색을 감추지 못했지만, 수석장로는 그렇지 않았다. 그는 별것 아니라는 듯 말했다.

"뭐, 교주님께서 그 아이에게 호감을 가지셨을 수도 있겠지. 하지만 그건 이미 지나간 일일세. 무영문을 멸문시키겠다는 결정을 내리셨다는 것은, 곧 그녀 따위는 더 이상 교주님의 관심사가 아니라는 뜻이 아니겠는가."

"그건 그렇습니다만, 그녀는 이곳에 사신으로서 왔습니다. 그런 그녀를 붙잡아 놓고 고문까지 한다는 것은 조금 문제가 있지 않겠습니까? 자칫 교주님께서 이 사실을 아시고 역정이라도 내시는 날에는, 그 감당을 어찌하시려고요."

예로부터 가급적이면 사신은 건드리지 않는 게 불문율이었다. 물론, 허례허식 따위에 신경조차 쓰지 않는 마교에서 사신의 목을 베는 것쯤이야 왕왕 있어 왔던 일이기는 했지만 말이다.

수석장로야 자신의 일이 아니니까 저렇게 속편하게 말할 수 있겠지만, 소무면 장로는 달랐다. 그건 자신의 일이었으니까.

"벌써 주리를 틀기 시작했을 텐데, 이 일을 어쩌지?"

"걱정 마십시오, 외총관님. 제가 알아서 처리하겠습니다."

군사의 제안에 소무면 장로는 반색했다.

"그, 그래 주겠나?"

설민은 급히 지하감옥으로 달려가 매영인을 구출했다. 고문기술자가 살짝 간만 봐놓은 상태였을 뿐, 아직 본격적인 작업은 시작도 하지 않았다는 게 그나마 불행 중 다행이었다.

"제가 모르는 사이에 이런 일이 진행되어 너무나도 죄송스럽군요."

구속에서 풀려난 매영인은 쓸쓸하게 미소 지었다. 심한 매질을 당한 상태였기에 그녀의 옷차림은 엉망진창이었다. 찢어진 옷 틈으로 피투성이가 되어 버린 속살까지 보일 정도였다.

"처음부터 이럴 의도가 아니었다니, 다행이긴 하네요."

겉모습과 달리 꽤나 용의주도한 데가 있는 소무면 장로는 그녀를 제압한 후, 곧바로 산공분까지 먹인 상태였다. 그렇기에 그녀는 지금 공력을 전혀 운용할 수가 없었다.

"먼저 자리를 옮기시는 게 좋겠습니다. 여기는 대화를 나누기에는 너무 삭막한 곳이군요."

설민은 매영인을 귀빈들을 위한 마영각으로 안내했다. 마영각의 각주를 비롯한 몇몇 시녀들은 나름대로 어느 정도 무공을 익힌 고수들이었다. 그렇기에 그녀를 감시하고, 돌보는 데 있어서 마영각만큼 좋은 곳이 없다고 설민은 판단했던 것이다. 물론 그는 그것에 만족하지 않고, 대호법에게 부탁해 호법원 고수 몇 명을 더 붙여 놓기까지 했다.

"교주님께서 오시기도 전에 먼저 손을 쓴 점은 사죄드립니다. 부문주님에 대한 처우에 대해서는 나중에 교주님께서 돌아오신 다음에 결정하시게 될 겁니다. 그때까지는 여기에서 기다리시기를 바랍니다."

"어쩔 수 없지요. 여기까지 온 것은 그분을 만나기 위해서니까요."

매영인과 헤어져 밖으로 나온 설민은 마영각주를 만났다. 교내 서열이 무려 5위씩이나 되는 거두가 마영각을 방문했다는 소식을 듣고, 마영각주는 이미 문밖에서 공손하게 대기하고 있는 중이었다.

"여기 계신 분은 무영문의 부문주일세."

설민은 각주에게 매영인을 잘 대접하면서도 그녀의 감시에 만전을 기할 것을 신신당부했다. 그리고 그녀에게 새로운 의복을 가져

다주고, 의생을 불러와 치료해 줄 것도 잊지 않았다.

마영각에서 나온 설민은 수석장로를 찾아가 경과를 보고했다.
"일단은 마영각에 수감해 두라고 조치했습니다. 매일 산공분이 든 차를 먹이고, 호법원 고수들이 그녀를 감시하게 해 놨으니 교주님이 오실 때까지는 괜찮을 겁니다."
"그래, 수고했네. 노부가 생각했을 때도 그게 가장 좋은 해결책인 듯싶구면."
급한 일처리가 끝나자, 마음에 여유가 생긴 설민은 차를 마시며 수석장로에게 슬쩍 물었다. 요즘 들어 엄하기만 하던 수석장로의 분위기가 많이 바뀌었기 때문이다.
"요즘 좋은 일이 있으신 모양이지요? 대체 무슨 일이십니까. 좋은 일은 같이 하는 게 더 좋지 않겠습니까."
그러자 수석장로의 얼굴에 따스한 미소가 피어올랐다.
"실은 얼마 전에 교주님의 강권으로 수양딸을 하나 들였지. 그런데 이게 물건이더구면."
수석장로가 양녀를 들였음은 설민도 이미 알고 있는 일이었다. 하지만 그는 짐짓 모르는 척 물었다.
"수석장로님께서 그렇게 말씀하실 정도라면, 자질이 상당히 뛰어난 모양이지요?"
"허허, 그건 자질 이전의 문제라네. 세상 사람들이 딸을 무슨 재미로 키우는지를 이제야 알겠더구면. 고것이 얼마나 순진하면서도 앙큼한지……."
부드럽게 미소 짓는 수석장로를 보며, 설민은 부교주가 왜 그녀에게 빠져들었는지 그 이유를 대충이나마 짐작할 수 있었다. 수석장로같이 엄한 사람을 저렇게 해파리처럼 흐물흐물하게 만들어 버릴 정도라니, 참으로 대단한 여자아이가 아닌가.

"축하드립니다, 수석장로님. 어쨌거나 교주님의 선택이 탁월하셨던 것이로군요."

그런데 갑자기 수석장로의 얼굴에서 미소가 사라지고, 근심이 어렸다.

"말이 나온 김에 한 가지 물어보세."

"예, 말씀하십시오."

"그 아이가 내 앞에서는 밝은 척 노력하려고 하긴 하지만, 아무래도 부교주님을 아직 못 잊어 하는 것 같더구만. 마음에 두고 있었던 사람이 하나 있었는데, 무슨 일인지 갑자기 연락이 끊겨 버렸다고 말일세. 그 아이에게 대체 뭐라고 말해 줘야 하나?"

"그런 경우 사실대로 얘기해 줄 필요는 전혀 없습니다. 그냥 모른 척하십시오. 그러면 시간이 해결해 줄 겁니다."

"그게 나을지도 모르겠구먼."

그 후로도 두 사람은 이런저런 사담을 나누며 차를 즐겼다.

『〈묵향〉 28권에 계속』